GRACILIANO

retrato fragmentado   uma biografia

GRACILIANO

ricardo   ramos

1ª edição

EDITORA RECORD
RIO DE JANEIRO • SÃO PAULO
2025

CIP-BRASIL. CATALOGAÇÃO NA PUBLICAÇÃO
SINDICATO NACIONAL DOS EDITORES DE LIVROS, RJ

R146g   Ramos, Ricardo, 1929-1992
          Graciliano : retrato fragmentado : uma biografia / Ricardo Ramos. - 1. ed. - Rio de Janeiro : Record, 2025.

         ISBN 978-85-01-92081-2

         1. Ramos, Graciliano, 1892-1953 . 2. Escritores brasileiros - Biografia. I. Título.

24-94104   CDD: 928.69
                  CDU: 929:821.134.3(81)

Meri Gleice Rodrigues de Souza - Bibliotecária - CRB-7/6439

Copyright © 2011 by herdeiros Ricardo Ramos

CRÉDITOS DAS IMAGENS
1, 14, 15: extraídas do documentário Mestre Graça (1996), de André Luis da Cunha | 4: © Museu da Imagem e do Som de Alagoas | 5: Direito de reprodução gentilmente cedido por João Candido Portinari (ilustração) | 6, 9, 11, 12, 17, 18, 19, 20 e 21: © Acervo família Ramos | 2, 3, 7, 8, 10, 13, 16: © Arquivo IEB-USP, Fundo Graciliano Ramos. Os códigos de referência são, respectivamente, GR-CONT-01, GR-F02-005, GR-CONT-03, GR-F01-022, GR-F02-025, GR-F01-065, GR-F05-061

Todos os esforços foram feitos para reconhecer os direitos autorais e de imagem. A editora agradece qualquer informação relativa à autoria, titularidade e/ou outros dados que estejam incompletos nesta edição, e se compromete a incluí-los nas futuras reimpressões.

Todos os direitos reservados. Proibida a reprodução, armazenamento ou transmissão de partes deste livro, através de quaisquer meios, sem prévia autorização por escrito.

Texto revisado segundo o Acordo Ortográfico da Língua Portuguesa de 1990.

Direitos exclusivos desta edição reservados pela
EDITORA RECORD LTDA.
Rua Argentina, 171 – Rio de Janeiro, RJ – 20921-380 – Tel.: (21) 2585-2000.

Impresso no Brasil

ISBN 978-85-01-92081-2

Seja um leitor preferencial Record.
Cadastre-se no site www.record.com.br
e receba informações sobre nossos
lançamentos e nossas promoções.

Atendimento e venda direta ao leitor:
sac@record.com.br

Sumário

Colagem viva, *por Silviano Santiago*   7
Graciliano   19
Cronologia   169
Bibliografia de Ricardo Ramos   183
Índice remissivo   195

Colagem viva

A memória, para mim, tem muito de visual.
Ricardo Ramos

Uma fotografia de Henri Cartier-Bresson, *"Portrait d'un marchand de légumes"*, tirada em 1933, no Bairro Chinês de Barcelona, pode traduzir o primeiro e grave problema enfrentado por Ricardo Ramos ao projetar a nova biografia de seu pai, o romancista Graciliano Ramos.

Em análise sumária, percebe-se que a foto de Cartier-Bresson se divide em metades. Na metade inferior, o vendedor catalão aparece em plano americano, sentado ao lado de uma cesta com legumes e frutas. Está recostado contra o batente da porta e a mão direita lhe serve de travesseiro. Sua aparência é a de um homem tranquilo e cumpridor dos deveres. Foi surpreendido pela câmara do fotógrafo francês no momento em que, por hábito, faz a sesta e, de boca aberta, se entrega ao devaneio. Na metade superior aparece o rosto do vendedor em *close-up*, agora rabiscado na janela trancada, que serve de pano de fundo para a foto. Trata-se de grafite feito por um anônimo, evidentemente às escondidas. A boca aberta é um traço comum entre as duas representações.

Tanto na metade inferior da foto quanto na superior, tanto no primeiro plano quanto no pano de fundo, o homem representado é o mesmo, embora um se distancie do outro pelo meio privilegiado para capturá-lo. Ao retrato fotográfico tradicional, *in praesentia*, se soma o perfil grafitado, *in absentia*. Ditado pela memória de algum freguês travesso, o grafite é tosco e, em termos de desenho dos traços fisionômicos, caricato, sem deixar de ser o modo como a comunidade revela aos passantes a indolência do vendedor de legumes. A câmara de Cartier-Bresson vê o que os rabiscos do freguês não mostram, e vice-versa. Em mãos do genial fotógrafo, a câmara capta realisticamente o homem em foco e o testemunho dos que se acostumaram a vê-lo à porta da loja. O retrato exemplar soma as duas representações.

Nas páginas de abertura da biografia do pai, Ricardo Ramos constata que os milhares de leitores e os vários críticos grafitaram retratos de Graciliano Ramos a partir da leitura de sua obra literária, mas nenhum deles *flagrou* (como se diz no jargão fotográfico e policial) o escritor na convivência *doméstica*, experiência pela qual o filho passou. Ricardo Ramos decide clicar instantâneos do pai que não se assemelham – embora deles sejam próximos – aos muitos *grafites* que, por mais extraordinários que tenham sido e ainda são, simplificavam a imagem pública do escritor para rebaixá-la, ou a idealizavam para glorificá-la. Os grafites enxergavam a labiríntica figura de Graciliano Ramos, tal como ela ia se revelando pela memória que esse leitor ou aquele crítico guardavam das palavras escritas por ele e publicadas em folha impressa.

Com o correr das décadas, o interesse crescente e amoroso dos leitores e críticos pela letra impressa, *signée* Graciliano Ramos, passou a traduzir o desinteresse progressivo pela grafia de vida – pela biografia – do pai de família, comerciante e político interiorano, funcionário público e escritor federal. Ao final do século passado, a grafia de vida de Graciliano se deixava recobrir pela grafia literária. Em 1992, Ricardo Ramos terminava seu trabalho de escavação e nos entregava postumamente o resultado, hoje em nova e atraente roupagem.

Ao se deixar surpreender pela sucessão de encontros e de desencontros, de conversas e de silêncios, de discordâncias e de consentimentos, dispersos pela linha cronológica da vida em família, Ricardo é tomado de entusiasmo pela *presença permanente* do pai em seu cotidiano. Logo se decepciona, pois descobre que os cliques de sua *memória visual* também não trarão as fotos harmoniosas e definitivas, em corpo inteiro, do modelo. Daí o incômodo adjetivo – *fragmentado* – que o biógrafo levou corajosamente para o título da obra *Graciliano: retrato fragmentado – uma biografia*. Em última instância, é ao seu leitor que o filho estende o frágil e enigmático adjetivo a fim de que dele faça o trampolim para interpretar, com a liberdade e a imaginação cidadãs, os sucessivos *flagrantes* do pai. Ao término da leitura desta biografia autobiográfica, cada um de nós terá *composto* um perfil pessoal e confluente de Graciliano Ramos, inexoravelmente fragmentado.

Se me permitem subscrever as palavras iniciais da biografia escrita por Ricardo Ramos e levar adiante a comparação com a foto exemplar de Cartier-Bresson, direi que os leitores e críticos da obra de Graciliano Ramos foram corretos e equivocados (não há como evitar a contradição) ao interpretarem de maneira enfática detalhes da longa e complexa grafia de vida do mestre alagoano. Por isso, o notável escritor alagoano sempre lhes passou a perna, já que ele é, na amplitude da experiência, simultaneamente vários. É um equívoco apresentar a figura pública de Graciliano como um todo inalterável. Daí que Ricardo tenha de se entregar a um primeiro trabalho de garimpagem na vastíssima e por vezes admirável bibliografia sobre o autor de *São Bernardo*, reorganizando-a pela *ênfase* ou pelos *excessos* concedidos pelo crítico a determinados *detalhes problemáticos* ou *relativamente obscuros* da personalidade do pai.

Transcrevamos a série de negativas que abrem caminho para a nova biografia. Graciliano não é "personagem inteiriça, compacta, quase olímpica, sem a menor sombra de conflito ou dúvida". Não é "criatura rude, sertanejo primitivo e pitoresco, o autodidata que certo dia simplesmente resolveu escrever". Não é "um partidário, cego seguidor da regra política". Tampouco é o "intelectual cooptado", que teve de se adaptar às regras ditatoriais do Estado Novo. Aceitar cada uma das quatro visões excessivas e excludentes como a principal determinante da personalidade acabada de Graciliano "será aceitar o homem precisamente como negação da obra", conclui o filho e biógrafo, para em seguida constatar e perguntar: "E desisti, faz muito, de intentar um perfil. Ou não existe o retrato fragmentado, a colagem viva?"

Digno de interesse é o fato de o álbum de flagrantes domésticos do pai começar por *mea-culpa* do filho escritor, que logo é traduzida como "golpe da fatalidade". Por duas vezes Ricardo fracassou no seu intento maior: não lhe foi dada a oportunidade de tirar o último retrato em vida do ente querido. Em máxima, o biógrafo se resigna a constatar que a morte não deveria ser comunicada, mas assistida. Não esteve ao lado de Graciliano no leito de morte. Escapou-lhe o retrato derradeiro do pai vivo – "saí para ver meu pai morto". Escapou-lhe o retrato derradeiro do avô Sebastião, pai de Graciliano – "eu pequeno indo de trem ao seu enterro". Conheceu retrospectivamente o avô, através de "retratos, alusões, em particular diálogos com [seu] pai". Conheceu e reconhecerá o pai pelo viés da intensa e relativamente curta vida em comum.

Na contramão da estratégia visual, que governa a nova biografia de Graciliano, estabelece-se um fascinante padrão inaugural – "nunca estive à cabeceira", afirma Ricardo de maneira grave e sucinta. Não é esse o fado de todo grande biógrafo? Caso a morte do progenitor se represente apenas pelo cadáver (e não pela agonia do moribundo), não será mais impetuosa e intensa a vontade de apreender o ente querido em vida? Sentir a morte do familiar pela ausência viva da dor e, paradoxalmente, pela falta de recolhimento no velório não é o melhor caminho para fazer sobressair em letra e papel a energia da vida que se foi? Acompanhemos essa passagem inicial da biografia. Em 1953, o corpo de Graciliano é velado na Câmara Municipal do Rio de Janeiro. No saguão, Ricardo se cerca dos amigos íntimos do pai. Com eles, encaminha-se para a sacada do prédio. Ao ar livre e frente aos três magníficos prédios *art nouveau* da Cinelândia, os companheiros do pai se lembram de velhos casos e os narram com verve. Deles salta, com seus rompantes, o vigoroso e atrevido autor de *Angústia*. Na falta de um retrato tirado à cabeceira do moribundo, lembra Ricardo na biografia: "Confesso que rimos. Falávamos [no velório] de uma pessoa viva."

Ao desentranhar a pessoa viva de Graciliano da máscara mortuária, o filho dá o primeiro passo em direção à vida dos progenitores. Apela para a herança que, através das palavras de seu pai, lhe fora transmitida pelo avô Sebastião. O memorialista de *Infância* lhe apresentou uma linhagem patriarcal, que eclipsava as figuras femininas gestantes. Graciliano enxerga a mãe como "vulto de fundo, que volta e meia [seu] pai avivava". Quando já adulto, passa a enxergá-la como "uma espécie de irmã mais velha". A transformação da mãe em figura que só sobressai se avivada pelo marido, ou em irmã mais velha, se reproduz na própria vida de casado de Graciliano. Na condição de neto e filho, Ricardo percebe o traço patriarcal inusitado. O avô e o pai, tomados pelos anos, se uniram a jovens esposas. Por uma estranha coincidência, havia idêntica diferença de idade – dezoito anos, para ser preciso – entre Sebastião e sua mulher e entre o viúvo Graciliano e Heloísa, a segunda esposa e mãe de Ricardo.

A diferença de idade entre os cônjuges torna o macho um "Velho", como acentuaremos mais tarde, e a mulher, personagem propícia a uma apresentação dramática que gira em torno de sentimentos, pouco vincados pelo exercício da razão. Mas não se deve julgar que, no clã patriarcal alagoano desenhado por Ricardo, as jovens esposas sejam desprovidas de coragem, ou de fina ironia. Depois que o filho viúvo se casa com a moça Heloísa, a mãe pontua ou alfineta: "Graciliano, você nunca mais me falou de mulher moça e marido velho." Responde-lhe o filho: "Minha mãe, não se fala de corda em casa de enforcado."

Os comandos e desmandos da razão cabem ao homem: sejam eles o governo da propriedade ou a administração da comunidade, seja, ainda, a leitura dos autores clássicos e dos contemporâneos, ou a própria escrita jornalística ou literária, comprometida com os problemas da região nordestina. Eis resumidamente o ofício do macho devidamente conformado pela situação geográfica que o delimita e o define – o agreste, também habitado por cangaceiros e lampiões. Patriarcas e descendentes são *viventes* do agreste, com um pé em casa e na vida comunitária e o outro nos livros alheios e amados, que vinham representando os membros do clã como homens admiradores da palavra escrita e impressa.

Por ser filho do segundo casamento, Ricardo abre o álbum de instantâneos em momento tardio da vida do pai, quando ele já está plenamente profissionalizado em Palmeira dos Índios. O negociante da Loja Sincera surge acoplado ao prefeito da cidade e ambos se acoplam ao jornalista de *O Índio*. Num lance inspirado pela autobiografia, Ricardo acrescenta à unidade profissional tripartida o publicitário amador. Reproduz um anúncio redigido pelo dono da Loja Sincera e publicado no jornal local. A leitura do texto de propaganda visa acentuar o cuidado estilístico do pai num gênero tido como antípoda da arte literária. Contrapondo o texto publicitário de Graciliano a outros da época, ou aos publicados no mesmo jornal, Ricardo destaca o estilo "econômico, direto e objetivo" ("o inverso do farfalhante e espetaculoso") do redator diletante e, pelas palavras do comerciante, dá início ao capítulo sobre o uso da linguagem pelo pai. A fim de mostrar que nada do universo poligráfico de Graciliano deve ser desprezado, o biógrafo opta por destacar inicialmente os gêneros menores em que se exercita o futuro romancista. O "diapasão alagoano", para usar expressão de Ricardo, é uma constante em qualquer texto de Graciliano.

A astúcia do viés analítico adotado por Ricardo visa apreender a questão da fala e da escrita em Graciliano – e do estilo neoclássico, que lhe será próprio –, menos como produto do rigoroso e infatigável esforço artístico, mais como um compromisso do cidadão com as letras nacionais em exercícios textuais banais e corriqueiros. No encontro da escrita com a fala é que melhor se compreendem as opções estilísticas de Graciliano, como a que nos foi relatada pelo genro James Amado. Lembra ele certa ojeriza de Graciliano pelo cacoete modernista (ou oswaldiano) que se traduz pelo uso coloquial de "me dê". Graciliano não encontrava base na realidade oral brasileira para tal forma, e é por isso que lhe opunha "dê cá", que lhe parecia real e fluente.

A análise do texto publicitário da Loja Sincera serve também para que Ricardo postergue o comentário sobre as grandes obras literárias do pai, a fim de reconhecê-lo estilisticamente em produção pouco conhecida da maioria dos leitores. Do anúncio comercial, Ricardo passa às crônicas jornalísticas (reunidas, postumamente, em *Viventes das Alagoas*). Destas, parte para observações sobre o caráter do pai em "conversas avulsas", caseiras e cotidianas, para chegar aos documentos que lançaram o estilista

Graciliano no Sul maravilha – os relatórios do prefeito de Palmeira dos Índios. Os objetos escolhidos para a análise linguística são, portanto, o oposto dos eleitos pelos críticos e universitários, que tendem a flagrar o escritor no momento em que já é mestre da escrita literária.

É por uma "cena de infância", anterior, portanto, à prisão em março de 1936, que entra o tópico que será o mais explosivo no transcorrer da biografia – o da vida política de Graciliano. Num primeiro instante, Ricardo salienta os grandes feitos do pai à frente da administração municipal: desapropriação de terras para a construção de estradas, severa cobrança de impostos, aplicação das verbas públicas em favor dos desprivilegiados etc. Anota o biógrafo, o prefeito era "afirmativo, opinioso, irreverente". Fazia inimigo na rua e na família. Por causa de uma denúncia anônima e próxima, já anunciada, ele seria demitido, preso e levado ao cárcere no Rio de Janeiro. Eis a "cena de infância": com a ajuda do pai, o menino se diverte ao montar um quebra-cabeça. O território brasileiro está dividido em peças soltas e anônimas. Cada uma delas representa um dos estados da União. Ricardo confunde o formato de Santa Catarina com o de Pernambuco, mas nunca reconhece o Rio Grande do Sul. Seu pai intervém em socorro: "Terra de ladrão, se lembre. Lugar de bandido." Estava plantada na mente do filho a ojeriza do pai por Getúlio Vargas, "a quem nunca poupou os seus piores adjetivos". A ojeriza não é, pois, consequência da prisão injusta. Ela remonta à Revolução de 1930 e à adesão do pai ao Movimento Constitucionalista de 1932.

Através de pequenos ou graves incidentes, Ricardo narra a sofrida e intempestiva história nacional nos fins da década de 1930, na década de 1940 e em princípios da década de 1950. Em sua prosa escorreita, aflora a ironia cúmplice com a do pai e o bom humor, que talvez tenha faltado a Graciliano em algumas situações. Alcançado apenas pelo narrador, o distanciamento risonho advém talvez do fato de que o traslado injusto e arbitrário do pai para o Rio de Janeiro tenha dispersado a família. Ricardo ficara na casa do avô materno em Maceió. Só chegaria à capital do país aos 15 anos de idade, em 1944. A partir de então, dedica-se aos estudos secundários e ao trabalho em redação de jornal.

Do momento em que pai e filho se reencontram no Rio de Janeiro, a biografia de Graciliano escorre pela autobiografia de Ricardo. Ainda cedo, confessa, escreve "umas coisas que pareciam contos". Ricardo flagra o pai como seu primeiro leitor e crítico. As lições dadas são primorosas e, de certa forma, lembram as cartas em que Mário de Andrade comenta os poemas do jovem Carlos Drummond de Andrade. "Não escreva 'algo'", diz Graciliano ao filho, "é crime confesso de imprecisão". Reticências? É melhor dizer do que deixar em suspenso. Exclamações? Ninguém é idiota para viver se espantando à toa.

Ao lado de Márcio, Júnio e Múcio, Ricardo esquece aqui e ali o modelo solitário do pai a fim de narrar seus próprios passos na política estudantil e na vida partidária. Como pano de fundo, flagra o pai junto à esposa e aos filhos, logo depois da detenção e liberação pelo Estado Novo. Dos encontros nos subterrâneos do Partido Comunista e das concorridas reuniões sociais na casa paterna brotam os primeiros e mais constantes amigos de Ricardo no Rio de Janeiro. Entre os expoentes da novíssima geração, que pululam nos colégios, nos jornais e nas ruas, e entre os antigos e bem estabelecidos amigos do pai, Ricardo passa a viver sob o signo de dois *Velhos*. Esclarece: "Lá fora, o Velho era [Luís Carlos] Prestes; em casa, o Velho era meu pai."

Ao estilo de Aníbal Machado e sua *open house* em Ipanema, Graciliano acolhe para a feijoada dominical os amigos e os provincianos e estrangeiros de passagem pela capital federal. Reserva as reuniões noturnas em casa para os grandes intelectuais do Rio de Janeiro. São todos artistas, jornalistas e políticos. Na biografia, pipocam informações sobre o melhor e mais quente da vida literária e artística nos anos 1940, discussões de alto gabarito e opiniões caprichosas sobre as grandes obras literárias brasileiras e estrangeiras, a que se misturam os pequenos ou dolorosos dramas familiares, como o destempero psicológico de Márcio, que o leva a cometer crime e, em seguida, a se suicidar.

Mas a *memória visual* do filho nunca deixa de flagrar o pai no cotidiano. Traça-lhe o perfil psicológico: "Cuidadoso, ponderado, medido nas suas manifestações públicas, em particular era dado a rompantes." Acentua o cuidado patriarcal: "Com os filhos, era extremamente liberal. Com as filhas, exatamente o avesso. [...] Minhas irmãs só podiam ter amigos: suspeitasse de algum interesse maior, cortava rente, cara fechada, intratável." Descreve-o na intimidade do banheiro:

> Sua toalete era meticulosa e demorada: limpar a nicotina dos dedos à custa de pedra-pomes, lixar as unhas, escanhoar-se. depois no chuveiro duas ou três ensaboadas, esfregando-se todo (as orelhas exigiam cuidados pacientes), afinal enxugar-se ou, melhor, friccionar-se longamente com a toalha. Ao vestir-se, estava de um vermelho arroxeado.

E, ainda, na intimidade do escritório: "De preferência escrevia a lápis, sem usar borracha, mas cortando palavras, frases ou trechos indecisos, imprecisos, insuficientes, para seguir ou sobrepor mais definitivo. [...] Pelas margens, nada. O essencial das mudanças nas entrelinhas." Das mais tocantes é a página em que fala das duas únicas vezes em que viu o pai chorar: pela morte de Márcio e de Stálin.

Na segunda metade da biografia, Ricardo se dedica a narrar as decisões, desavenças e os incidentes privados e públicos, as indecisões e as discussões que conduzem o progressivo engajamento do pai e dele próprio na política partidária nacional. Após a realização no ano de 1946, em Belo Horizonte, do II Congresso Brasileiro de Escritores, Graciliano se filia ao Partido Comunista do Brasil a convite de Luís Carlos Prestes. E o filho tem seu batismo de cadeia aos 17 anos, em virtude de arruaça estudantil. Anos depois, participa da célula Luiz Carpenter. O leitor reencontra Graciliano transformado num dos mais ferrenhos intelectuais que batalham a favor da Constituinte de 1946, sofrendo posteriormente fragorosa derrota. Entre 1945 e 1949, escreve sucessivos artigos de teor político, muitos deles – segundo Ricardo – ainda inéditos em livro. Ao trabalho, senhores pesquisadores! O partido o obriga a tarefas abusadas, como a da leitura prévia do livro *O caminho*, de Octávio Brandão, sobre o qual terá de apor o *nihil obstat*. O veredicto é contrário à publicação e fulminante: "Li, é um livro insensato. Alinhavei cinco linhas declarando isso."

Ocorrida em 1947, a proscrição do Partido Comunista Brasileiro o leva a participar, clandestinamente, da célula Theodore Dreiser (o nome do romancista norte-americano fora escolhido por ele, tendo preterido os de John Reed e Jack London) e, abertamente, da Associação Brasileira de Escritores (ABDE), de que se tornaria presidente em 1950. Às atividades propriamente políticas soma o trabalho de inspetor federal junto ao Colégio São Bento, a função de copidesque no jornal *Correio da Manhã*, em substituição ao amigo Aurélio Buarque de Holanda, e o exercício de tradução do inglês e do francês. Cite-se a tradução do romance *A peste*, de Albert Camus.

Finalmente, faz a famosa visita à União Soviética, narrada no livro *Viagem* e descrita em detalhe e com rigor crítico pelo filho.

Esses fatos concretos servem de pano de fundo para o biógrafo discutir no palco a corajosa posição do pai *vis-à-vis* as relações entre literatura e partido político. Os entreveros culminam nos anos 1950. À crítica ao sectarismo artístico de Jdanov, braço direito de Stálin, e apelidado de "cavalo" pelo pai, seguem-se as palavras bem temperadas do filho sobre o *realismo crítico* adotado por Graciliano Ramos em suas obras maiores, em desobediência aos ditames do *realismo socialista*, pregado no I Congresso dos Escritores Soviéticos (1934). Vale a pena citar as palavras de Ricardo:

> Os escritores do partido [...] da linha realista-socialista, ou da sua variável romântico-revolucionária, desejavam refletir na literatura o social, é verdade, e iam além: buscavam o novo, o típico, o herói positivo, um final feliz, apoteose de sua corrente política. Naturalmente, achavam pouco, ou quase nada, uma obra testemunhar apenas o social, sem assumir uma posição participante, sem concluir indicando um caminho.

Aí está, em resumo, o motivo pelo qual Graciliano e sua visão desiludida passam a sofrer, a partir dos anos 1950, críticas pesadas dos camaradas. É tido "como [escritor] elaborado e elitista, o oposto do que se considerava simples, acessível às massas".

As desavenças se acentuam durante o longo e doloroso período em que redige as *Memórias do cárcere*, publicadas postumamente. Estremecimentos entre os familiares e os "leitores" do partido geraram uma bibliografia equivocada, segundo Ricardo, sobre a autenticidade dos manuscritos da obra magna. Há que dar crédito aos argumentos levantados pelo biógrafo.

Para melhor compreender a busca de *objetividade* pelo autor, é preciso atentar para uma audaciosa manobra retórica em *Graciliano: retrato fragmentado – uma biografia*. Para acomodá-la no próprio texto, vale-se das *aspas*, como tinha se valido da *memória visual* para clicar os instantâneos do pai. O mais notável dos exemplos se dá no momento em que recebe de Paulo Mercadante, colega da Faculdade de Direito, amigo e companheiro na célula Luiz Carpenter, as mais de sessenta páginas do diário que escreveu em torno de seu relacionamento com o pai de Ricardo. Em citações bem escolhidas e ricas, devidamente aspeadas, o biógrafo subscreve o ponto de vista alheio e passa ao leitor as anotações de Paulo que narram longas e assíduas conversas íntimas com Graciliano. Destacam-se as digressões em torno das histórias grega e romana, tópico que evidentemente não poderia ter sido apreendido por flagrantes do cotidiano. Do diário de Paulo fazem também parte observações sobre o relacionamento que o memorialista mantinha com os *leitores* do partido. Ao se refletir no espelho da amizade entre os dois jovens estudantes e companheiros de célula, a figura do pai ganha novos e inesperados contornos.

Do diário de Paulo extraímos a pedra fundamental do realismo crítico adotado pelo mestre alagoano: "Minhas personagens não são seres idealizados, e sim homens que eu conheci."

Silviano Santiago
Agosto de 2009

GRACILIANO

Graciliano é hoje, certamente, um dos nossos escritores mais lidos. Em torno de sua obra, vem se erguendo verdadeiro monumento crítico. Estudado nas escolas e universidades, onde se multiplicam as teses sobre os seus livros, traduzido em muitas línguas, sempre com a maior repercussão, ele tem sido feliz até mesmo nas adaptações para o cinema, pois *Vidas secas*, *São Bernardo* e *Memórias do cárcere* deram filmes aplaudidos mundialmente. Dentro desse quadro sem dúvida consagrador, será pelo menos estranhável que o homem Graciliano haja merecido tão pouco. Na verdade, a sua biografia se acha em flagrante desproporção com a sua obra, seja esta tomada como ressonância crítica ou popular. E não apenas escassa, mas principalmente inexpressiva, ela padece inclusive de erros e desvios elementares.

Deixando de lado os livros de reminiscências que traçam um perfil afetivo e nele se comprometem, temos do escritor visões bem surpreendentes. Aqui ele nos aparece feito personagem inteiriça, compacta, quase olímpica, sem a menor sombra de conflito ou dúvida. Ali ele nos surge uma criatura rude, sertanejo primitivo e pitoresco, o autodidata que certo dia simplesmente resolveu escrever. Mais adiante pode mostrar-se como um partidário, cego seguidor da regra política, ou como um negativista fazedor de frases, ao estilo do liberal ressentido.

Claro que são generalizações, e suspeito que tendenciosas. No entanto, é possível que nos tragam, nesse ou naquele traço, alguma verossimilhança. O que não me parece razoável, à parte qualquer ponto de vista individual, será aceitar o homem precisamente como negação da obra.

A figura idealizada, peça de um bloco sem fissuras, está perto do heroico e longe do autor de *Angústia*. A reconstituição do matuto esperto não se ajusta ao escritor, modelar na linguagem e na composição, capaz de criar *São Bernardo*. Nem o sectarismo acarneirante se explica em *Memórias do cárcere*, nem o pessimismo crônico serve ao realizador de *Vidas secas*. Há decerto muito mais a considerar, entre o homem e a obra, do que nos trouxeram os rotulados esforços dos seus biógrafos.

Como se tais descaminhos não bastassem para desfigurar o autor, arma-se agora uma crítica universitária, historicista, politizante, que termina por situar os escritores no Estado Novo em termos de cooptação. Desacostumada à análise do prisma social, já que no último período autoritário esteve protegida pelo ensaio formalista restrito a estruturas literárias, ela se vale de indicações ou depoimentos avulsos, estabelece ligações empenhadas, preconceituosas, confunde as nossas estações repressivas (se não entendeu a mais recente, iria entender a anterior?) e chega a falar em adesismo. Incluir Graciliano nesse contexto resulta não apenas fantasioso; toca as raias do delírio.

Mas, convenhamos, será isso de tanta importância? Até onde o conhecimento do escritor ajuda na compreensão do seu texto? Posso achar, no caso, que está acontecendo um progressivo desconhecimento do homem e, paralelamente, uma crescente compreensão da obra. Talvez não exista perda, ao contrário. E mesmo quando procuro ordenar as lembranças que me ficaram dele (alcanço enfim a idade das memórias), gosto de imaginar: a figura do autor se esfumando no tempo, modificando-se através de sucessivas projeções, enquanto os livros vão ganhando cada vez mais nítidos contornos. Até que o pintem, em definitivo, à sua imagem e semelhança. Sem contudo fazerem dele um Luís da Silva ou um Paulo Honório.

A morte veio pelo telefone, ao clarear o dia. E por mais que iminente, havia tanto esperada, não a compreendi. Estremunhado, a voz de minha mãe não fazia sentido, principalmente as suas falhas de silêncio. Ao lado, Marise acenava, querendo acordar-me. Não sei o quanto demorei. Sei que de repente percebi, engasguei-me, rouco disse a mamãe que iríamos encontrá-la.

Desliguei, acelerado. A partir de então, fui maquinal e distante, apenas reagi a pormenores incidentais. Tomei banho, vesti-me, tomei café, sem atinar por que da manhã tão bonita, ensolarada. A morte é escura, no mínimo nublada. E não deve ser comunicada, mas assistida, eu devia estar lá. Culpa? Não, fatalidade. Eu ainda não entendia, todas as mortes próximas que vieram depois foram ligações mais ou menos distantes, nunca estive à cabeceira. Saí para o incendiado verão, saí para ver meu pai morto.

Não pude, ou não quis, adiei. Na casa de saúde, uma designação pelo menos irônica, Honório Peçanha trabalhava na sua máscara mortuária; a ideia de acompanhar a moldagem me horrorizou, fiquei do lado de fora. Mesmo sem valia, ofereci-me: mamãe precisava de alguma coisa? Alguma providência? Não, desde cedo Júnio andava cuidando. Fique aqui. Fiquei, sem nada a dizer, até que veio a notícia: o velório seria na Câmara Municipal, por iniciativa de Paschoal Carlos Magno. Começaria à tarde.

No salão imenso, e, todavia, abafado, nebuloso, mormacento, nós anestesiados junto à essa. A cerimônia: lentos cumprimentos, palavras perdidas, os amigos, escritores, políticos, estudantes, e os desconhecidos, visivelmente companheiros, gente do povo. As coroas: dezenas delas, individuais ou de entidades, partidárias ou não, de sindicatos, associações (femininas, juvenis, alagoanas), os grandes nomes e a grande empresa, sempre dissonantes. O confinamento, a fila interminável, o adocicado das flores arrancadas e o inflamado dos círios queimando. Mamãe, minhas irmãs, eu. Nós nos juntávamos cumprindo. Até o vazio noturno.

Tarde, noite alta, Portinari se despediu. Queixando-se do calor, não suportava mais. Paulo Mercadante foi levá-lo. Ficamos só nós quatro: Júnio e eu, Raymundo e Reginaldo. Sentados, esgotados, calados. Então um se levantou, os outros o seguiram, fomos para a sacada, Biblioteca em frente, Municipal à esquerda, Cinelândia se estendendo à direita, a praça aos nossos pés, deserta, quieta, nas horas finais que não praticávamos. Aí, conversamos. Não lembro como, nem por que, logo estávamos falando de papai. Ele e seus rompantes. Contamos casos, curiosos e sempre inesperados, confesso que rimos. Falávamos de uma pessoa viva. Tanto que me esquivei, sem uma palavra, e fui vê-la. Era o momento certo. Demorei, longamente, a olhá-la. Anguloso, petrificado. Era a máscara mortuária que não tive coragem de acompanhar e que me seguiria por toda a vida.

A manhã seguinte, dia do enterro, foi o reverso da noite de véspera. Mal cheguei, percebi: era o que chamávamos mobilização geral. Insone e abúlico, entrei no clima de aglomeração, tumulto, abraços atravancados. O caminhão do corpo de bombeiros a postos. Meu Deus, desfile monumental. Estava nisso, inquieto ou espantado, quando Dalcídio Jurandir me puxou de lado e decretou:

— Você vai falar no cemitério.

Olhei para ele, estranhando, sem responder.

— Em nome da família.

E que é que iria dizer? E logo eu, tímido, inarticulado? E família fala? E a quem, a ele? Emburrei:

— Não falo, não.
— É uma ordem. É tarefa. Você tem de falar.
— Não falo, não. Fale você.
— Falo, sim.
— Então está resolvido.

Ele insistiu de pura encenação. Feito o mandado, devia estar feliz. Afastara um possível problema. Eu, havia muito distanciado da militância, experimentei certo gosto em insurgir-me.

Júnio veio buscar-me:

— Você pega no caixão, Tatá, é preciso. — Comovido, carinhoso. Abracei-o e fui.

As fotos me reconstituem, além de Jorge Amado, Paschoal Carlos Magno e Eusébio Dvorkin, abrindo o cortejo, carregando meu pai. Depois, no cemitério, puxamos a carreta: minha mãe e eu à frente, Jorge Amado e Roberto Morena, minha irmã Clarita, rostos encobertos, próximos Reginaldo Guimarães e James Amado. A caminhada, o toldo sobre o túmulo aberto. E os discursos. A emoção de Jorge Amado se acrescentou ao meu trêmulo suor, ouvi-o com insuportável nó na garganta; o sotaque alagoano de Freitas Cavalcanti, repontando sob o tom parlamentar, acordou em mim uma escarvada melancolia; felizmente Dalcídio Jurandir, misturando suas frases feitas à minha certeza do insincero postiço, reconduziu-me a um equilíbrio raivoso. Das outras falas, só políticas, não guardo memória. Assistimos ao começo do sepultamento e deixamos o São João Batista. Comigo, para nunca mais voltar.

Entrei em casa, tirei gravata e paletó, fechei-me no banheiro. Com uma toalha, cobri o rosto. E eu que ainda não sabia chorar, sozinho me esvaí, silencioso, convulso, no maior choro de que até hoje fui capaz.

Praticamente, não conheci meu avô Sebastião. Guardo uma imprecisa viagem a Palmeira dos Índios, muito nublada, talvez depois reconstituída pelos outros, eu pequeno indo de trem ao seu enterro. O mais são retratos, alusões, em particular diálogos com meu pai.

Ele partia sempre daquela descrição física de *Infância*, na apresentação do homem. "Uma testa admirável, das mais bonitas que vi." Logo, inteligente, conforme a frenologia do nosso folclore. E dado à leitura.

— Eu recebia os livros encomendados, lia, passava ao Velho. Não demorava muito e me devolvia, fazendo comentários secos. Geralmente de bom senso. Um dia, emprestei-lhe *A bagaceira*. Ele voltou, se expandindo, no maior entusiasmo de que era capaz: "Esse conhece o sertão. E fala comigo, fala a minha língua." Para mim, foi o melhor elogio que José Américo recebeu. Perdeu somente para o que fez a Zélins, na prática: leu *Menino de engenho* duas vezes.

Noutra ocasião, me revelou uma face oculta desse avô tão distante como revisitado:

— Eu nunca imaginei que meu pai escrevesse. Até que certa vez me entregou umas dez folhas de papel almaço, cobertas de letra miúda, e meio sem jeito pediu: "Leia." Li e me espantei. Era um ensaio bastante bom, um paralelo entre as justas medievais e a nossa cavalhada. Bem escrito, bem documentado, coisa de quem entendia. Disse com sinceridade: "O senhor deve publicar." Ele reagiu escandalizado: "Você está doido!" E os originais sumiram, sem deixar rastro.

(Anos atrás, em Maceió, o romancista e folclorista José Maria de Melo me informou num jantar: "Seu avô foi o maior galvão daquela época." Declarei a minha ignorância, não sabia o que significava "galvão". Então me explicou: conhecedor, treinador, amestrador de cavalos. Entregassem a ele um animal chucro, por mais brabo, que domava. E me falou de passadas e trotes, riscadas, paradas, de figurações diversas, que não entendi. Mas que liguei ao trabalho sobre as raízes medievais da cavalhada, essas reminiscências também se esmaecendo.)

As conversas com meu pai seguiam, paulatinas, na descoberta do pai dele. Eu sabia mais do fazendeiro Sebastião, menos da pessoa que deveria ser familiar. Sim, mas a contradição não se patenteava em casa. Estava lá fora.

— Meu pai não era velho, era antigo. Queria ser respeitável, poderoso, e nisso ele se afastava. Sempre dividido. Empreendedor, aberto à novidade, ao progresso, e pagando a Lampião o esquecimento de suas fazendas, alegando a proteção de minhas irmãs. Eu gostava de um lado, me danava com o outro. Quando chegava a saber. Incapaz de alardes, na maciota. Ou de violência, se fosse ele o feitor; se não fosse, nem por isso. A seu modo, um homem direito. Sujeito às aparências. Apesar de que fez filhos demais, legítimos ou não. Disse o que pensava, doesse a quem doesse, podia ser de uma franqueza bruta. Mesmo comigo. Aguentei ferroadas que me doeram muito, mas que respeitei.

Assim, coronel, sem patente, somente no efetivo? Nem se discute. E só nisso exteriorizado, personagem de *Infância*? Que é que você queria? Pai é intimidade, círculo bem reduzido. Maior no plano social. Aí nos nivelamos, ou contrastamos, porque eu discrepava. O ângulo do autor. Visando ao que importava, ele passava a representativo. E resumindo:

— Éramos todos uns selvagens.

Silenciou, pensativo, para voltar enfim confessando:

— Só me dá pena que ele não tenha lido *São Bernardo*.

Não sei até que ponto foi compreendido esse processo do Graciliano memorialista. Sei que aqui e ali, com alguma frequência, há quem estranhe certas figuras de *Infância* e *Memórias do cárcere*. Isso de pai e mãe, ou de esposa, de repente, surgirem como personagens, em toda uma gama conflituosa, não é muito comum. No entanto, será o método de o escritor dar às suas memórias um tratamento próximo ao da ficção, antepondo, aguçando, ampliando.

Logo depois da publicação de *Infância*, lhe chegaram umas críticas chocadas, espantadas com o seu realismo confessional. Ele se atanazou, irritado, vendo que não o entendiam. Por princípio, não respondia nunca às manifestações que um livro despertava. Ainda mais quando, apesar dos pesares, o aplaudiam. Mas falou muito a respeito. O trabalho de reconstituição e o de construção, o homem e o autor no traço de união da primeira pessoa, a criança desmitificada, a dureza do quadro, a conclusão didática. Se aparecia como um tosco e troncho menino, por que esperar o abrandamento nos demais? Seria impossível, um desconchavo, ficaria uma desgraça. E concluía:

— Eu tenho lá problema com ninguém?

Não tinha mesmo, tanto quanto sei. Se o retrato de meu avô, ao adquirir as tonalidades do agreste, fica mais desfavorável, que dizer do perfil de minha avó? Ela aparece no livro feito uma "pessoinha" irritável, de "boca má", dada a inexplicáveis alternâncias de humor, insignificante e sombria, "minha indistinta mãe". Entretanto, para mim que a conheci, não se diferenciava muito na galeria de tias idosas, ou mesmo de minha bisavó materna, silenciosa e seca. Era calada, curtida, um nadinha que até menino encurtava. Vulto de fundo, que volta e meia meu pai avivava.

— Depois de adulto, sempre vi minha mãe como uma espécie de irmã mais velha. A diferença de idades era pequena. Eu tinha filhos, ela também, os meus brigavam com os dela, sobrinho maior batendo em tio menor, uma baralhada. Eu brincava: "Dona Maria, já está prenha?" E ela: "Graciliano, me respeite." Sisuda, emburrada, comigo se abrandava. Eu ia visitá-la quase todo dia, casa pegada, entrava lhe dando palmada, arreliando: "Feche o balaio, minha mãe. Vai parir até quando?" Ela fazia um gesto me afastando e disfarçava o sorriso.

Então Graciliano se casou, pela segunda vez. A mulher dezoito anos mais moça do que ele. A mesma diferença de idade entre os pais, seu Sebastião e dona Maria. Aí minha avó teve sossego, o filho deixou de histórias, do que pudesse constrangê-la. Até que ela não aguentou, provocando:

— Graciliano, você nunca mais me falou de mulher moça e marido velho.

Respondeu encerrando o assunto:

— Minha mãe, não se fala de corda em casa de enforcado.

Recuando mais, também para ele uma história contada, me descreveu o incidente.

— Os dois estavam começando, com uma fazenda perdida nas brenhas. Minha mãe mocinha trabalhando em casa, meu pai no campo, ela sozinha recebeu a visita de um sujeito mal-encarado, procurando por seu Sebastião. Ela entrou, saiu, veio de espingarda em punho: "O senhor se abanque ali e espere." Sentou-se em frente, com a arma apontada para o visitante, mirando impassível. Um tempão depois, quando meu pai chegou, o homem respirou aliviado. E comentou: "A dona é reimosa. Se eu piscasse, ela me passava fogo."

Esse modelo espraiado, de mulher desbravadora, de mãe sertaneja, está mais de acordo com a reimosa, ou geniosa e briguenta, personagem de *Infância*.

Em 1926, foi assassinado Lauro de Almeida, prefeito de Palmeira dos Índios. Assumiu o vice, Juca Sampaio. O governador Costa Rego designou Carlos de Gusmão, procurador do estado, para presidir o inquérito. E como tinha apenas mais um ano de mandato, começou a tratar das eleições de 1927.

Decidido e habilidoso, Costa Rego havia restaurado o Partido Democrata em Alagoas. Contava com amigos fiéis, a exemplo de Álvaro Paes, que o sucedera na Câmara Federal e o sucederia como governador, ou Francisco Cavalcanti, deputado estadual, chefe político de Palmeira dos Índios. A escolha do novo prefeito do município virou prioridade.

Chico Cavalcanti sabia do parentesco de Costa Rego com os Motta Lima, das amizades de família, e, por esses caminhos, da simpatia do governador por Graciliano. Na primeira visita de Álvaro Paes a Palmeira (o articulador natural, pois da terra, reatando sempre antigas ligações), soltou em reunião a proposta do seu nome. Foi uma grande surpresa para os políticos locais, pois ele era apolítico. Mas Álvaro Paes endossou, amigável e entusiasta, a indicação.

Ao saber da novidade, Graciliano achou uma invencionice, um disparate. A princípio não acreditou, depois recusou. Tinha lá cabimento! Álvaro Paes e Chico Cavalcanti o pressionaram, sem resultado. Recorreram ao velho Sebastião Ramos, que interveio, tentando, conchavando, para nada. Nem adiantaram as sortidas dos amigos, com os irmãos Otávio e Chico Cavalcanti à frente, dando vivas ao próximo prefeito.

Aconteceu então o inesperado. Os próprios correligionários, os coronéis do partido, entraram na picuinha política, alardeando que Graciliano era o candidato do governador Costa Rego. Pau-mandado do cacique Chico Cavalcanti. Homem moço, letrado, simpático, rico e alheio aos interesses do município, será pior que os outros. Enquanto falatório, nenhuma reação. Mas passaram às cartas anônimas, dizendo isso tudo e mais. Aí Graciliano abespinhou-se, resolveu enfrentar democratas e conservadores, candidatar-se. A sua carta de compromisso é modelar como perverso humorismo.

Foi uma festa por antecipação. À revelia de Graciliano, que se absteve de interferir, escolheram seu companheiro de chapa: o vice-prefeito seria José Alcides de Morais, comerciante, ativista partidário, com um bom curral de eleitores. Ao se cuidar da composição do futuro Conselho Municipal, ele, consultado, também se esquivou: "Isso é com os políticos." Não participou da campanha. No dia da eleição, compareceu à sua urna, votou e sumiu.

Uma vitória esmagadora. Graciliano teve 433 votos, o Partido Democrata elegeu todos os dez conselheiros municipais, com Francisco Cavalcanti liderando a sua votação. Na mesma noite, as comemorações principiaram.

Reunidos em casa de Chico Cavalcanti, os vencedores bebiam e comentavam. Nunca houvera tamanho comparecimento do eleitorado, nem maior tranquilidade, o menor incidente para manchar aquela demonstração de força política. Vocês já viram? Não, concordavam. De copo na mão, Graciliano falava pouco, brincava, sorria, entre divertido e mordaz. Conhecia os seus correligionários, sabia que dali tinham saído as miudezas, as cartas anônimas; para administrar Palmeira, na verdade, contava com poucos. Ia depender deles. E, principalmente, de Chico Cavalcanti e Álvaro Paes. Um, líder municipal; outro, governador. Ainda bem que amigos.

O negociante Graciliano conviveu, sabemos, com o Graciliano prefeito. Mas conviveu, por ainda mais longo período, com o jornalista de *O Índio*. Desde cedo colaborador do jornal de padre Macedo, às vezes escrevendo duas ou três matérias (assinadas, sob pseudônimo ou não) no mesmo número, ele sabia das dificuldades permanentes que a publicação enfrentava. É natural que fosse um dos seus anunciantes.

Vale a pena o exame dos anúncios de Graciliano, pois sem dúvida ele os redigiu, veiculados pelo *O Índio* na década de 1920. Para chegarmos ao que será o mais representativo da propaganda do seu negócio. Curtamente, o transcrevemos:

> "*(Título e subtítulo)*
> Loja Sincera
> Praça da Intendência
> *(Texto)*
> Completo sortimento de fazendas, chapéus, calçados, perfumarias etc. etc. – Sinceridade e lhaneza.
> *(Rodapé)*
> Preços sem competência"

O que logo salta à vista é o enorme afastamento do tom de época. A publicidade nos anos 1920 tinha uns restos de *art nouveau* (orientalista, misteriosa, erótica) mais notáveis em sua ilustração, o que não seria o caso do pequeno jornal provinciano. Entretanto, o diferencial básico era a linguagem: enumerativa, gritante, fortemente adjetivada.

O anúncio de Graciliano tem apenas um adjetivo, e assim mesmo rebaixado, puxando a enumeração dos produtos oferecidos. Usa dois "etcétera", é verdade, mas naquele tempo eram utilizados mais e exclamativos. Há a promessa de sinceridade, que remonta ao nome da loja. E aquele "lhaneza", sem dúvida termo do momento. Demorou muito que passasse a lisura, cortesia, enfim, atendimento.

Não precisamos pesquisar para ver o quanto ele se diferenciava do padrão corrente. Na mesma página de *O Índio* há um anúncio da Loja Esperança, seu concorrente principal. No mesmo espaço, contamos sete adjetivos. O comerciante dá todas as suas linhas e se assina Leobino Soares. Coisas que Graciliano não fez.

Qual a sua real atitude diante da propaganda? É conhecido que odiava qualquer forma de promoção pessoal, mas isso não responde à pergunta. Provavelmente o fato de não ter dado no anúncio todas as linhas do produto seja mais conclusivo. Ele selecionou os que poderiam atingir os raros leitores de *O Índio*, deixou de lado os matutos, sitiantes e mesmo fazendeiros, que vinham para a feira dos sábados. Essa intuição de público preferencial, naquela altura, sem dúvida ganha importância. Na linguagem econômica, direta, objetiva. O inverso do farfalhante, espetaculoso. Ou campanudo, como gostava de dizer.

A linguagem, para Graciliano, era um problema. Ou casos a resolver, e não dos mais corriqueiros. Tanto que demandava pesquisa, de raízes ou eufonias, sem muito a ver com as tendências de época. Meu cunhado James Amado me relembra um diálogo, bastante longo, em que ele descartava o modernista "me dê", por não encontrar base na sua realidade oral, nem na gramática, em benefício de um "dê cá", real e fluente.

Há outros exemplos, inúmeros, que pedem somente esforço de memória. Um deles meu pai me contou, reconstituindo o tempo em que reescrevia *São Bernardo* na língua de Paulo Honório. Estava sentado na varanda da casa de Palmeira dos Índios, trabalhando, quando chega Clóvis, um dos seus irmãos mais moços, fazendeiro, eventual consultor para assuntos do agreste, e se apeia afogueado, suando. Papai o chama; esbaforido, meu tio o atende, ouve a pergunta que o surpreende; dá de ombros, responde atravessado:

— Ora, Grace! Quem pariu Mateus que o balance!

Ele dá uma gargalhada e agradece:

— Obrigado, Clóvis. Era isso o que eu queria.

Gostava de andar conversando, pegando o braço da gente. Falava baixo. Mas quando acertávamos o passo, e as palavras quase entravam pelos ouvidos, mesmo os barulhos da rua não atrapalhavam. Às vezes eram lembranças que ficariam inéditas:

— Logo que cheguei à prefeitura, proibi animais soltos na cidade. Palmeira era um pasto de bois, cavalos, porcos e cabras, uma sujeira grossa. Na primeira infração, o dono pagava multa; se reincidisse, os bichos iam a leilão. Foi aquele escarcéu. Eu aguentei firme, praça pública não é fazenda de ninguém. A maioria meteu o rabo entre as pernas, diminuiu muito a invasão, mas não terminou. Muritiba chegava todo santo dia com o maço de multas. Uma ocasião ficou-me rondando, meio sem jeito. "Que aconteceu, homem?" Ele me informou que achara umas vacas de meu pai, juntas das amigas, zanzando à toa. "E você?" Respondeu: "Não fiz nada, não." Então eu mandei: "Pois faça, lavre a multa. Prefeito não tem pai." Dito e feito. Paguei a multa, peguei o recibo, de noite falei com seu Sebastião: "Olhe aqui, veja, hoje encontramos umas vacas suas fazendo *footing*. Se mandasse lhe entregar a multa, o senhor tinha um ataque do coração. Por isso eu mesmo paguei." O velho impou, estourou esbravejando, subiu nas tamancas. E terminou me devolvendo o dinheiro. Depois, vaca dele nunca mais visitou o centro.

É notícia recente: em plebiscito popular, a cidade pernambucana de Serra Talhada resolveu, por larga maioria, erigir uma estátua a Lampião, o mais proeminente vulto local. Não faz muito, em livro dirigido ao público juvenil, o adaptador de Robin Hood aproxima Lampião do aventureiro inglês, que tirava dos ricos para dar aos pobres, só que acha o nosso cangaceiro superior, "o mais estupendo de todos" os justiceiros. Antecipando esse patriotismo desvairado, uma série de TV já apresentara Lampião como o salteador virtuoso, símbolo da luta contra o desequilíbrio social do Nordeste; viu nele até um resistente à penetração norte-americana, ou seja, o combatente anti-imperialista.

— Quando soube que o velho Sebastião dava dinheiro a ele, fiquei danado.

Meu pai lembrava a discussão com meu avô, que arrazoava: tinha filhas e genros morando em fazendas, espalhados pelo sertão, deixasse de pagar e não sobrava homem vivo, mulher não violentada.

Estavam mesmo na rota do cangaço. Tanto que certa vez Lampião, com um bando de quase duzentos homens, ameaçara entrar em Palmeira dos Índios. Era mandar o exigido ou resistir.

— Resolvemos enfrentar. Cavamos trincheiras, barricamos as entradas da cidade. Armamos os homens válidos, trouxemos os cabras das propriedades vizinhas, ficamos em pé de guerra. Aí algum olheiro foi avisar; ele desistiu. Ia perder muita gente.

Eu ouvia, fascinado. Passara a meninice acalentado pelas estrepolias dos cangaceiros, da polícia volante, duas pestes que nos assolavam. E contei de uma noite, após a ceia, em que atraído pelos foguetes saí à calçada e vi os caminhões, as cabeças cortadas, espetadas em estacas, de Lampião, Maria Bonita e mais dez outros, os soldados empunhando archotes, gritando vitoriosos, um cortejo macabro pelas ruas de Maceió. Sonhos assombrados, semanas no pesadelo.

— Coisa mais sinistra.

— Eu escrevi sobre isso.

Não havia lido, era pequeno e estava fora do Rio. Bem depois, ao se reunirem as crônicas de *Viventes das Alagoas* (título sugerido por Jorge Amado), afinal encontrei "Cabeças". Ou reencontrei minha antiga visão, bárbara, mas transposta no sarcástico perfil do tenente Bezerra, que se reformou coronel, o falante matador de Lampião, versado em frases feitas, sua retórica elementar de glorificado primário.

Havia mais, bem mais. "O fator econômico no cangaço", crônica da propriedade que se mantém e cresce pela força, com pequenos exércitos de senhores rurais, sedentários, enquanto os cangaceiros se distinguem dos outros facínoras apenas por serem nômades, no regime de produção agrícola da caatinga. "Corisco", uma crônica do diabo louro, seu conterrâneo de Viçosa, filho de decadente família de donos de engenho, forçado a decair, enlouquecido, o pequeno monstro baleado e decapitado, morto quase inédito porque havia a guerra na Europa, tantos crimes. "Dois cangaços", a crônica dos matutos indefesos diante de dois poderes, a volante e o cangaceiro, a primeira muitas vezes obrigando-os à segunda opção, ou o seu reverso, em todo caso forçando-os a escolher, pela imposição social, ou pior ainda, pela econômica. E "Lampião" e "Virgulino", que buscam o perfil necessariamente fincado no agreste.

Graciliano nunca idealizou Lampião. Desde 1926, ao escrever do assédio a Palmeira dos Índios, sem mencionar a sua participação pessoal. Chama-o "bicho montado", "horrível", "sanguinário", diz dele o animal "cruel", que "queima fazendas", capaz "de violar mulheres na presença de maridos amarrados", e "se conservara ruim, porque precisa conservar vivo o sentimento de terror que inspira", enfim "vemos perfeitamente que o salteador cafuzo é um herói de arribação bastante chinfrim".

Por outro lado, não desconhece a sua projeção lendária. "Lampião nasceu há muitos anos, em todos os estados do Nordeste." E se refere à nossa tradição bandoleira, do remoto Jesuíno Brilhante ao envelhecido Antônio Silvino, para concluir: "Resta-nos Lampião, que viverá longos anos e provavelmente vai ficar pior. De quando em quando, noticia-se a morte dele com espalhafato. Como se se noticiasse a morte da seca e da miséria. Ingenuidade."

Essa presença do banditismo está em *Vidas secas*, alcança Fabiano, que num momento de revolta, ao cruzar com um troço de cangaceiros, tem o ímpeto de segui-los. Personagens de Jorge Amado também se dividem pelos caminhos da fome, em vários livros, cumprindo ou não a sina de salteador. No romance *Os cangaceiros*, José Lins do Rego alimenta os capítulos iniciais só da fama que precede a cabroeira, até que apareçam as figuras vivas, brutas, perversas. E Rachel de Queiroz, em sua peça *Lampião*, emoldura a figura central na empoeirada, crua, dramática realidade feita de terra. Sim, nenhum dos grandes romancistas do Nordeste poderia ter ignorado o cangaço.

Mas voltando a Graciliano e ao mito de Lampião, sejamos literais. Citando:

> Abastardamo-nos tanto que já nem compreendemos esse patife de caráter e inadvertidamente lhe penduramos na alma sentimentos cavalheirescos que foram utilizados como atributos de outros malfeitores. Deixemos isso, apresentemos o bandoleiro nordestino como é realmente, uma besta-fera.

A propósito, Brecht já advertira: "Pobre do país que precisa de heróis." Às vésperas de uma estátua a Lampião, nem chegamos a ser pobres. Somos, de fato, miseráveis.

Outra conversa avulsa, esta não andando mas parada, no Tabuleiro da Baiana à espera do bonde.
— Um domingo depois do almoço fomos ao cinema. Saímos, a tarde estava bonita, resolvemos passear. Sua mãe grávida de você. Pegamos o automóvel, ganhamos estrada para os lados de Palmeira de Fora. Aí, no melhor da festa, com fresca, pôr do sol e tudo, aconteceu: atiraram em mim. Quebraram o para-brisa do Ford, bem uns seis tiros. Mas gente ruim, uma peste de pontaria, não acertaram em ninguém. O chofer respondeu, descarregou o revólver para todos os lados. Passado o susto, vi que um dos tocaias, eram dois, se escondera debaixo do pontilhão; desci para o mata-burro e caí em cima dele, gadanhei. Vim com o homem, o outro sumira. Mandei que o motorista desse anarriê, voltasse, preocupado com sua mãe (ela nem se incomodou, coragem não lhe faltou nunca), chegamos em Palmeira. Deixei Ló em casa, fui com o cabra para a delegacia. Disse que tratassem dele: quem mandou? Jantei, Ló estava no mesmo, normal, o que estava uma peste era a estrada, passando por fazendas, contrariando, uma porcaria de terra desapropriada, mas paga, doidice. Depois do café, fui à cadeia. O homem apanhara um bocado e nada. Mudo, mudinho. Eu cheguei e disse: "Fale ou não fala nunca mais."
— Estavam batendo nele?
— Não, estavam lhe passando a mão na cabeça. Que é que você queria? Ele tinha vindo me assassinar. Podia ter matado sua mãe, com você dentro. Eu ia conversar com ele em francês?
Recolhi-me, despassarado.
— Batiam nele de tacão. Batiam, batiam, e nada. Voltei uma vez, duas, e ele calado. Pensei numa viúva, danada de boa, resistia que nem beira de sino. Mulher de cabelo na venta. Ela tinha de ser. Mas o infeliz ali calado. Apanhando.

No terceiro dia, o impulso esfriou. Desgaste do material. Entropia, diríamos hoje, ou cansaço tecnológico. Chegou ali ou foi deixado com o infeliz descadeirado; mais uma vez quis saber:

— Quem mandou?

— Não sei, nunca, nunquinha.

— Olhe aqui, ou você diz ou você morre.

— Estou morto.

Gostei. Queria ter ele do meu lado, era dos bons. E baixei as armas. Mandei parar, soltar, deixem o homem ir embora. Mas antes avisei:

— Escute aqui. Você é de Pernambuco?

— Não sou de lugar nenhum.

— Está bem. Mas, se for, não volte. Não cruze a fronteira. Se voltar é homem morto. Entendeu?

— Nunca mais piso em Alagoas.

— Se chegar, cruzar a divisa, está enterrado.

— Eu sei.

— Boas-noites.

As despedidas. Ele capengando, meu pai contando. Não gostei da história. No que fui conduzido, imprensado, tinha de entender. Queria o quê? Você morto, sua mãe morta? Ou eu? Não, certamente. Então...

Os relatórios do prefeito de Palmeira dos Índios, que chamaram a atenção para um Graciliano possivelmente escritor, ainda continuam a ser comentados. Pela sua prosa nada oficial, naturalmente. E pelos caminhos que percorreram até o Rio. Como chegaram à capital, para a sua repercussão nos círculos literários? Jorge Amado revela, em uma entrevista, que José Américo de Almeida foi quem os trouxe. A ideia é simpática, o romancista de *A bagaceira* distinguindo, apadrinhando o obscuro provinciano. Também provável, já que Jorge viveu a época, tem referências e boa memória. Só que eu não sabia, me pegou de surpresa. Ao reconstituir a trajetória dos relatórios, com o próprio autor a guiar-me, eles surgiram primeiro na imprensa de Maceió, em sucessivas e anotadas publicações, fazendo algum estardalhaço. Logo a seguir, Pedro Motta Lima, alagoano atento aos ecos da terra e velho amigo de Graciliano, os divulgou em fascículos no jornal carioca *A Manhã*. Quanto às suas edições completas, pequenos folhetos da Imprensa Oficial de Alagoas, vieram depois. Se por intermédio de José Américo, ótimo. Excelente descoberta.

Maceió, 1934. A cidade, um centro literário de importância. Nela moravam José Lins do Rego e Rachel de Queiroz, que logo se tornam íntimos de Graciliano e dos escritores da terra: Aurélio Buarque de Holanda, Théo Brandão, Valdemar Cavalcanti. Havia o contista Carlos Paurílio e o poeta Aloísio Branco, desaparecidos a seguir, nomes de relevo no modernismo alagoano. E Raul Lima, José Auto, Diégues Júnior, Humberto Bastos, Alberto Passos Guimarães, Barreto Falcão, Paulo Silveira, Afrânio Melo, José Reis. Saídos um pouco antes, Jorge de Lima, Arthur Ramos e Pontes de Miranda não tinham cortado ligações, ainda se projetavam no rico cenário provinciano.

A nossa casa, na rua da Caridade, vivia fins de semana movimentados. Lá o grupo se reunia, muita gente à hora do almoço. Sem dúvida meu pai gostava desses encontros dominicais, pois se prolongaram no Rio, iriam durar toda a sua vida. Entretanto, naquela época talvez fossem mais alegres. Nós, as crianças, de longe recebíamos os ecos das conversas e gargalhadas.

Certo dia, voltando da praia, fui levado à sala. Para ouvir o discurso da figura encorpada, enorme, vasta cabeleira escura e sorriso contido, um rosto já familiar. Ele se dirigia a mim, se explicando: não me considerasse agravado, não existia nenhuma alusão, nunca me chamaria de "moleque" (palavra que entre nós tinha o sentido estrito de negro). Era Zélins, estavam comemorando o término do seu romance *Moleque Ricardo*.

Chega-me às mãos um exemplar de *O Gutemberg*, órgão da Associação Alagoana de Imprensa. Trata-se de edição comemorativa dos sessenta anos da entidade. E na relação de sócios do seu primeiro biênio, 1931-1933, entre dezenas de nomes conhecidos (Jorge de Lima, Aurélio Buarque de Holanda, Diégues Júnior, Théo Brandão, Raul Lima, Alberto Passos Guimarães, Rui Palmeira, Valdemar Cavalcanti, Aloísio Branco, Carlos Paurílio, Afrânio Melo, Humberto Bastos, Freitas Cavalcanti, os membros correspondentes Costa Rego, Gilberto Freyre, Pedro Motta Lima, Arnon de Mello, Povina Cavalcanti, Carlos Pontes), aparecem José Lins do Rego e Graciliano Ramos.

É curioso que meu pai nunca me tenha falado da sua atividade jornalística, assim regular. Tanto que estranhei vê-lo na lista profissional. Logo a seguir, fui ligando: as colaborações antigas, a princípio em jornais fluminenses, depois em *O Índio* de Palmeira, enfim diretor da Imprensa Oficial. Mas foi a menção de José Lins que me lembrou:

— Eu estava trabalhando. Zélins chegava e se punha a me azucrinar: Vamos, termine, sujeito mais lerdo!

Devia ser no *Jornal de Alagoas*, Graciliano escrevendo algum editorial. José Lins esperava, Graciliano seguia lentamente. Até que um dia, indo ao banheiro, meu pai voltou e encontrou o artigo pronto. José Lins, apressado, em minutos acabara por Graciliano.

— O pior é que ficou bom. Eu sou uma besta, sempre fui.

Finda a tarefa, os dois iam para a Helvética, ou ao bar do Cupertino, o Ponto Central. Beber, conversar. José Lins não bebia nada, só tomava café. Graciliano ficava no café, no leite batido com gelo, "aquilo espumante" segundo o próprio Cupertino, deixava conhaque, bagaceira, aguardente para casa. Valdemar Cavalcanti e Carlos Paurílio, muito jovens, bebiam demais. Graciliano e José Lins tomavam conta deles. Rachel de Queiroz, a única mulher na roda masculina, devia escandalizar a Maceió da época.

Nesse passo evocativo, surge de repente uma cena de infância. Sei que sou dela um eterno esquecido, principalmente quanto a fatos, o menino de mim só volta em vagas impressões. Apesar disso, revejo.

Estou muito pequeno sentado à mesa, meu pai ao lado baralha os estados, mapa do Brasil, recortados e postos em reverso, para dificultar o jogo. Mesmo que ainda não soubesse ler e as cores se repetissem. Ele separava um, eu dizia o nome. Amazonas, Mato Grosso, Rio de Janeiro, Sergipe, Minas Gerais. Os maiores e os menores eram fáceis, outros de particulares desenhos. A princípio confundi Santa Catarina com Pernambuco, depois acertei. Havia um, no entanto, que sempre custava a sair. Didático, vinha em meu auxílio:

— Terra de ladrão, se lembre. Lugar de bandido.

— Rio Grande do Sul.

Dava risada. E repetia aquilo, suponho que variando os xingamentos, chão de seu andar desenvolto. Isso em Maceió, antes da prisão. Onde não vira um gaúcho sequer. Por que, então, a manifesta ojeriza? Por causa de Getúlio, evidente, a quem nunca poupou os seus piores adjetivos.

Desde a Revolução de 1930, ficara contra. E além de ostensivamente, querendo agir, combater. No seu intuito de resistência, forçado pelas circunstâncias bastante curto, indo de Maceió a Palmeira dos Índios foi preso por um destacamento sob o comando de Agildo Barata, então um dos líderes tenentistas. Preso e ameaçado, passou uma noite esperando o fuzilamento. Que não veio, claro; as revoluções brasileiras quase não matam de começo, preferem os desdobramentos, são retardadas na violência. De manhã o soltaram. Seis anos depois estava com Agildo na Casa de Correção, ambos confinados como comunistas, pelo Getúlio Vargas de 1930, de 1936, de 1937, não mais revolucionário, mas ditador. Aí Graciliano arreliava Agildo:

— Já pensou você me fuzilar? Ia ser o maior ridículo.

Ninguém escapa à anedota. Graciliano deu lugar a muitos casos contados, verídicos ou verossímeis. Desde o diálogo "Bom dia", "Você acha?", até o da mulher que lhe perguntou: "É verdade que você voltou da Rússia feito Gide?", e ele respondeu: "O quê, minha senhora, pederasta?" Sabemos todos o quanto significa isso de imagem projetada.

Há, no entanto, coisas que escapam ao folclore e se ligam diretamente aos seus livros. Uma delas me parece pelo menos interessante. Refere-se a *Angústia*, ao solilóquio final de Luís da Silva.

Escreveu todo o capítulo de uma sentada. Contrariando os seus hábitos de realização lenta e parcelada, saiu de uma vez. Mais de dez páginas impressas, sem um parágrafo, naquela atmosfera opressiva que sabemos. Começou a trabalhar de manhã, num fim de semana, passou o dia e entrou pela noite. A certa altura, pôs-se a beber. E como escreveu muito, e demorou muito a terminar, naturalmente bebeu muito. De madrugada, foi dormir sabendo apenas que tinha acabado o livro.

No dia seguinte, já refeito, relendo e revendo, encontrou duas linhas que o enjicaram: "Instituto Histórico e Geográfico do Espírito Santo, Instituto Histórico e Geográfico do Rio Grande do Sul." Por mais que fizesse, não conseguia atinar: a troco de que escrevera aquilo? Mas estava bom; ligado ao lado funcionário de Luís da Silva, deixou.

Só não entendia como achara. Demorou uma semana a perceber: copiara as lombadas de dois relatórios, ainda em cima da mesa, que recebera na sua correspondência oficial. Estava diretor da Instrução Pública em Alagoas.

Em muitas ocasiões se referia ao seu tempo alagoano de diretor da Instrução Pública, função correspondente à de secretário da Educação. A merenda escolar, a criação de uma escola profissional feminina, o concurso obrigatório para as professoras do ensino primário. Eram novidades e saneamentos.

A merenda lhe rendera um bate-boca desagradável com o comandante da guarnição militar, que incluíra meninos de grupo no desfile de 7 de Setembro. "Criança não é soldado. Eles só marcham se comerem antes e depois, se estiverem calçados e vestidos. Não vou deixar ninguém desmaiado pelo caminho." Dito e feito, acompanhou pessoalmente a meninada. Uma ambulância de garantia fechando o cortejo.

À escola profissional, bem recebida, não deu cuidados. Mas o concurso das professoras, "na maioria analfabetas", levantou celeuma, gerou pistolões, pressões, alcançou o plano das ameaças. Morte matada era, ou sempre foi, coisa corriqueira. E ele duro, cumpra-se. Não escapou da prova nem minha tia-avó que dera cobertura ao seu namoro com mamãe, dindinha ensinando corte e costura, ganhando uma desgraça, no fim da vida morando conosco no Rio; papai sempre teve um fraco por ela. Entretanto, no máximo torceu pelo seu crisma. Efetivado.

Hoje, quando a merenda escolar é iniciativa de tantos, penso em Graciliano, Alagoas, 1935. Naturalmente a comida era pouca, irregular, não atendia às suas aspirações. Isso reforça o pioneirismo, sempre um esboço a preencher. E nós, desinformados ou deslembrados quanto a datas, aceitamos qualquer política emergente que se aproveite da mídia e retumbe.

Penso também em minha entrada na Faculdade de Direito. O Velho ficou feliz, e demonstrou, brincando de me chamar "doutor" por antecipação. Nunca atribuí maior importância àquilo, corujice de pai. Até que, muito depois de ele morto, soube ter instituído a Faculdade de Direito de Alagoas. Autodidata, guardou bem guardada a sua medida bacharelesca. Não me disse nada. E vá a gente querer, assim no simples, entender as tônicas de uma pessoa. Se viver é geral, o passo de cada um é muito particular.

Tinha a certeza de que sua prisão fora resultante de uma denúncia. Anônima, mas próxima. Isso aparece, mais que sugerido, no início de *Memórias do cárcere*. Uma parenta o visita e, após o áspero diálogo, ele relata: "Agradeci e pedi-lhe que me denunciasse, caso ainda não o tivesse feito." O tema é retomado no conto "A prisão de J. Carmo Gomes", em que a irmã denuncia o irmão.

Por motivos os mais diversos, aquilo me figurava inverossímil, um tanto fantasioso, improvável ou desnecessário. Graciliano se opusera à Revolução de 1930, não de maneira passiva, mas querendo resistir, pegar em armas, não pudera conviver com a primeira fase da interventoria, renunciara em meio ao seu mandato de prefeito. Claramente se alinhara pelo Movimento Constitucionalista de 1932, data da carta à minha mãe no "terceiro mês da Revolução de São Paulo", não comparece às comemorações palmeirenses da vitória sobre os paulistas, ainda que ex-prefeito, e concluiu, bem à sua maneira, "que a pátria está salva e tiraram São Paulo do mapa".

Se no plano geral foi assim, que dizer do provinciano? Sua administração na prefeitura, independente e rigorosa, pisara os pés de muita gente: a desapropriação de terras para a construção de estradas (desavenças, gritarias, ameaças), a severa cobrança de impostos (de repente os privilégios cessavam), a aplicação das verbas públicas segundo suas prioridades (os interesses individuais ou de grupos contrariados). Não seria um político popular, ao contrário. Houve um entreato, sua passagem pela direção da Imprensa Oficial, um cargo mais ou menos resguardado. E retorna à cena como diretor da Instrução Pública, expondo-se mais do que nunca, um secretário da Educação que amplia de maneira expressiva o número de alunos da rede escolar, que veste, calça e alimenta a meninada, que enfrenta o preconceito enchendo os grupos escolares de crianças negras. "Quatro dessas criaturinhas, beiçudas e retintas, obtiveram as melhores notas nos últimos exames. Que nos dirão os racistas, d. Irene?" A pergunta à professora era oportuna, "os integralistas serravam de cima".

Caso tudo isso não fosse o suficiente, restava o temperamento de Graciliano. Afirmativo, opinioso, irreverente. Não iria, acomodado, calar-se. O inverso, imaginamos, seria o verdadeiro: ele falando aos amigos, em casa, na repartição e no bar. Dizendo das suas posições, essencialmente críticas, quanto à realidade do país e à situação estadual.

Então, por que a denúncia? Dava a impressão de extemporânea modéstia, sem o menor cabimento, quase uma redução. Como se ele fosse o desconhecido a procurar e apontar.

— Acha que você, logo você, precisava ser denunciado?

A pergunta, significando minha dúvida ou recusa, o deixou indignado:

— Como não?

— Os professores, os intelectuais que você encontrou na cadeia, foram denunciados também?

Não respondeu de pronto. Fechou-se, e a mancha vermelha, vertical, dois dedos lhe cortando a testa do lado direito, apareceu ameaçadora. Sinal de alerta, fim de qualquer diálogo.

— Só sei que eu fui.

Nunca mais voltei ao assunto.

Li ou datilografei um dos capítulos iniciais de *Memórias do cárcere*, não estou lembrado, e me admirei com o diálogo entre o general e Graciliano, no quartel do Recife. Saíra meia dúzia de linhas extremamente discretas. Versão bem diferente daquela que tantas vezes contara.

— Por que você não deu o nome do Newton Cavalcanti?

— Por que iria dar? Que importância tem ele?

A birra era antiga, o general integralista a antagonizá-lo fazia muito, o Velho a reagir dizendo publicamente: "É uma cavalgadura." Preso, nas mãos do homem que chefiava a região militar do Nordeste, ao ouvir a ameaça de fuzilamento, perdera as estribeiras e o mandara à puta que o pariu.

— Faltou a mãe dele. — sorriu — Não havia testemunhas.

— O capitão Mata não estava com você?

Riu:

— Seria o mesmo que nada. Ele ficou apavorado, pensou que eu endoidecera. Não botei aí que me aporrinhou um bocado? Milico, e de polícia, não ia sustentar esculhambação em general do Exército.

Calou-se, para logo continuar:

— Tem mais. Se eu pusesse o xingamento, pareceria bravata. Sem a menor verossimilhança.

Viu na minha cara, não me convencera. Perder uma porrada em cheio por simples cautela. E, afinal, aquilo era memória ou ficção?

Paciente, quase professoral, explicou:

— Fui até onde podia e devia. Repare, o sentido geral está claro, só que virou resistente. Ou renitente. O difícil era não me avacalhar, como pessoa ou personagem.

E me adivinhando:

— É memória, sim. Mas de cadeia. Se fosse entrar por esses caminhos, teria de voltar muito, escrever demais. Não era a história da minha vida.

— O litoral do nordeste é muito regular, quase não tem acidentes. Alagoas daria um lindo golfo. Já pensou ir de Sergipe a Pernambuco por mar, de vapor ou jangada? E no mapa, então... Ficava uma beleza de recorte.

Eu ria, a brincadeira se repetia, ele estomagado com o pessoal da terra não voltaria lá, não perdoava as fraquezas e os pavores revelados na sua prisão, mas um dia cobrei:

— Com essa birra, você ia me estragando aquelas férias.

E lembrei minha primeira viagem ao Rio, pouco menos de 11 anos, a mostrar-lhe o boletim dos exames de admissão, as boas notas, e a sua reação pronta: "Isso não vale nada. O ensino em Alagoas é chinfrim, eu sei porque fui diretor. Você não quer fazer de novo aqui, a sério, no colégio que inspeciono?" Imprensado, concordei. E fiquei na expectativa.

— Morri de medo. Aceitei por honra da firma.

Ele pareceu realmente admirado:

— Que bobagem lembrar. Eu só queria experimentar você. Não deu tudo certo?

Sei. Eu fora ao colégio três dias, no outro lado da cidade, junto dele, tomando dois bondes, do Catete ao Centro, andando um pedaço até o largo de São Francisco, daí até a avenida 28 de Setembro. Lá, encontrando um mar de meninos. Quantos? 3 mil, talvez mais. Formigueiro. Que horror, as provas escritas, as orais, atabalhoado em cinco matérias, e tinha matemática. Nunca suei tanto, em todos os sentidos.

— Você tirou o primeiro lugar, não foi?

— Foi. Muito melhor do que em Maceió. E você disse que era porque eu era seu filho.

— Safadeza minha.

Revidei, com um retrospectivo golpe baixo:

— O ensino em Alagoas tinha vantagens. No último ano, eles nos deram o *Vidas secas* para ler.

Após uma breve iluminação, voltando ao nível normal, soltou:

— Aqueles seus frades são muito esforçados.

E rimos, tudo vai bem quando termina bem. Mas eu, no fundo ainda chateado, arrematei:

— Foi uma grande alegria sem férias.

— Que é isso? Citando Machado?

— Melhor do que decorar Eça.

— Será?

Aí discutíamos, decentemente. Reagindo às aproximações críticas, ele não admitia ao menos que gostava, e no entanto era um visceral machadiano. Eça esperava a opinião dele. Besteira, pra quê? Seu melhor conto, "José Matias", é uma retomada do tema de "A desejada das gentes". Vai ver que por acaso. Não, veio depois, foi homenagem. E apaziguados, porque não existiam reais discrepâncias, apenas exercícios de adestramento (as idades comandam, a dele me conduzia), voltávamos à tona:

— Enfim, melhor do que férias sem alegria.

— É bom mesmo, não é?

— É ótimo.

Então, de repente, me deu um acesso de curiosidade. Devia estar se costurando por dentro, e afinal aflorou:

— Me diga. Se pudesse escolher, onde gostaria de ter nascido?

— No Brasil, claro.

— O Brasil é grande. No Brasil, mas em que lugar?

— Alagoas. Em Quebrangulo, Palmeira dos Índios, Viçosa. Eu recomeçaria tudo.

Depois ele se repetiria. E publicamente, mais ou menos econômico, até o fim. Pois voltando da URSS, em Paris matando saudades lidas, minha mãe lhe fez quase a mesma pergunta: "Onde você nasceria de novo?" Apesar de estarem às margens do Sena, sua resposta não variou: "Alagoas."

Três meses depois de chegado ao Rio, comecei a trabalhar. Abrindo o ano de 1944, exatamente no dia do meu aniversário, 15 anos, entrei para a Meridional, agência noticiosa dos Diários Associados. Era Carlos Lacerda quem a dirigia. Com um telefonema de minha mãe para ele, arranjei o emprego.

Meu pai ficou satisfeito, fez pilhéria comigo ("Jornalista, ora vejam"), estabeleceu as regras do jogo: eu não daria um tostão em casa, bastava que me mantivesse. E estudasse. Aliás, sempre tinha sido assim, meus irmãos mais velhos desmamaram cedo.

Principiei, meio desconfiado. Sem conhecer a cidade, o ofício, fazendo das tripas coração. No turno da manhã, Dirceu Nascimento (amigo de Márcio), o redator-chefe. Cinco homens batendo à máquina sem parar, amontoando o noticiário, e Lacerda chegando antes do almoço para fechar o expediente; em uma hora refazia tudo, repetindo a mágica no fim da tarde e noite adentro.

— É um rapaz muito inteligente — meu pai confirmou, em feitio de exceção.

Timidamente, eu me ambientava. Com o trabalho, pendendo para fórmulas fixas (raras as novidades, como pegar por telefone o artigo diário de Assis Chateaubriand e ouvir do patrão, ao repetir o translado: "Você entendeu tudinho, seu menino, até as vírgulas." E não ia entender aquela voz de garganta, estertorada, o sotaque tão familiar?). Com a cidade, pouco a pouco desvendada e querida, a se revelar feminina, apaixonante, naquela minha liberdade só exercida em particular, o geral de risco permanente, agoniado. Um policial para cada jornalista, ainda que em projeto.

Um dia, me mandaram cobrir um fato policial. Morte ou suicídio. E logo ali, na Rio Branco. Fui, tomei notas. Não assim natural, ao revés e penosamente, porque o homem estava despedaçado na calçada. Guardo a imagem de um cinturão partido em tiras. E a náusea, a vista escurecendo, a saída apressada após o nome e a ocorrência: fulano de tal, economista, pulou do décimo andar. Um dos prédios mais altos da avenida.

Em casa, contei a meu pai. Não ia me acostumar nunca. E acordei do meu estouvamento reparando; ele não dissera uma palavra.

— Que foi que houve?
— Ele era meu amigo, estivemos presos juntos.

Meu Deus! Calei-me, como um velório, para ouvir:

— Eles nos tiram tudo. Não de uma vez, mas pouco a pouco. Até a miséria, o desespero, a loucura final.

Seu clima era o de *Histórias de Alexandre*, pronto e a sair. Ou talvez, mais ainda, o de *Infância*, que estava escrevendo. Mas já não estaria pensando em *Memórias do cárcere*?

A caminho da Livraria José Olympio, me perguntou:

— Não vai tirar o escudo?

Ele se referia ao meu distintivo de congregado mariano, daqueles pequenos, preso à lapela do paletó. Não respondi, emburrado. Rindo, entre aceitando e divertido, antecipou:

— Vai ser engraçado mostrar você com esse penduricalho.

Entramos, era minha primeira visita ao lugar, encontramos um homem sozinho lá no banco do fundo. Magro, de barba curta, nariz cortante, olhos que nem furadores, tinha um ar feroz. As apresentações:

— Este é Rollemberg, capitão. Este é Ricardo, meu filho e filho de Maria.

Eu me encalistrei, sem jeito, com vontade de sumir. Mas o militar me estendeu a mão sorrindo, e baixo, no mais amaciado sotaque nordestino, assim inesperado, quis saber:

— Você acredita?

Incapaz de falar, só afirmei de cabeça. Aí ele enquadrou o Velho:

— Então respeite o rapaz, homem.

Gostei de Rollemberg no ato, afeto de toda a vida.

A conversa se fez natural, dali em diante, sempre. Para mim, uma revelação. Para meu pai, nenhuma novidade. Os dois eram amigos, tinham estado presos juntos, se conheciam demais. E eu ali de inocente.

Inútil a lição, pois não me curei dos escudos. Corrido o tempo, apareci em casa com outro, de foice e martelo. Ele bateu pronto:

— Você é chegado a um distintivo, não é?

E eu, cínico:

— Mas este é de ouro.

Apesar de que usei pouco e perdi. Mais um ano, o assunto volta à baila. A propósito de Octávio Brandão, chegado da URSS, político e literato juramentado, com a peninha na gravata, para identificá-lo como escritor. Era uma pândega. Foi a minha vez de perguntar, já temendo o ridículo.

— Você usaria um troço desses?

Ele riu, no tom zombeteiro:

— Não, que ideia!

— Nem se tudo aqui virasse pelo avesso? Já pensou você diretor de entidade, e oficial, bancando o comissário político de escritor? Não usava, não?

Abriu a boca espantado, talvez se vendo na situação improvável, para de repente cair em si, reagindo, não. Não usaria mesmo:

— Eu sou lá besta de me rotular?

— Vá com calma, seu Ramos.

Meu pai, mesmo brincando, se preocupava. Seu Ramos era como o chamavam, no seu tempo de revisor de *O Século*. E como então me tratavam.

— Pelo jeito, chamam seu Ramos a tudo quanto é foca.

Mais por ignorância, menos por coragem (somente depois me descobri insensível ou anestesiado), eu aceitava o que os outros não queriam. E fui ao comício da Cinelândia fazer a reportagem para um jornal da Bahia. Aquele em que Iguatemy Ramos falou pela primeira vez na ditadura getulista, em nome do Partido Comunista do Brasil. Imprensado atrás dos oradores, promotores e anexos, os portões do Theatro Municipal nas minhas costas, pensei: é agora. Não foi, não. Foi no momento em que, inflamado, Carlos Lacerda berrou: "O crime está no Catete. E o povo nas ruas, clamando por liberdade para Luís Carlos Prestes."

Fechou o tempo. Não sei como saí nem cheguei, não sei aonde. Só sei que a vida se complicara. Tiro, pancadaria, ferido, sangue, gemido. Tudo isso a que hoje, distanciados, chamamos violência. Não, é mais. Para mim, naquela época, era o contrário de Maceió. Horários, modorras, calmas. A Maceió que eu vivera, sem matanças. Uma terra idealizada. Claro que sim, paradisíaca.

Conversava disso com meu pai, ele me compreendia, ou lamentava. Fomos involuntários precursores do Cinema Novo. Ele falava pouco, eu menos ainda. Expressões, silêncios, palavras soltas. Daí a recomendação:

— Seu Ramos, tome cuidado.

Mal descemos do bonde, centro da cidade, movimento, e o rapaz caiu no chão se debatendo. Meu pai abriu caminho afastando os curiosos, abaixou-se, tirou o lenço, colocou-o entre os dentes do epilético, desabotoou-lhe o paletó da farda colegial, afrouxou a gravata, o cinturão, ficou sustentando sua cabeça. Uns cinco minutos ali, curvado, meio de joelhos. As convulsões do estudante foram se abrandando, até que cessaram e ele abriu os olhos, fez menção de levantar-se.

— Você está bem?

Acenou que sim. Ajudou-o, dizendo baixo:

— Já passou. Não foi nada.

Ele retornava, olhando em volta como se acordasse. Nós a segui-lo, papai a ampará-lo, perguntando:

— Não quer tomar um pouco de água, um café?

No bar em frente, o balcão de madeira escura. Água mineral, só uns goles, pelo espelho eu via o rosto pálido com manchas vermelhas.

— Muito obrigado, meu senhor.

— Não há de quê, meu filho.

Fomos embora. Os dois em silêncio, eu voltando ao natural, mas ainda naquela impressão agoniada. E sem sentir, indagando surpreso:

— Como você fez tudo aquilo, tudo certo?

Estremeceu num gesto contraído, tão familiar, e me tomou o braço para a revelação penosa:

— Seu irmão tem essa doença. Eu aprendi com o Márcio.

A sua prisão dispersara a família. Meus irmãos mais velhos sofreram-lhe os efeitos de maneira variada: Márcio, que já era doente, não suportou o golpe e teve de ser internado, por um longo período, até mais ou menos se recompor; Júnio sumiu da noite para o dia, sem deixar rastro; foi reaparecer dois anos depois, os cabelos pelos ombros denunciando a temporada em meio às cabras de um parente longe, sertão brabo, coito de cangaceiros; Múcio, meio desamparado, sozinho, resolveu ancorar-se e ganhou o Recife, onde se alistou na Escola de Aprendizes-Marinheiros; enfim Maria Augusta, quase menina, em Palmeira namorou, noivou, teimou num casamento desparceirado que fatalmente se desfez.

Mamãe viajara logo atrás de meu pai, achando que no Rio devia tomar providências para soltá-lo. Quando isso aconteceu, dez meses mais tarde, veio a Maceió, liquidou pendentes (o que sobrara de imóvel, de gado) e voltou com minhas irmãs menores. Fiquei em casa de meu avô.

Demorou para que o Velho, pouco a pouco, endireitasse as coisas: encaminhando Márcio a jornal, Júnio a banco, desengajando Múcio, acolhendo Maria Augusta, mandando me buscar.

O toque de reunir dos irmãos foi um telefonema de Márcio:

— Júnio está no Rio, veio para uma dessas reuniões de vocês, negócio de sindicato. Múcio também chegou a trabalho, ligou ainda agorinha mesmo. Vamos almoçar amanhã?

Deu o nome do restaurante, no dia seguinte nos encontramos. Eles à vontade, rindo muito, pareciam vendedores em convenção. A diferença de idades me isolava um pouco, tinham lembranças que não eram minhas, eu nunca arriscaria, nem pensar, nada parecido com as suas contadas estrepolias de infância e adolescência. No entanto, me paparicavam, quase paternais, cada um a seu modo. Márcio cortante, Júnio sério, Múcio expansivo. Apesar do que se misturavam, baralhados, menos em política: Márcio trotskista, Múcio desinteressado, Júnio e eu às voltas com o partido. Sorridente e ferino, Márcio chateava Júnio, que não reagia ("Você nasceu provocador"), e me poupava, até que Múcio desviou a conversa.

— Você viu como esse menino se parece com papai?

Era Júnio me olhando.

— Eu estava pensando o mesmo de você. E de Márcio, de Múcio.

Passamos uns instantes discutindo. Esse mais de rosto, esse de gestos, aquele de tipo. As mãos sobre a mesa confirmavam, em corte e feitio. Todos nós rimos. Para concluir: o Velho não tinha imaginação, fazia filho tudo igual, mesmo com mulher diferente.

Aquele foi para mim talvez o meu inicial momento de família. Crescendo isolado, nunca me sentira assim caçula. Nem experimentara, até ali, a sensação do fraternal.

À noite, em casa, disse a meu pai:

— Hoje almoçamos juntos, Márcio, Júnio, Múcio e eu. Pela primeira vez.

— Quê?! Pela primeira vez?

— Sim, que eu me lembre. Foi ótimo, foi...

Ele não estava mais ouvindo. Baixou a cabeça e ficou em silêncio.

A casa era movimentada. Principalmente aos domingos, na feijoada invariável. Aí o apartamento se enchia, pois não tão espaçoso, dos rostos habituais.

Os alagoanos Aurélio Buarque de Holanda, Lêdo Ivo e Breno Accioly, os mineiros Oswaldo Alves, Fritz Teixeira de Salles e Otávio Dias Leite, o cearense Melo Lima, além de meu tio Luís Augusto de Medeiros. Amizades que vinham de Maceió, da pensão do Catete onde Graciliano morara ao deixar a prisão, da Livraria José Olympio. Contistas, poetas, romancistas. A maioria de presença regular em livro e suplemento, alguns bissextos. Todos mais para moços.

Também jovens, muito jovens, dois rapazes que apareciam durante a semana, relações de partido (uma célula tijucana), depois meus colegas de faculdade: Raimundo Araújo e Sílvio Borba. O primeiro, aos 15 anos, escrevera um artigo sobre *Histórias incompletas* que espantara meu pai; o outro, sobrinho de Osório Borba, tinha uma inteligência fantasiosa e imprevista.

Mais tarde, contribuí para o círculo familiar com dois amigos: Paulo Mercadante, meu camarada de movimento estudantil e logo advogado, voltado para o estudo de história e filosofia, que frequentava comigo almoços na casa de Homero Pires, nosso professor; Reginaldo Guimarães, médico, versado em folclore, em conto popular, saudara na Bahia quase menino o aparecimento de *Caetés*.

Ele gostava daquilo, ficava à vontade e falante. Contando histórias, discutindo política, dando opinião literária. O tom geral se abrandava: dizer o sério de modo trivial, se possível alegremente. Nesse clima exuberante, que a bebida incentivava, havia entretanto proibições. Não admitia brincadeira com o Partido Comunista, com escritor amigo ou não, as restrições desabridas se limitavam a Getúlio e sua corte, a José de Alencar, Coelho Neto, Humberto de Campos, Plínio Salgado, uns poucos mais. Quando alguém ia além do populismo e da direita, ou passava a fronteira da retórica desprezível, cortava rente:

— Se você pensa isso, escreva e assine.

E ao ouvir inesperado ataque a um escritor estimável, ainda que distanciado no terreno das ideias, recordo o seu rompante:

— Quê?! Outro dia você estava fazendo o elogio dele, parecia discurso de enterro. Que foi que houve? Você não conseguiu o quê?

Tantos "quês" em tão curto período, só de pura raiva. Mas ele tinha prazer naquele convívio. Quieto e calado, no entanto com alternâncias de um expansivo brincalhão, vivia ali o seu lado descontraído. É importante o contato com os jovens, é estimulante ou atualizador? Sim, o que hoje chamaríamos reciclagem. Mas sem se extremar em culto, naquilo de jovem, logo certo, essas miragens. E aceitava normalmente a maneira de tratá-lo:

— Velho.

Ali, com todos mais moços, ficava natural. Mas isso vinha de longe, desde Maceió. Dez anos mais velho que José Lins do Rego, vinte mais que Jorge Amado, quase tanto quanto Rachel de Queiroz e Aurélio Buarque, pouco mais, pouco menos, que Jorge de Lima e Valdemar Cavalcanti, Raul Lima e Afrânio Melo. Para todos eles, era o Velho. No entanto, estava com 50 anos.

Sem sentir me achegando à militância, eu dividi: lá fora, o Velho era Prestes; em casa, o Velho era meu pai. Um impessoal e político, outro particular e literário. Às vezes, em meio à conversa, não distinguia um do outro com a necessária rapidez. Calava, sorrindo. E assim assumi o meu Velho variável.

— Você adora essa rapaziada, não é?

— Sim, acho que sim. Eles ainda não sentiram o cabresto. É, eu gosto disso.

Falei de uma aligeirada conversa. Demorei a perceber, mas era o diapasão alagoano. Essa nossa mania, ou natureza, de enfatizar qualquer afirmação, por mínima que seja, e no empostado reduzi-la ainda mais. Sempre com aparência da maior gravidade. Em outras palavras, dizer coisas ferinas, entrar na ciranda restritiva, que vai crescendo, apesar de mantermos o rosto impassível. É um jogo, sem dúvida. Digno de atenção.

Exemplificando, aludimos a um escritor. Elogiamos o seu estilo, frisamos que ele tem umas palavras, que às vezes se juntam, e chegam a formar frases. De outro, ressaltamos o seu poder de comunicação, superior, ressoante, ele tem sinos que bimbalham. De um terceiro, destacamos a sua força onomatopaica, é impressionante, a lancha dele faz pô-pô-pô, admirável. E prosseguimos, encantados, até que alguém, patrioticamente, retorna às fontes e propõe cantarmos o hino de Alagoas. O que fazíamos, entusiastas. Inclusive Graciliano, rindo, marcando o compasso. Aquela "imbecilidade com solecismos", que ele proibira nas escolas do estado.

Tais divertimentos eram de dia, aos domingos. Um exercício como outro qualquer. Nele meu pai era ótimo, Aurélio imbatível. Mas à noite, pela semana e com alguma regularidade, chegando em casa encontrava uma reunião diferente. Bem menos ruidosa. Do grupo faziam parte Helena e Otto Maria Carpeaux, Maria e Candido Portinari, Nora e Paulo Rónai, Béatrix Reynal e Oswaldo Goeldi, Axl Leskoschek, Marina e Aurélio Buarque, este nos dois turnos. Eu entrava, cumprimentava e sumia. Eles me intimidavam, naturalmente.

À primeira vista, uma curiosa mescla. Escritores e artistas, brasileiros e refugiados, não acidental que fosse durante o Estado Novo. Confluência perfeitamente explicável. Finda a guerra, Goeldi partiu, Leskoschek voltou para a Áustria. Os demais continuaram. Amigos de Graciliano, amigos herdados. Aurélio, intimamente, por toda a vida. Carpeaux também, sua atenção me lisonjeava. E Rónai o de sempre, mesmo que distanciado, uma enorme presença.

Portinari é viva matéria de memória. Irmanado a Graciliano no PC (Partido Comunista), logo sofriam os dirigismos, as camisas de força com que pretendiam amoldar uma idealizada arte proletária. A literatura mais exposta, a pintura menos. Aí Portinari perdia a paciência e, defendendo o amigo, o Graciliano que fazia apenas realismo crítico, não chegara ao realismo socialista, nem ao romantismo revolucionário, se extremava. Na sua voz pequena, de paulista, sotaque interiorano, opinava:

— Você vem dirigindo, de automóvel, e entra na planície dos escritores. Encontra primeiro o Graciliano. Depois acelera, a mais de cem, e segue em frente. Então, passadas três, quatro, cinco horas, começa a divisar o segundo. Lá longe.

Eu ria, aceitando. E tudo creditando à velha amizade. Não sabia, ainda, dos poemas que ele professava. Bastava o retrato na parede. A coletânea dos seus versos seria organizada e postumamente lançada por Antonio Callado.

Perdi as palavras iniciais, um tanto resmungadas, e só ouvi o destampatório:
— Se me deixarem, escrevo até no *Diário Oficial*.
Ele estava enfezado realmente, pois repetiu:
— Até no *Diário Oficial*.
Entendi. Devia ser alguma coisa ligada às suas colaborações na revista *Cultura Política*, editada pelo Departamento de Imprensa e Propaganda (DIP), e na *Atlântico*, publicação oficiosa portuguesa. Meu Deus, ainda aquilo?
— Estão chateando você?
— Não, ninguém tem coragem. Mas, indiretamente, a miudeza continua. Sacanas.
Escrevera para a *Cultura Política* as crônicas de *Quadros e costumes do Nordeste*, enquanto Marques Rebelo fazia as *Cenas da vida carioca*. Na *Atlântico*, publicara alguns contos. Ao ser convidado, me dissera, mesmo sem estar filiado ao partido consultara amigos comunistas, que não viram mal nenhum, ao contrário. Não se tratava de artigo, onde se pudesse ler adesão ou conivência, mas de ficção e memória. Melhor aceitar, aparecer. Qual a vantagem de se isolar? Isso o que a direita queria, não duvidasse.
— Se não me fazem censura, se aguentam o que escrevo, publico. E que se danem.
Danem-se os guardas-civis de plantão, na sua abstêmia pureza. Danem-se os adeptos do populismo, moldura de Getúlio e do Estado Novo. Danem-se os profetas do luso-tropicalismo, em começos mas atuantes. Iriam todos se revelar bem depois, e claramente, na disparatada gama de tantas colorações.
— Nunca escrevi uma só palavra sobre essa porcaria.
Ainda não se cunhara o termo "patrulhamento", ainda não, mas já se iniciava o seu exercício. Naquela altura, não percebíamos direito. Era o primeiro ato da venenosa cavilação.

Não precisava ser perspicaz, qualquer um perceberia: só dedicara o seu primeiro livro. *Caetés* fora oferecido a Jorge Amado, Santa Rosa e Alberto Passos Guimarães. Depois, nenhum outro homenageara ninguém. Estranhei:

— Por que você fez só uma dedicatória e nunca mais?

Sorriu, para explicar:

— O livro já me chegou dedicado. Jorge havia me desencalacrado o romance, que estava dormindo nas gavetas da editora. Santa fizera a capa, ótima, começo de todas as outras. Alberto cuidara da revisão, de tudo, para uma edição decente. Eles resolveram. Eu não teria pensado nisso, porque o *Caetés* não valia agradecimento. Mas eram todos amigos, mereciam até muito mais. Devo aos três, sou agradecido. Mantive a dedicatória.

A única. O tempo correu, os lançamentos se seguiram. Sem vinculação, de nenhuma natureza, a pessoas vivas ou mortas. Então, o seu último título, e deixado incompleto, era por ele chamado "o livro de Ló". De minha mãe, que o incentivara. No começo, por motivos políticos, a seguir como terapia. Um homem se acabando, sofrendo agoniado, mas agarrado ao seu ofício.

Tudo terminado, o livro estava ali. Perguntei a mamãe:

— Não deve ser dedicado a você?

Ela me respondeu:

— Ele dedicou?

Eu, sentimental, argumentei, claro que não, o livro não está nem terminado, não tem nem título, qual o problema? O livro é seu, ele mesmo dizia. Não podemos botar dedicatória? E minha mãe:

— Não. Não seria coisa dele.

Apenas porque não estava escrito.

Cuidadoso, ponderado, medido nas suas manifestações públicas, em particular era dado a rompantes. Às vezes agigantava os seus pendores, muito ao sabor da amizade. Participei dessas crises:

— Marques é melhor do que Machado.

Falava de conto, evidentemente, o forte de Marques Rebelo. E Machado de Assis também não seria maior contista do que romancista? Bem provável. Mas insistia, provocando:

— Não há termo de comparação. Marques é maior do que Machado.

Eu vinha todo, com ardor juvenil, no mesmo tom desafiando:

— Não sabia que Marques tinha escrito "O espelho", "Missa do galo", "Noite de almirante", "Cantiga de esponsais", "A causa secreta".

Ele abrandava, mencionar "A causa secreta" era golpe baixo. Escolhera o conto para a antologia que fizera; em tempo de paz o considerava uma obra-prima.

— É. Fez só "Na rua Dona Emerenciana", "Em maio", "Dois pares pequenos", "Labirinto"...

— Não esqueça o "Caprichosos da Tijuca". Nem "Vejo a lua no céu", como novela. Não sei se gosto mais de "O alienista", apesar de tudo.

Sorria, apaziguado. Após a trégua, elogiando um e outro, eu perfidamente esgrimia:

— Machado nunca escreveria "emaranhado no denso cipoal das conjecturas". É uma coisa antiga, de mau gosto. Com todo o respeito a "Oscarina".

— Marques nunca escreveria as besteiras de *Contos fluminenses* e *Histórias da meia-noite*. Quer que cite?

E xingava minha mãe. No que ficávamos em casa.

— Quê! Você não lê francês?

Em frente à estante, devolvendo o livro ao seu lugar, fiz um ar duvidoso.

— Os frades não lhe ensinaram?

Claro que sim. Eram franceses, entre eles falavam francês. Ia longe o dia em que, num ditado, escrevi "as margens da mãe" por "as margens do mar".

Ele riu, insistindo:

— Deixe de ser preguiçoso.

Não atendi logo, só de malmandado. Mas aos poucos me iniciei, primeiro com os que não tinham tradução, ou as que havia não prestavam. Assim li Voltaire e Laclos, Stendhal, Flaubert, Anatole e Zola. Quase tudo na Coleção Nelson, que salvara do incêndio, literalmente, promovido por assustados parentes logo após sua prisão em Maceió. Balzac veio em português mesmo, que Eduardo Barros Lobo era um tradutor excelente, e Paulo Rónai nos ia dando, em grande estilo, toda *A comédia humana*. Avancei com Marivaux, Mérimée, Maupassant, cheguei a Daudet, Barbusse e Maurois.

Até que ponto fui orientado? Quanto aos monumentais romancistas, sem dúvida dancei a música dele. Mais que admirações, eram a sua atmosfera. Ainda que tivesse declarado, aqui e ali, algumas preferências, em conversa não tomava partido, cordão azul ou cordão encarnado. Se preferia Stendhal a Balzac, Anatole a Flaubert. Nunca ouvi dele isso de fulano é maior do que sicrano, essas juvenilidades de ver literatura em termos de competição. Tinha um fraco por Zola, indisfarçável, mas vivia lembrando as personagens de Balzac, ou a simetria de Flaubert. Volta e meia citava o *Cândido*, de Voltaire, alegremente: "E sabendo aquela causa, e notando aquele efeito, sentiu um enorme desejo de ser sábio."

Quando passávamos a falar de conto, havia uma ligeira baixa de interesse. Mais, visível queda de entusiasmo. Stendhal era uma coisa, Maupassant outra. O próprio Balzac estava sujeito a variações: o de *As ilusões perdidas*, gigantesco; o de "A missa do ateu", nem por isso. Nunca vi ninguém tão para dentro, com tanta necessidade de espaço.

A ficção de sentido político o arrefecia também. Querendo atualizar-me, na vontade e sintonia que se misturavam partidárias, li *Os comunistas*, de Aragon, e confesso que me empolguei. Disse de ligeira conquista pessoal, chegara a entender o quinto volume, muito sobre o *argot*. Ele revidou pronto:

— Não precisa exagerar.

E nem pegou no livro. Não se interessava, apesar do que alardeei. Agora, reconheço, não houve perda. Meu pai alcançava a fase das releituras. As definitivas, as menores. Inclusive as imprevistas. Mais para o fim, tarde da noite chegava em casa e o encontrava à mesa, comendo e lendo, ou apenas lendo, *Le siège de Paris*, de Sarcey. Antes que eu comentasse, defendia-se:

— Sei de cor e salteado. É besteira. Mas me descansa.

Seria indecisão? Ou protelar a escolha até o resultado vir à luz? A verdade é que deixava os nomes, de livros e filhos, para a última hora. E ainda assim, ficava no provisório.

Eu comecei Ápio, fui anunciado como Décio ("filho do nosso operoso prefeito", na mesma linha adotada para meus irmãos mais velhos), passei a Gonçalo, em curta homenagem ao protagonista de *A ilustre casa de Ramires* ("o melhor romance de Eça", guardava páginas e páginas de cor), antes que me nomeasse definitivo. De qualquer modo, éramos raridades. Numa terra de Átilas, Otavianos e Sátiros, sem Márcios nem Múcios, onde Júnio invariável se tornava Júnior, também sofri, desde o meu corte de cabelo inaugural. O barbeiro, que atendia por Oscar, apesar de cauteloso ("É de família, de avô?"), não se conteve: "Como é que seu pai botou em você nome de negro?"

E que dizer, então, dos apelidos? Todos nós tínhamos, a começar por ele: Grace. Em casa, não nos tratávamos de outra maneira. Isso quando sozinhos. Bastava entrar alguém, que não fosse da nossa intimidade, para o tratamento mudar. Sempre senti, ao meu pai se dirigir a mim na frente dos outros, que meu nome o distanciava. Igual sensação com minha mãe, com minhas irmãs. Ló e Lozinha, Lulu e Lu, Clarita e Lita. Ou Tatá e Tá. Abreviando, cortando. E rigoroso ou atento, nas ocasiões de nos chamar, nunca a misturá-las.

No retrospecto, associo esse padrão a um outro, diverso, mas coerente: ele não se referia aos seus livros pelo título, geralmente não, mas falava das personagens. *São Bernardo* era Paulo Honório ou Madalena; *Angústia*, Luís da Silva ou Marina; *Vidas secas*, Fabiano ou Sinha Vitória; e por aí além. Preciso quanto às figuras, abstraído quanto à designação. Por quê? É possível que houvesse se habituado às suas invenções de pessoas, ligasse menos ao rotular da obra.

Sei que, a partir do seu nome, se arreliava: "Graciliano é uma peste, uma desgraça. Grácil é a puta que pariu." E com os sobrenomes? "Graciliano de Oliveira, horroroso. Ramos de Oliveira, a pomba da paz. Graciliano Ramos, menos mau."

Particularmente, quis influir no âmbito familiar. E conseguiu. Filho mais velho de uma série que chegou a dezesseis, mudou o gosto dos pais. Entre os primeiros irmãos, teve Otacília, Clodoaldo, Otília. Os mais novos, por sugestões suas, foram batizados Clóvis e Heitor, Lígia e Vanda.

Voltando aos livros, Aurélio Buarque não se habituava. Amigo íntimo, dado à opinião franca, perdia a paciência:

— Você passa um tempão escrevendo o romance. Trabalha feito doido, termina, e não sabe como chamar? Não me conformo.

No caso, *Angústia*. Estava acabado e não tinha título, ou pior, tinha três: *Um colchão de paina*, *16.384* e *Angústia*. A desintegração final, o bilhete de loteria, o global do clima. Deles, qual o autor escolheria? O último, evidentemente. Por achá-lo um pouco melhor.

Com *Vidas secas*, não aconteceu muita variação. Até as vésperas de ser publicado, se chamou *O mundo coberto de penas*. Há, sem dúvida, uma inicial tendência do escritor para o veio americano de então, a seguir afastada em benefício da linha concisa. Mas *Angústia*, definitivamente, está aquém do romance. Já *Vidas secas*, além de mais significativo, é o seu único título adjetivado.

Os títulos de Graciliano merecem um comentário marginal. São econômicos, diretos, previsíveis. Tanto que não me foi difícil encontrar *Viagem* para um livro não batizado, como a meu cunhado James Amado chegar ao *Cartas* do volume de correspondência que organizou.

Tornei ao diálogo de anos atrás, àquela arrelia de Aurélio:

— O que foi que você respondeu?

— Que deixasse de arenga, era tolice. E perguntei: Você já viu gente sem nome, livro sem título?

— Esses russos são uns monstros.

Abria a conversa nesse andor, assim desmedido. E logo a seguir, ainda que não afeito aos entusiasmos, estava repetindo sua enorme admiração por Tolstói:

— *Guerra e paz* é o maior romance da literatura mundial. E não sei de novela melhor, nenhuma, que *A morte de Ivan Ilitch*.

Na época, eu já me voltava para o conto e mencionava "Os três anciãos". Concordava, era muito bonita a história dos *staretzi*, até esquecia de implicar, por uma questão de respeito, com o seu fundo místico. Entretanto, ponderava:

— Mas não supera *O capote*, de Gógol, ou *O inimigo*, de Tchekhov.

Eu lembrava *Mumu*, de Turguêniev, uma obra-prima, e voltava a Tchekhov com *Angústia*, tema que Mansfield retomara em "A história da velha Parker". Ele vinha de *Os sete enforcados*, de Andreiev, e citava resumindo: "Nós, os de Orel, somos os maiores ladrões do mundo." Excelente. Mesmo Górki, menos o de "Vinte e seis e uma", mais o de "Certa vez, no outono". São uns monstros, esses russos.

Passava então a Dostoiévski, enormidade. Sem afirmações nem comparativos, mas com o maior fascínio, um encantamento onde as reticências poderiam ser realmente falta de palavras. Aqui não existia lucidez possível. Talvez por isso, retornava:

— Carpeaux é doido. Acha Andreiev do segundo time.

Pensando em Tolstói e Dostoiévski, em Gógol e Tchekhov, não seria, não? Está mais para Turguêniev e Korolenko, que aliás são ótimos. Ainda não sabíamos o principal de Lermontov, de Saltykov-Schedrin, de Gárchin, até da prosa de Púchkin, que se traduziu depois. Tantas revelações. Há um romance de Leskov, *O anjo lacrado*, eu gostaria que ele tivesse lido. Para que pudéssemos comentar, entre espantos. E sinto pena.

Aí, então, me deu uma febre. Li quase todos os soviéticos. Dos iniciais, Gladkov, Ehrenburg, Fúrmanov, aos mais recentes prêmios Stálin ou Lênin. Cerca de cem autores, da Revolução de 1917 à chamada Construção Socialista. Meu pai conhecia os primeiros, eu parti deles e cheguei aos últimos. Peneirando, o saldo foi bem pequeno. Bábel, Leonov, Fiedin, alguns mais. Sim, havia Sholokhov, com *O Don silencioso*, que termina quando aparece o primeiro comunista. E a trilogia, *O caminho dos tormentos*, de Aleksei Tolstói, que não desmerecia a sua intenção épica. E no entanto, um corria por fora, outro se atrelava. Só depois, bem depois, essas contradições iriam revelar-se de corpo inteiro, em Pasternak e Soljenítsyn, dois bons contrários. Um sério, resistente, crítico, a vida inteira pelo avesso, para enfim testemunhar a sua oposição. O outro infeliz, tosco, feito à imagem e semelhança do regime, para no reverso se exercer, fatalmente expatriado.

Essas referências, é lamentável, naquela altura apenas se delineavam. Pensando agora no pendor de meu pai, não lamento nada. Ele resistiu às minhas insinuações, pressões, às urgências de pelo menos informar-se, não fez a menor concessão. Protegeu-se. Devia estar com o realismo socialista atravessado, uma coisa a evitar, esquecer. Não se decepcionou tanto.

Esses russos são uns monstros. Sim, a começar de Tolstói. E por que, nos tantos comentários e observações trocados, nunca mencionou *A sonata a Kreutzer*? Justamente a novela que mais se avizinha do seu feitio, deixando-se de lado o idealismo messiânico? A linguagem, o feitio do protagonista, um caráter predominante. Não perguntei porque ainda não percebera. Logo, não sei.

"Nunca vi meu pai de camisa esporte." Com essa frase comecei um conto, faz tempo, e no texto em questão só ela é verdadeira. Realmente nunca usou, amanhecia de pijama, trabalhava, dependendo da estação ou da visita, por vezes com um robe, depois do banho já se vestia para sair. Terno, paletó jaquetão, cinto e suspensórios, camisa branca de colarinho engomado, sapatos e meias pretos. Mais para o escuro, mais para o sóbrio. No geral aprumado.

"Eu sou sempre o homem das gravatas." Isso ele escreveu ao pai, em 1915, mencionando uma espera que preencheu fazendo compras. E manteve o gosto. Pelas gravatas discretas, bonitas. Fossem da sua escolha, ou de presente, elas seguiam a mesma linha. O que pressupunha um padrão reconhecido. De elegância em baixo-relevo, no entanto apurada. Devia preocupar-se com a sua aparência.

Tanto que me divirto, continua a divertir-me, quando releio suas declarações: "Tenho cinco ternos estragados." Pura atitude. Tinha nada! Era o seu viés, o mesmo com que se referia à sua obra, reduzindo-a. Mais confessional aquilo do *Infância*, o menino constrangido, atormentado na roupa cor de macaco. Uma exigência particular e precoce, queria parecer bem. E assim se apresentava. Dentro das suas possibilidades, o alfaiate bom, os pormenores condizentes, a figura cuidada.

Entrei eu nesse quadro, adolescente e extravagante. Ele nunca me contestou o colorido espaventado. Mas quando me via preparar-me para uma festa, vinha como quem não quer nada e me oferecia a sua melhor gravata. Eu, agradecido, aceitava, claro, e só me elogiavam as dele. Em pouco, entendi. Sentia prazer no empréstimo, talvez achasse que devia educar-me. Aí, um dia, exagerou. Vésperas de Carnaval, antecipei uma programação intensa, que exigia *smoking*. Ia mandar fazer. Aligeirando o problema, disse-me que vestisse o seu, do meu tamanho. Surpreso, não quis. Calor, confusão, se acabava nos quatro dias. Meu pai riu, decidindo:

— Pode usar e escangalhar com ele. Nunca mais visto essa peste.

Almoço festivo em casa. Pedro Motta Lima voltava do exílio, recebera a tarefa de organizar o jornal do partido. As duas famílias juntas na amizade que vinha de longe, e até hoje se mantém, irmanadas em minha geração. Reminiscências de Alagoas, de azares políticos. Dificuldades vencidas a custo. Aparece uma fotografia antiga (1930), os dois casais em Palmeira, eu criança no colo de minha mãe, puxando a touca estilo *charleston* de Priscila, mulher de Pedro. Ele prestou atenção em mim, perguntou se eu fazia jornalismo. Sim, respondi, na *Folha Carioca*, onde entrara pela mão de Valdemar Lopes, nosso amigo.

— Você não quer vir trabalhar conosco?

Falou comigo, mas se voltando para meu pai. O Velho fez um gesto me indicando. Gostei. A decisão era minha, ele respeitava ou não interferia. Fui um dos fundadores, como repórter, da *Tribuna Popular*.

Numa viagem de avião a Belo Horizonte, onde Graciliano participaria do II Congresso Brasileiro de Escritores, a certa altura Prestes se aproximou e, curvado sobre a sua cadeira, foi direto:
— Por que você não entra para o Partido Comunista?
— E que é que um sujeito como eu vai fazer no partido?
— Você ainda pergunta?
Dessa conversa, iniciada à base de interrogações, não sei mais nada. Só sei que Graciliano entrou para o partido logo a seguir.

Correu o tempo. Um dia, comentando artigo de Carpeaux sobre Gramsci, larguei uma frase infeliz, aligeirada, saíra de moda o teórico italiano. Meu pai veio com quatro pedras, defendendo o autor de *Os intelectuais e a organização da cultura*, mencionando o muito que ele esclarecera sobre o papel do escritor. Provavelmente, já trabalhando nas *Memórias do cárcere*, tivesse acordadas as antigas leituras dos cadernos e cartas da prisão. Ou apenas reagisse, pois lera em italiano a maior parte da sua teoria política. (É curioso observar, quando saíram as *Memórias*, as referências e aproximações foram Dostoiévski e Pellico, ninguém citou Gramsci.) No entanto, ele falou com respeito incomum. Como se o ensaísta fosse a sua bíblia, rezasse por ela, dava a impressão de que era a própria raiz da sua opção partidária. Fiquei cismado.

Será que Prestes, ao aliciar Graciliano, invocara Gramsci? Se o fez, mostrou-se avisado e sensível. Muito mais do que sempre me pareceu.

Falou-me como de incumbência pouco oportuna:
— Sílvio me arranjou uma caceteação.
Qual? Explicou: seria patrono da nova turma do Instituto La-Fayette. Para arrematar:
— É cabuloso. Vou perder dois dias escrevendo o discurso.
E assim foi. Já que eu estava acabando o curso, logo um bom pré-teste da sua arenga, mostrou-me as quase três páginas datilografadas. Valem pelo aspecto formal, naturalmente. Mas o principal é a seriedade com que se dirige aos formandos.

Começa em tom leve, achando que seria melhor um patrono morto, conforme a regra, uma vez que ninguém se eximiria do convite e haveria um discurso a menos. Segue na interpretação de que o usual era a aceitação da imobilidade, sua quebra a escolha do movimento; então a juventude (pelo menos uma parte dela ali presente) deixara de aumentar o prestígio de venerandas múmias, resolvera improvisar uma espécie de soldado desconhecido. "Quis ver de perto um homem da rua, vulgar, sujeito que neste momento segura uma folha de papel e amanhã poderá viver na cadeia ou no hospício."

Vai mudando o diapasão, declara afastar as frases difíceis e pomposas (das que analisaram no primeiro ano e graças a Deus esqueceram), os conselhos enfadonhos (por considerar fraca sua autoridade para tais rabugices), as felicitações e bons augúrios, as afirmações de que entrarão na luta com boas armas e se arranjarão todos em lugares magníficos (pois não é profeta, não agoura aos amigos a paz, o cargo bem remunerado, o sono tranquilo isento de sonhos).

Mais para o fim, é taxativo: "Não espero que sejam felizes: espero que sejam úteis." Desenvolve o tema, aproximando a plateia do nosso geral de país, estabelecendo o conflito. E conclui: "Receio que estas palavras soem mal em numerosos ouvidos. A culpa é dos rapazes que, insensíveis às nossas glórias, voltaram as costas ao passado, quiseram saber a opinião de um transeunte. Dirijo-me a eles de coração aberto. Não, meus caros amigos, não lhes desejo felicidade. Seria o mesmo que desejar-lhes a morte."

— Então?

Bati a cabeça, estava ótimo. Eu sabia que a homenagem partira de Sílvio Borba; ainda não sabia que faziam parte da turma de 1946 o ministro Célio Borja, em seguida meu colega de faculdade, e o escritor Antônio Carlos Villaça, também depois meu amigo. Talvez por isso não pude evitar a observação:

— Só queria ver a cara dos pais.

Ele riu, pegou as folhas de volta, deu de ombros:

— E que me importa! Estou falando é com os rapazes.

Demorou a falar, vi muito bem que ruminando a preocupação:

— O partido me escolheu para uma tarefa danada.

Contou. Ler *O caminho*, livro de Octávio Brandão, e dar o seu voto. Dizer o que achava, definitivo. Em outras palavras: devia ser publicado ou não?

Diabo. Octávio era nosso primo longe, vivera quinze anos na União Soviética, voltara um homem deslocado, saudoso de Maceió e de Moscou, tentando se adaptar, reatando ligações caducas do seu tempo de Bloco Operário e Camponês, e ainda por cima cunhado de Prestes (certa imprensa maldava que viera tomar o seu lugar), a fala mansa e o sorriso não lhe disfarçavam a formação autoritária. Se tudo isso não bastasse, quase o vereador mais votado da bancada comunista; suportando, nas tricas e futricas partidárias, a inesperada vitória eleitoral. Quanto a escrever, um primário. Empolado, superficial e antigo. Diabo.

— Li, é um livro insensato. Alinhavei cinco linhas declarando isso.

Em recente viagem ao Rio, me lembrou Raimundo Araújo:

— Uma vez, nós dois fomos à José Olympio apanhar Graciliano. Lá o encontramos conversando com Octávio Tarquínio de Sousa. Ele, naquele jeito meio cerimonioso, me apresentou: "Fulano de Tal." Sorrindo no cumprimento, Tarquínio (era educadíssimo, além de simpático e discreto, não era?) disse: "Nós nos conhecemos. Raimundo já almoçou em casa, com Aurélio Buarque e Paulo Rónai." Então Graciliano, passando o braço pelo meu ombro, entre carinhoso e surpreso, comentou: "Eu sempre achei você um arrivista social."

No Recife, também não faz muito, Paulo Cavalcanti me contou:

— Fui a uma reunião do partido, aí por volta de 46. Cheguei ao Rio, tive uns acertos com a direção, passei mais tarde na José Olympio para ver Graciliano. Batemos papo, concordando em tudo, e aí ele me perguntou: "Você demora quanto tempo aqui?" Respondi que uns três dias. "Ótimo, vamos nos ver." Não entendi, parecia um diálogo de moucos. E se agravando: "Onde você está hospedado?" Só rindo. Disfarcei, meio desarvorado, e respondi: "Na sua casa, Graciliano."

Em Fortaleza, há pouco, me reconstituiu Moreira Campos:

— Era a minha primeira ida ao Rio. Mal cheguei, procurei a José Olympio para conhecer Graciliano. Ele me recebeu com a maior camaradagem, falando do meu livro que tinha lido em originais, do conto escolhido para a antologia que estava fazendo. Feliz da vida, repeti o encontro. Aí ele me surpreendeu: "Minha mulher o convida para almoçar lá em casa no domingo." Fiquei apavorado, aleguei um compromisso qualquer. De pura timidez. E tentando emendar, sugeri um almoço na cidade, durante a semana. Graciliano cortou rente: "Quê! Você recusa um convite de minha mulher e quer que eu vá a restaurante?"

Três reminiscências de amigos, em tempos e tons diferentes. A juntá-las, além da verdade, o fato de que só precisei fazê-las pontos de partida. Raimundo me devolve um instante de livraria sem noite de autógrafos, em que o balcão de novidades era uma festa (*Fogo morto, Terras do sem-fim, A rosa do povo, Caminhos cruzados, Infância*, e Manuel Bandeira, Marques Rebelo, Murilo Mendes, ou *A vida de d. Pedro I*). Paulo me remete a velhos desencontros, meu pai estranhado ("Esse rapaz é deputado do PTB") e minha mãe explicando ("Então você não sabe dos acordos, ele é comunista, ora!"), então está certo, as conversas nordestinas ou partidárias se alongavam, o abraço na despedida principiava a amizade. Moreira me rememora a dúvida de Graciliano, oficial do mesmo ofício, "a me passar o livro inédito, dividido entre dois contos, 'Lama e folhas' e 'Coração alado', longamente, até se decidir pelo último".

Graciliano brincalhão, desatento, intempestivo. Quem sabe nem tanto, apenas refratado. Habituei-me a transitar por tais recordações. E desisti, faz muito, de intentar um perfil. Ou não existe o retrato fragmentado, a colagem viva? Surgindo nas ressurreições da memória.

Minha estreia de cadeia foi aos 17 anos, bem no estilo da época: prendam os suspeitos de sempre. A troco de uma arruaça estudantil, quebra-quebra de cinema contra o aumento dos ingressos, pegaram cerca de quatrocentos. Eu figura fácil, cara de jornal em fotos frequentes (entrevistas, reportagens), logo pela manhã detido na rua.

Ficaram da experiência, pequena, menos de 24 horas, mais cenas e fatos que de outras maiores. A ronda no "tintureiro" apinhado, sufocante (a certa altura entraram o psiquiatra Sá Pires e um cliente que, de olhos arregalados a um palmo dos meus, se apresentou: Fulano de Tal, marxista, eclético, do Centro Excursionista Brasileiro); a descida no pátio do quartel de polícia, em frente a um enorme salão, cheio de rostos conhecidos que das grades nos saudavam de punhos fechados (respondi e fui afastado, de empurrão, por um companheiro de jornal, porteiro, segurança, que no meu lugar recebeu a coronhada do soldado); o dia e a noite nos revezando, metade em pé, metade sentada, sem comer nem beber; para matar o tempo cantávamos baixinho, boleros, sambas, foxes (depois tomamos uma bruta descompostura, os velhos operários reclamaram à direção que a jovem guarda de estudantes e jornalistas não respeitava a sua aflição enjaulada).

Guardo a natural e devida aproximação com meu colega de jornal, o porteiro que apanhara por mim. Chamava-se Carlos Abranches, fora soldado de polícia, destacado na Ilha Grande, ajudara presos. "Lá conheci o Graciliano, dei uma mãozinha a ele na chegada." Ligara-se ao partido, fora desligado da polícia, trocara de ilha e condição: preso em Fernando de Noronha. Para sair oito anos depois. Contei a meu pai, que voltou a vê-lo, conversou com ele. No entanto, o soldado que lhe oferece o cavalo em *Memórias do cárcere*, que o ampara, que fica para trás a arrastá-lo, não tem nome.

Essa minha prisão foi curta, mas extremamente didática. Dela, repito, são muitos os resíduos. Talvez o mais importante no plano pessoal. Cheguei em casa com o dia amanhecendo, para encontrar o Velho sozinho na sala, fumando. Quando abri a porta, levantou a cabeça, e seu rosto preocupado foi se abrindo, mudando, o sorriso que lembro até hoje, aquele. Então veio ao meu encontro, já alegre, ou aliviado, e me botou a mão no ombro apertando, e deu uma de pai:

— Você não está com fome?

— Estou azul.

Na cozinha comi feito uma impingem. Conversando, contando, camaradas.

Ao que eu saiba, Aurélio Buarque de Holanda Ferreira inaugurou no *Correio da Manhã* a função regular de copidesque. Fez isso durante anos. Quando foi nomeado para o Colégio Pedro II e precisou dedicar tempo integral à sua cadeira de português, houve apreensão: onde encontrar quem o substituísse? Ele indicou meu pai.

Costa Rego, diretor do jornal, espantou-se:

— Graciliano é um homem rico, não vai aceitar.

Foi a vez de Aurélio Buarque se admirar:

— Rico? Graciliano? De onde você tirou isso?

— É o único alagoano que nunca me pediu emprego aqui.

Riram, convidaram, o Velho naturalmente aceitou.

E trabalhou, de 1947 até as vésperas da sua morte, com a maior constância e aplicação. Riscando, substituindo palavra e frase e período, capinando na sua habitual lavoura. Oficiando na terceira página, de editoriais e tópicos, mas abrangendo também artigos assinados. Há, dessa fase, um vasto anedotário, que eu recebia de primeira mão, da fonte ao consumidor, e me divertia muito.

— O homem veio falar comigo. Cerimonioso, mas disfarçando a raiva. E perguntou: doutor Graciliano, por que o senhor muda sempre, no que eu escrevo, triunfo por vitória? Eu respondi: porque o senhor escreve triunfo de, triunfo da; se escrever triunfo e ponto, eu deixo. Ele não entendeu. E é português, a língua é dele. Puta que o pariu.

No *Correio*, trabalhava com amigos. Velhos e novos. Otto Maria Carpeaux, Antonio Callado. E outros, muitos outros. É compreensível que se desse bem com Costa Rego, se respeitassem, conhecidos desde os tempos de Maceió. Mas a afinidade com Paulo Bittencourt é inesperada.

— Só tenho medo de vocês, comunistas, ganharem. Pegam o jornal e empastelam, esculhambam tudo. Uma vida de esforço perdido.

— Você é burro ou é doido? Então acha que vamos quebrar as máquinas novas, desperdiçar esse patrimônio? Vamos não. A diferença é que botamos uma mesa aqui e você vai trabalhar, em vez de ficar saindo quando mulher telefona, viajando meses, e a gente ganhando o seu dinheiro.

Paulo recusava até mesmo indicações:

— Essa mulher, não. É comunista.

— Está maluco? Vendo comunista embaixo da cama? A moça é rica, é religiosa, ia ser comunista a troco de quê?

— Não. Eu só conheço um comunista que não esconde, que diz. É você.

E no cinquentenário do *Correio da Manhã*, comemorado com larga programação, transformado em feriado, meu pai ficou em casa, de pijama, para no outro dia chegar ao jornal e ouvir de Paulo:

— Graciliano, você me fez uma!

— Quê?

— Não foi à missa.

— Eu sou lá homem de missa?

— Não foi ao banquete.

— Eu não sabia.

— Seu lugar ficou vazio, ao meu lado.

— Bem feito. Eu não me sento ao lado de patrão.

— Mas eu sou um patrão diferente.

— Você que pensa. Todo patrão é filho da puta.

Paulo Bittencourt deu uma gargalhada. Papai também. Depois, muito provavelmente, foram beber.

Estávamos em seu quarto, conversando, ele a se vestir, quando o vi pegar a navalha, colocá-la entre as dobras do lenço e guardá-la no bolso de trás da calça. Estremeci, admirado. E perguntei:

— Você usa isso?

Natural, respondeu que sim, tirou lenço e navalha do bolso, manejou a Solingen com desembaraço, deixando-a para fora sobre os quatro dedos da mão, o polegar a firmá-la, e me disse que não havia melhor defesa. Eu continuava incomodado, um frio na espinha. Largue esse troço, que horror, quase pedi. Arma branca de malandro, de marinheiro, não fazia sentido empunhada por meu pai. De olho na lâmina, fascinado, quis saber:

— Há quanto tempo você anda com ela?

— Sempre andei.

Ligo essa estranha descoberta, por um mecanismo que inclui a fria disposição nordestina, a incidente de pouco depois. Graciliano na livraria, a roda de amigos, entre eles um escritor negro, comunista, chega Breno Accioly e desatinado começa a interromper, tumultuar a conversa. Reconhecido contista de importância, Breno não precisava fazer terrorismo intelectual: era loucura mesmo. Casualmente, apareceu num dos seus piores dias. E foi agredir, pejorativo e racista, justamente o companheiro de Graciliano, que pronto reagiu: passou-lhe uma descompostura. Naquilo de não admito, na minha frente você não desfeiteia ninguém, não se faça de besta. Após o destampatório, assim em público, Breno refluiu e foi-se embora.

À noite, no entanto, apareceu em casa. Transtornado, de bisturi em punho (era médico), vinha matar meu pai. O Velho, sozinho, abriu a porta, deixou-o entrar, ouviu sem pestanejar suas maluquices. Numa pausa da alucinação, aproveitou:

— Não banque o doido comigo. Eu só acredito que você é louco se fizer três coisas: rasgar dinheiro, pular deste andar lá embaixo ou me desfeitear. Entendeu, seu filho da puta?

De novo, Breno murchou. Graciliano, que falara alto, baixou a voz e autoritário mandou:

— Dê cá essa porcaria.

Sem ação, Breno entregou-lhe o bisturi. E caiu no choro. Meu pai, contou-me, ficou no maior embaraço. Aquele brutamonte se desfazendo, feito uma criança. Deixe disso, homem, que bobagem. Até que o infeliz se recompôs, para desculposo sair-se com esta:

— Você é meu pai.

Graciliano, calmamente, recusou:

— Não senhor, seu pai é o doutor Accioly.

Breno disse barbaridades sobre o pai, santificou a mãe, confuso e desconexo. Reconduzido, pouco a pouco, a uma frágil normalidade, se despediu com abraços e juras de amizade, admiração etc., deixando o bisturi de presente.

Logo a seguir, maio de 1947, o Partido Comunista foi posto na ilegalidade. Muita gente se afastou, sumiu. Entre os escritores, não tantos, aquele que originara o episódio. Meu pai comentou:

— E eu fui chatear o coitado do Breno por causa desse pulha.

Durante uns quinze anos foi inspetor de ensino no Colégio São Bento. Eu já sofrera desde a Moderna Associação Brasileira de Ensino (MABE), antes Instituto Superior de Preparatórios, e sabia que levava a sério o trabalho. Ia regularmente ao colégio, almoçava com frequência no mosteiro. E assim se ligou aos frades beneditinos.

Havia dois religiosos da sua particular afeição: dom Basílio e dom Gerardo, ambos professores de português e literatura. As suas conversas, durante as refeições, eram as previsíveis: livros, autores, da gramática ao estilo. E como se interessasse por religião, também esse um terreno comum de contrastes e confrontos. Sempre amigáveis.

Aqui, vem a propósito o registro. Conhecia a Bíblia, em alguns trechos de cor e salteado, mais por interesse literário. Os contos e novelas, os poemas, provérbios e parábolas. O seu exemplar do livro, uma edição da Garnier (1864), está cheio de anotações. Em letra miúda, à margem, ele opina, glosa, diverge. Com toda a irreverência de que era capaz.

O diálogo com os frades volta e meia me chegava. Ele dando uma alfinetada nos jesuítas, o beneditino respondendo pronto: "Eles são iguais aos senhores." O Velho rindo, comentava, nunca ouvira comunista ser chamado senhor: "Só na Câmara, e durou pouco."

Certo dia, se demorou mais contando. Falavam do episódio de Ló, o único homem justo, e a família deixando Sodoma, quando a mulher olha para trás, congela, vira estátua de sal. Opinou:

— Ela tinha culpa no cartório, não podia sair com o marido e as filhas.

Os frades ponderaram, tendendo a concordar. Insistente, indicou:

— O símbolo é claro, isso de olhar para trás.

Um dos frades, mais convencido, sugeriu:

— O senhor devia escrever sobre isso.

Ele reproduzia o seu espanto, às gargalhadas:

— O senhor está sonhando? Logo eu, exegeta. Tinha lá cabimento!

O comício estava marcado e permitido. O local era a esplanada do Castelo, um descampado em pleno centro do Rio. O tempo não andava bom, muita violência policial, nós meio apreensivos. Graciliano seria um dos oradores, como sempre faria discurso lido.

Cheguei cedo. Encontrei logo meu irmão Júnio, naturalmente, em seguida vi Márcio. Estranhei mas não disse nada, não precisava. Sabia de papai, esquecia divergências, viera filial. Assim fraternais ficamos juntos, na expectativa do pior.

E não deu outra. O comício começou, um orador, outro, justamente quando o Velho principiou a falar estouraram o tiroteio e a pancadaria. Abrimos caminho para o palanque, em meio ao corre-corre, de longe o divisamos. Vinha devagar, descendo, e afinal nos reconheceu.

Embicamos para o largo, longo espaço aberto que nos separava da avenida Antônio Carlos, meta a atingir após aquela tumultuada terra de ninguém. Tiro, gás lacrimogêneo, cassetete. E meu pai andando pausado, passo de estrada, nós três em volta. Abúlico ou transtornado pela indignação?

Só sei que apanhamos. Márcio mais, porque era encorpado. Júnio bastante, pois enfezado de rosto. Eu talvez menos, já que afeito às lides estudantis. Papai, apesar do cerco protetor, não saiu ileso. Os policiais vinham em ondas, batiam e passavam, creio que por brutos que fossem tinham um lampejo de compreensão, buscavam alvos menos indecentes, no seu pequeno entender. Em nossa marcha lenta, guardo apenas os resmungos, repetidos: "É uma estupidez, uma estupidez."

Afinal, chegamos ao termo daquele traduzido corredor polonês, claro que preocupados com papai. "Você está bem?" Ora, "não havia de estar?" Ia encontrar mamãe e as meninas na ABI (Associação Brasileira de Imprensa), conforme o combinado. Então nos despedimos. Fui para o jornal. Ao chegar, Paulo Motta Lima, irmão de Pedro, olhou a minha cara, puxou-me de lado: "Que foi isso?" Respondi contando. "Então Graciliano apanhou?" Acenei confirmando.

No dia seguinte, começando o expediente, um dos nossos repórteres políticos saiu para entrevistar o Velho. Foi à Livraria José Olympio e voltou em menos de uma hora. Sem ter o que publicar, um tanto desarvorado, Paulo me chamou: "Graciliano negou tudo." Eu olhei para ele, que me entendeu, sorriu, deu por findo o assunto.

À noite, chegando em casa, meu pai estava me esperando: "Que história é essa de apanhar?" Fiz um ar desentendido.

— Um repórter da *Tribuna*, seu colega, foi me perguntar.
— Então?
— Disse que não sabia de nada.
— Sei, não aconteceu.
— Pra mim, não, pancada não tem endereço.
— Bateram em todos, logo você não fala.
— Sim, não sou exemplo, ninguém me deu procuração.

Citei Fabiano:
— Apanhar do governo não é desfeita.
— Você entendeu, não se faça de besta.

E desconfiado ainda, do caso e de mim, avisou: "Não me meta nunca mais numa armada dessas."

Com os filhos, era extremamente liberal. Com as filhas, exatamente o avesso. Eu podia ficar semanas fora, aparecendo em casa aos domingos, que ele achava natural e até divertido. Minhas irmãs só podiam ter amigos: suspeitasse de algum interesse maior, cortava rente, cara fechada, intratável.

Nesse andor, uma noite voltando da festa que me fora bem favorável, participei a minha irmã Luiza: estava namorando. E disse o nome, afinal, confirmado. Ela ficou feliz, aquilo um fim de campanha que durara muito. Conhecida, acalentada, favorecida pelos amigos próximos. E dando certo.

No dia seguinte, meu pai me esperava sério:

— Você está namorando com essa menina?

— Estou, sim.

— Preste atenção. Ela é boinha, não merece. Irmã de Raimundo, meu amigo. Amiga de suas irmãs. Filha de amiga de sua mãe. Não me faça besteira, por favor, não faça.

Quis rir, não era o caso. Reagi:

— Você pensa que sou doido?

— Não penso, tenho certeza. Meus filhos, todos eles, não valem nada. Mas você é o que presta menos.

Noutra ocasião, seria elogio. Agora não. Anunciei e garanti minhas boas intenções, sempre tinha gostado da moça. Por que o irmão dela, entre tantos, meu melhor amigo? Raimundo fiador. O Velho sorriu, entre conivente e abrandado. Apesar do que advertiu:

— Não destrambelhe, não faça bobagem. Eu não confio em você.

À noite, indo encontrar Marise, contei o aviso do Velho, naturalmente expurgado, sem as referências ao meu pequeno passado avulso. Ela riu, tinha graça, para me confessar a sua contraparte: Raimundo lhe fizera o mesmo sermão. Não brinque, é ou não é para valer, caso contrário nem comece.

Eu fiquei ressabiado. Depois amaciei, tudo bem, estão por fora. E seguimos. Com semelhante prefácio, até hoje. No entanto, quando minha namorada, com menos de 20 anos, dormia lá em casa no quarto de minhas irmãs, seu Graciliano não sossegava. Alma penada, ficava andando pela casa, esperando que eu de porta fechada pegasse no sono. Vigilante.

Durante um longo período, nossos horários coincidiram. Ele parava de escrever às onze, almoçávamos ao meio-dia, logo a seguir descíamos juntos para a cidade. Ficávamos uma hora no banheiro. Enquanto um fazia a barba, o outro tomava banho, e conversávamos sem parar. Os assuntos não variavam muito: literatura, política, lembranças misturadas aos fatos do momento.

Por mais que remanchasse, eu sempre o esperava. Sua toalete era meticulosa e demorada: limpar a nicotina dos dedos à custa de pedra-pomes, lixar as unhas, escanhoar-se, depois no chuveiro duas ou três ensaboadas, esfregando-se todo (as orelhas exigiam cuidados pacientes), afinal enxugar-se ou, melhor, friccionar-se longamente com a toalha. Ao vestir-se, estava de um vermelho arroxeado. E sempre de modo automático, seguindo a mesma ordem. Tanto que nunca interrompia a conversa.

Tinha mania de limpeza, sem dúvida. Para quem leu *Infância* não será novidade. Um hábito que vinha de longe, enraizado, e creio se amiudando, ao mesmo tempo que se ampliava, ganhando várias direções. Madrugada ainda, pois se levantava antes das seis, a primeira tarefa era cuidar da sua mesa. Mais que limpa, a qualquer hora parecia envernizada. E posta em ordem: os dicionários à esquerda, as pastas e pilhas de folhas à direita (o peso de papel no mesmo lugar), os lápis apontados, os maços de cigarros, o cinzeiro. Ao centro, o que escrevia. Em redor, inesperado para quem fumava sem cessar, nem sombra de cinza. Ele apagava o menor vestígio, não seguiria trabalhando à vista dele.

Suas roupas, imaculadas. Seu cheiro, nenhum. Para um homem que não se preocupava com aparências, o desleixo seria natural. Para qualquer pessoa, o inodoro seria exceção. Com ele não era. Se não usava colônia, nem ao menos loção de barba, lavado e escovado ao exagero, que odor poderia ter?

Simplesmente relembro. Mais que tudo, o lavar as mãos. Livrar-se de poeiras, de objetos, de contatos. A limpar-se de imaginárias impurezas. Sou testemunha, e admito que me divertindo, das ocasiões em que lhe apertavam a mão, dentro de casa, e ele disfarçado saía para lavá-la. Antes disso, nem acendia um cigarro.

Esse Graciliano asséptico, reconheço, nos aparece extravagante. Vivente alienígena. Mas como não aceitá-lo, se verdadeiro? Seria, mais que desejável, compreensível. Apesar do que li em algum lugar, não lembro de quem, ter ele uma aversão, incontrolável, aos homossexuais. A ponto de lavar as mãos quando cumprimentava um deles.

Não discuto o fato: lavar as mãos. Recuso, porém, a interpretação fantasiosa. Vinda de quem não o conhecia, ou conhecia à distância. Sei que respeitava, ou admirava, escritores tidos e havidos como pederastas (era o termo usado). Fazia tempo, mencionava nomes. Ao que tudo indica, não se incomodava com a variável de comportamento, naquela época bem pouco ou nada exteriorizada. E ele, naturalmente, continuava lavando as mãos. Não por repugnância a este ou àquele, antes por sistema.

Volto ao banheiro do apartamento, à guardada impressão de que nunca falamos tanto. Deixo de lado a embaçada sauna de concordâncias, confrontos, conflitos, hoje vejo uma educação pelo suor, provocada e aos palavrões. Volto só para entrar e sair, acompanhá-lo ao quarto, onde se vestia. E revê-lo já de meias, antes de calçar-se, limpar os sapatos por dentro com uma flanela.

Resolveram no partido: os escritores deveriam ter um organismo profissional, uma célula que os reunisse. Decidiram de cima, logo cumpriram.

Soube, em casa, da primeira reunião. E que meu pai sugerira o nome da célula: Theodore Dreiser. Estranhei, por que um americano?

— Por que não?

Naquela altura, eu ainda não percebera o quanto a esquerda norte-americana estava sofrendo, penando com a Guerra Fria. Então recuei, voltando aos nomes oficiais:

— Por que não John Reed?

— Sei lá! Muito adequado, muito conveniente, aquilo de único estrangeiro enterrado nas muralhas do Kremlin.

Mudei meu voto:

— E Jack London?

— Bom, ninguém discute. E também ruim, discursivo. Leu Marx sem digerir.

Não cheguei a falar de Michael Gold, Howard Fast. Não eram santos da sua devoção. Proselitistas, ou panfletários, esses nunca sairiam dele. Curioso, ficara mesmo Theodore Dreiser?

— Ficou, foi fácil. Quem conhecia achou ótimo. Quem não conhecia, melhor ainda. Nada como o analfabetismo positivo.

A minha ignorância não era total. Eu lera dele um conto (oh, essa minha prematura e perene inclinação pelo voo curto!), sem notar qualquer intenção política, no excelente *Old Rogaum and his Theresa*. Isso mesmo, aplaudiu o Velho, ele ficava no social, aprofundava, um escritor admirável. "Leia *Uma tragédia americana*, leia *Carolina*." Romances de um autor sério. Muito crítico. "O homem é de origem operária, imagine, e comunista."

Umas três semanas depois me chegaram os ecos de reuniões da célula Theodore Dreiser. Na primeira, muito previsível, leram o documento de Jdanov sobre literatura e arte. Aquilo tudo que se sabe, ou quase tudo, sobre realismo socialista. Graciliano suportou o mais que pôde, até explodir: "Isso está escrito em chinês?" Não, evidente que não. "Então me dê uma cópia, eu leio, analiso, opino depois." Na segunda sessão, a secretária Laura Austregésilo encenou, e leu, de cabo a rabo, o último informe de Prestes. Graciliano teve a mesma reação: "Isso está escrito em que língua?" Português, claro. "Nem tanto. Mas não me precisam traduzir, isto aqui não é célula de operário que pede explicação. Todo mundo pode entender."

— Esse Jdanov é um cavalo.

Foi a primeira vez que ouvi a opinião com jeito de heresia.

— Gosto muito da palavra "informe", é mesmo uma coisa informe.

O que aconteceu? Laura vacilou (era o termo que se usava), ele deu a cartada final:

— Nós estamos perdendo tempo. Eu proponho que a célula seja dissolvida, por falta do que fazer.

E assim foi.

Em 1948, tive uma crise de apendicite e operei-me. Como o trabalho no jornal era insalubre, por causa da polícia, e por minha própria conta sempre fui desconfiado com problemas de saúde, alonguei o prazo de recuperação, até me considerar pronto. Zanzando pela casa, lendo à toa, cansei e resolvi trabalhar para fora. Afinal o mês da faculdade estava correndo, logo teria de pagar. Com que roupa?

Danei-me a escrever. Numa semana, dei à luz quatro coisas diferentes. Variações do que se cursava na época, uma prosa meio parada, perquiridora, psiquenta, com uns lances de efeito se equilibrando em frases, espécie de subsolo da crônica. Emendei, bati e considerei a tarefa acabada. Nada mais fagueiro do que os 19 anos. Andando com cuidado, não em literatura, mas por causa da cicatriz que ainda me repuxava, mostrei a meu pai.

— Está direito, pode publicar. Eu tenho lido uns contos mais mambembes.

— Não brinque, é mesmo?

— Claro que sim. Bom, quer dizer... Você é um homem ou um rato?

Eu alegre, porque não esperava tamanha recepção, e apesar de, de repente, fraquejando. Ele a me incentivar, rindo, não era caso de vida e morte. Fiz cara de seja-o-que-deus-quiser.

— Este eu levo para o *Correio da Manhã*. Esse você leva para o Valdemar, esse para o Raul. Aquele outro...

— Eu dou a Márcio, n'*A Manhã*.

Oportunista e suando frio, no fundo maravilhado. Naquele momento descobria, num rompante, que debaixo das nossas relações informais, baratinadas, conflituosas, eu tinha um bruto respeito intelectual pelo Velho. E ele descer das suas tamancas para virar meu portador para Álvaro Lins. E nomear, tranquilamente, Valdemar Cavalcanti e Raul Lima. Fiquei de tal jeito que ele me abraçou, não, me puxou ligeiro e se afastou, quase umbigada, logo cada um pro seu lado.

Dito e feito. Os originais entregues, por mim timidamente. Márcio, via direta a Jorge Lacerda que eu não conhecia, era o meu problema. Resolvido em minutos, com o mesmo sorriso paternal.

Aguardei a publicação, veio linda. E lambi a cria recortada. Posto o que relaxei, merecido repouso de batizado guerreiro. No domingo seguinte, quando mais dois jornais me expunham, uma resenha crítica dos suplementos (sim, existia isso, decerto involuímos) me chamava "gagá". Fiquei danado. Meu pai morreu de rir. E me tranquilizou:

— Espere a semana que vem.

Não deu outra. Sete dias depois, o mesmo crítico se deslumbrava comigo. Mais que uma promessa, uma realidade etc. e tal. Eu, das cinzas renascido, cacarejei. O Velho me reduziu às regras do jogo:

— Hoje ele chegou a ler porque sabe quem é você.

Sim, senhor. Isso eu aprendi cedo. Opinião ninguém discute, ou pelo menos respeita, desde que haja.

— Você viu?

Eu tinha visto. A nota, com fotografia (um menino, parecendo os meus alunos de agora, só que de gravata), avisando ao leitor que o dito era filho de Graciliano, como Maria Julieta Drummond de Andrade, ao lado, era filha de Drummond, ambos seguiam os pais ilustres. Não reagi bem, não gostei; essa espécie de carona publicitária, ainda que todos achem maravilhosa, me desagrada. Maria Julieta havia publicado *A busca*, uma novela sensível, bonita, sem nada a ver com a obra do pai. Quanto a mim, nem falar. Por que, então, o atrelamento?

— Agora eles soltam foguetes — era o Velho me acompanhando.

— O quê? — inocente, perguntei.

— Depois tudo entra nos eixos.

Mais uma vez, positivo. Econômico, nada eufórico, mas acenando com o normal da atividade literária. E seguiu sempre igual. Entretanto, bem recentemente, minha mãe julgou que já podia me contar. Ele se abrira com ela, dividido entre satisfação e lástima. Tinha pena de irmão ou irmã, filha ou filho de autor conhecido, irmão ou filho de editor importante. Citou nomes, os sabidos. Dizendo que não mereciam a carga, era desencorajador, fatalmente. Pura perda.

Para mim, o tom se aliviava. Dumas pai, Dumas filho, a anedota de Shakespeare, seus dois crânios, o do velho e o do moço. Estrada plana.

Mas volta e meia, a propósito ou às avessas, ele soltava:

— Bom mesmo é ser filho de seu Sebastião.

Os dois volumes, encadernados em percalina vermelha, me chamaram a atenção: *Avant la mort* e *Autour de la mort*, de Camille Flammarion.

— Que é que é isso? — estranhei.

— Besteira — ele respondeu.

Apanhando um dos livros na estante, a folheá-lo (o título geral era *La mort et son mystère*), insisti:

— Você andou lendo espiritismo? E guarda?

— Não guardo nem jogo fora. O que tem aí foi o que restou, ou o que vai chegando. Já desisti, faz tempo, de arrumar uma biblioteca.

Voltei a Flammarion, seriamente perguntando: de quando era aquilo, por que o interesse?

— É uma história comprida.

E evocativo contou. Enviuvara, a primeira mulher morta de parto. Do dia para a noite, ele e três filhos pequenos, mais uma coitada recém-nascida. De dia, tentava ocupar-se dos meninos. Mas as noites eram longas, solitárias, ampliavam a lembrança. Em volta, o clima de interior, de crendice, as empregadas viam a antiga dona da casa no seu quarto, penteando os cabelos. Sugestionado, passou a invocá-la. O tempo corria, nada, nem sombra. Desconfiado, procurou informar-se, e leu, leu muito. Entrando madrugada afora, querendo ir ao encontro da visão perseguida. Sem o menor resultado.

— Você nunca viu nada?

— Está louco? O que é que tinha para ver?

E Flammarion ali, sem a menor serventia. Então não há mistério? Gostaríamos que houvesse, pelo menos para efeito literário.

— Uma vez, em Palmeira dos Índios, um vidente se apresentou no cinema. Vinha, de capuz preto, guiado, pegava a mão de alguém, fazia previsões. Um, dois, três, e sempre a mesma coisa. Reclamaram, estava saindo tudo igual. O homem se enfezou, não tinha culpa se eram todos parecidos. Acalmaram, ele me encontrou, segurou-me as mãos, parou, e aí disse: "Afinal encontrei uma pessoa diferente." E naquela voz teatral, arrematou: "O que o senhor está fazendo aqui? Vá-se embora!"

Pouco, muito pouco. Imbecil, por exemplo, a gente conhece até de olhos fechados. O inverso é também verdadeiro, nem precisa de capuz. Há muita coisa, perfeitamente explicável, que o nosso entendimento ainda não alcançou.

— Sua mãe, ainda em Palmeira, um dia no café da manhã me saiu com esta: "Sonhei que você recebia uma carta do Rio, interessada em publicar o *Caetés*." Eu ri, brinquei, disse que não era sonho, era vontade. E fui trabalhar. Voltando para o almoço, perguntei: "Ló, que foi que você sonhou?" Ela me respondeu nas mesmas palavras. Então eu tirei do bolso a carta de Rômulo de Castro, com a proposta de Schmidt.

Premonição. É, só podia ser. E tinha mais:

— Aqui no Rio, ela fez pior. Uma noite, de volta do trabalho, eu estava trocando a roupa e lembrando uma conhecida que à tarde conversara comigo, me divertindo, rindo e mostrando o dinheiro que recebera do amante. Sua mãe, deitada, acordou de repente. Para me dizer: "Estava sonhando com fulana e você, conversando na livraria, ela abria a bolsa e lhe mostrava uma porção de dinheiro."

— Transmissão de pensamento?

— Sim, mas perigosa. Você fala nessa calma porque é sua mãe, não é sua mulher.

Íamos os dois, após o almoço, a caminho do trabalho. Estava um dia lindo. Fiz uma observação qualquer nesse sentido, que maravilha de cidade, e ele estranhou:

— Você acha mesmo?

Respondi que sim; foi a vez do meu espanto, quem não acha? Calou-se, brincando o provoquei:

— Então prefere a caatinga a isto aqui?

Indiferente, olhou o recorte dos morros e disse:

— Prefiro, é mais bonita.

Demorou-se um instante para completar:

— Eu sinto assim.

Hoje, lembrando, associo aquela resposta ao fato de Graciliano ter deixado o romance antes dos 50 anos. A partir dali, ou de um *Vidas secas* escrito nos primeiros tempos de Rio, ele foi principalmente memorialista. É certo que tentou a ficção de longo curso, ambientando-a na antiga Livraria José Olympio, voltada para a vida literária carioca. Mas o projeto se interrompeu logo nos capítulos iniciais. A quem perguntava que fim tinha levado o livro, mais de uma vez o ouvi explicar-se:

— Eu não sentia aquilo.

Creio que todos nós, perturbados pela literatura, muitas vezes nos interrogamos sobre as intenções do autor. Não me refiro às centrais, mais ou menos óbvias, mas às secundárias e, particularmente, àquelas que ficam na sombra e pouco se revelam. Esse lado um tanto obscuro, que na obra de Graciliano é território vasto e a respeito do qual ele falava muito.

Vidas secas, por exemplo. O soldado amarelo representa a força que sustenta o fazendeiro, que não faz as contas direito, e a sequência inteira, até a prisão do vaqueiro e a surra, está bastante clara. Já não fica tão fácil, de um prisma histórico, localizar a mulata Sinha Vitória e o alourado Fabiano em plena ascensão do fascismo, com o mito da superioridade racial ariana, ela cafuza e inteligente a dirigir o marido branco e bruto. Mais que isso, o que poucos percebem, capaz de enganá-lo. (Como é que ia saber da cama de couro de seu Tomás da bolandeira?) Indo por esses caminhos, chegamos à discussão dos dois meninos sobre a figura do pai, eles vendo um enorme Fabiano de maneiras diferentes. Aqui, pretendeu o autor fazer um paralelismo com a discussão entre católicos e protestantes, as suas divergências no modo de encarar a divindade.

Confesso: se não tivesse ouvido do próprio Graciliano, dificilmente chegaria a tal aproximação. É evidente que não coloco o decifrar dessa espécie de intenções como fundamental. Penso, entretanto, que se por elas avançarmos iremos abarcando o romance na sua inteireza. Porque as intenções do escritor formam uma teia, às vezes de superfície, às vezes subterrânea, com uma indisfarçável harmonia. No seu desenho, que amarra os tempos do entrecho; na sua textura, que dá profundidade às personagens. E não sei de grande romancista que não seja simétrico.

"Espera morrer com 57 anos." Essa previsão encerra uma entrevista de Graciliano, que se dá apenas mais um ano de vida. Prazo escasso e agourento. Ou pessimista, se preferem.

Tenho lido, nos últimos tempos, as mais diversas interpretações daquela sua expectativa. Da premonição ao desejo da morte, do psicanalítico ao misticismo. Ele mesmo, no entanto, antecipou-se em desfazer todo esse imaginoso concerto. No dia em que a entrevista saiu, perguntei-lhe por que tinha dito aquilo. Respondeu simplesmente:

— Foi o primeiro número que me veio à cabeça. Um palpite, então.

E errado: não morreu aos 57, mas aos 60 anos.

A certa altura da vida, tinha ele já 56 anos, Graciliano disse numa entrevista, em feitio de autorretrato, que os seus maiores amigos eram o capitão Lobo (oficial comandante do quartel onde estivera preso no Recife), Cubano (um ladrão conhecido na colônia correcional da Ilha Grande), o escritor José Lins do Rego e o editor José Olympio.

De todos, José Lins seria a amizade mais antiga. E talvez a mais sólida, de mais intimidade, a ponto de Graciliano sair da prisão para hospedar-se em casa dele. Mas também com divergências, principalmente de natureza política.

Um dia José Lins escreveu uma crônica fortemente crítica a determinada posição do PC. Pediram a Graciliano que respondesse. Ele concordou, mas impôs condição: declararia ser amigo de Zélins e sua admiração pelo escritor, "o maior de todos nós". Foram às instâncias superiores e terminaram concordando. O artigo publicado começava assim: "O meu prezado José Lins, romancista José Lins do Rego, teve há dias, em artigo da imprensa vespertina, um grito de sinceridade, natural no homem que forjou o ciclo da cana-de-açúcar e a figura inesquecível de Vitorino Papa-Rabo." Para concluir: "Sinto discordar do meu velho amigo José Lins, grande cabeça e enorme coração."

"Não tenho preferência por qualquer livro meu", disse Graciliano a um jornalista. Aliás, repetiu isso muitas vezes, publicamente ou não. Nada além de uma postura, estou convencido. Porque sem dúvida ele mostrou sua inclinação.

Pode parecer, a quem saiba da sua escolha e inclusão de Paulo Honório na galeria de personagens famosas organizada por uma revista, que se voltasse para *São Bernardo*. Mas não, aquilo nos dá um tipo, não o geral de uma obra. O seu livro de eleição, conforme todos os indícios, era *Angústia*.

Falava nele de maneira diferente, o tom mudava e as palavras também, a gente notava. Um envolvimento maior, talvez uma ligação mais pessoal. Relendo suas dedicatórias familiares, que são sempre informais, bem-humoradas e tendentes à glosa dele próprio, vejo que a exceção é *Angústia*. Lembro que mais de uma vez, convidado a seguir na mesma linha, quando chegava a vez desse romance, desviava-se para o seco, o sóbrio, o sério.

Quem sabe o seu livro mais sofrido? Em vários sentidos, creio. Certa ocasião os jornais noticiaram que um estudante, muito moço, quase menino, se suicidara após ler *Angústia*. Ficou arrasado, passou dias a repisar que era uma peste, uma peste, não adiantava ponderar que o rapaz devia ser doente, o livro pouco ou nada tinha a ver com aquela tragédia.

Felizmente havia um outro lado. E não sei de alegria maior, nunca o vi tão satisfeito como após a leitura, numa revista americana, de artigo considerando *Angústia* não apenas o romance de um drama pessoal, um ensaio sobre a loucura chegando ao crime, mas, e principalmente, a crônica da condição do intelectual nos países subdesenvolvidos da América Latina.

Entregou-me o exemplar de *Angústia* (segunda edição, formato francês, capa de Santa Rosa) e me pediu:

— Dê uma lida nisso. Tem "que" demais. Veja se pode tirar.

Não fiz comentário. Li o livro, achei com esforço três "ques" dispensáveis. Havia um quarto passível de supressão, desde que se alterasse a frase, passando-a para a ordem inversa. E mais nada.

Devolvi-lhe o romance com a sensação de tamanho trabalho por tão pouco. Ele, no entanto, ficou visivelmente satisfeito:

— Ótimo. Valeu a pena. São quatro pestes a menos. Confirmou ali mesmo os cortes, rapidamente deu um jeito de sumir com a palavrinha no último caso. Entre aliviado e decidido, jogou a brochura em cima da mesa, como a se livrar dela:

— Nunca mais vou mexer nessa miséria. Sem revisão, a primeira edição ficou uma porcaria. Mas, se eu continuar podando o que é preciso, termina saindo em branco.

As leituras de meu pai sempre me surpreenderam. Uma noite, cursava a faculdade e lia *O homicida*, de Ferri. Ele chegou e perguntou o que era; mostrei, falou do livro mencionando trechos, destacando um ou outro aspecto, seguiu a conversa com Beccaria, Lombroso e Garofalo. Bem à vontade em criminologia, no humanitarismo italiano. Eu já o tinha visto assim com história ou sociologia, mas aquilo era demais. Riu do meu espanto:

— Você acha que eu teria feito o Luís da Silva sem estudar isso?

Dois anos mais tarde, provavelmente às voltas com outra prova, ele me encontrou lendo direito comercial. E veio me ensinando, muito pai que acha um jeito de confraternizar. Indireto, mas educativo. Foi a minha vez de rir e perguntar:

— Onde diabo você aprendeu isso?

E ele, reflexivo, me respondeu:

— Em 1929 eu aguentei a crise, a prefeitura de Palmeira e você.

Fora o ano em que nasci. Acidente, mas contornável.

Tanto que seguiu, concluindo:

— Se não soubesse um pouco de direito comercial, de escrituração, eu tinha falido. Mas não, sobrevivi. Porque não mandei fazer por mim.

Ele não se considerava tradutor, mas fez traduções. Ao que saiba, além de poesias francesas e italianas, por aí dispersas, distantes, de uma antologia de contos russos que revisou unificando, melhorando, assinou duas edições brasileiras: *Memórias de um negro*, de Booker Washington, e *A peste*, de Camus. Este eu o vi traduzir, declaradamente sem maior afinidade com o autor, daí só haver posto no livro as iniciais GR.

O outro eu soube por ouvir contar, dele mesmo. Eram as reminiscências de um homem de ação, com uma vida rica, movimentada, que pôde realizar muito e em várias direções, fundando inclusive a primeira universidade norte-americana para negros. Tudo isso de forma atabalhoada, contraditória, uma personalidade cheia de facetas, mas intensa, emerge das suas memórias. O tradutor brasileiro fez delas a chamada tradução livre. Se não gostava, mudava, endireitava, suprimia. Aqui e ali adaptava, resolvendo melhor.

— Tive de cortar muito, quase acabei com dois capítulos. Imprestáveis. O homem vinha direito, umas observações ótimas, de repente se estrepava todo. Negro burro.

Ao recordar isso, fico pensando se o fato não contribuiu para certas revelações imprevistas que surgiram algum tempo atrás, como a de um Graciliano racista. Interessante, de tão inesperado. Mas que dizer? O curioso é que ele traduziu à sua maneira o negro norte-americano, escreveu uma crônica sobre a personagem, com indisfarçada admiração pelo homem, inegável interesse pela obra, apesar de o tipo examinado lhe mostrar certa "indigência interior". Alguma coisa o desgostava na figura de Booker Washington. Quem sabe a subserviência aos brancos, invariavelmente interesseira? Não será por acaso que os movimentos negros dos Estados Unidos, de tendências as mais diversas, agora o chamam de Pai Tomás.

De qualquer modo, ao se referir àquela empreitada, Graciliano concluía:

— Me deu um trabalho desgraçado.

Talvez a guardada presença de meu pai (frases, comentários, opiniões) me faça reagir, com alguma irritação, quando ouço ou leio um elogio desproporcionado aos contos de Graciliano. Aquilo "de prefiro o contista, acho *Insônia* o melhor dos seus livros". É claro que tal ficcionista, ao chegar à história curta, faria certamente coisas apreciáveis. Estão aí "Dois dedos" e "Minsk", ou até mesmo "Baleia" e "Venta-Romba", que antes de reunidos em livro foram publicados como contos, e na verdade o são, ainda que resultassem em capítulos de romance e memória.

Essa opinião, que felizmente é uma predominância crítica, nos leva às próprias manifestações do escritor. Foi um leitor de contos e admirador de contistas (Machado de Assis, Simões Lopes Neto, Marques Rebelo). Foi um interessado em conto, a ponto de organizar a antologia *Contos brasileiros*, em três volumes, laboriosa e ampla, que resultou no primeiro mapeamento da nossa história curta. Foi além disso conhecedor do conto clássico e bastante atualizado na linha das grandes literaturas. Apesar de tudo isso, considerava o romance seu terreno particular.

"O romance é uma forma superior de vida", declarou pouco antes de morrer. E transmitia a certeza de que a contribuição por ele trazida a esse gênero, ou o que pudera aportar ao nosso memorialismo, não se comparava àquilo que fizera em conto.

Tinha Graciliano 18 anos quando deu a primeira entrevista. Nas suas opiniões e preferências de 1910, que vão muito para o teatro, a poesia, o cenário das letras alagoanas de então, ele já se declara: "O meu grande amor é pela prosa." Entre os autores citados, confessa a predileção por Aluísio Azevedo. E haver predominado sobre o que escreve, em termos de influência, "o realismo nu de Adolfo Caminha".

Ao longo do tempo, aqui e ali, suas predileções vão surgindo em artigos, cartas, novas entrevistas. "Tão cedo não teremos livros como *Banguê*, *Jubiabá* e *João Miguel*." E idiossincrasias também: "Hoje estou burro demais, acho que meu pai me fez lendo José de Alencar." A Bíblia é o seu livro de cabeceira, todo cheio de notas nas margens. Sabe de cor capítulos inteiros de Eça de Queiroz (*Os Maias*, *A ilustre casa de Ramires*), poemas de Manuel Bandeira. E ainda muita poesia erótica, mais para a antiga. Gosta dos contos de Marques Rebelo, "tão bons quanto os de Machado de Assis". Escreve notas sobre livros, detendo-se com mais interesse em Oswald de Andrade, Aurélio Buarque de Holanda ou Antônio Olavo Pereira. Os romancistas brasileiros que mais admira: Manuel Antônio de Almeida, Machado de Assis, Jorge Amado, José Lins do Rego, Rachel de Queiroz.

Às vésperas de morrer, disse publicamente quais julgava as suas influências: Dostoiévski, Tolstói, Balzac, Zola. E também o seu permanente entusiasmo pela literatura russa, que sabíamos ir além de Tolstói e Dostoiévski, demorar-se em Gógol, Tchekhov, Andreiev e Górki. A uma pergunta sobre qual dos dois preferia, Tolstói ou Dostoiévski (o repórter sem dúvida imaginava que fosse o segundo), respondeu: "Tolstói. Mas Tolstói eu não considero apenas o maior dos russos: é o maior da humanidade."

A memória, para mim, tem muito de visual. Cada vez mais lembro do meu pai a vê-lo. E o vejo de pijama, sentado à mesa que ficava no seu quarto, perto da janela, escrevendo pela manhã, desde cedo até por volta das 11 horas. Há bastante claridade, posso distinguir a letra miúda e regular, que traça retas no papel.

Ao fim da tarefa diária, dez a vinte linhas. Depois, datilografadas, dariam no máximo uma página.

Graciliano escrevia a mão, nunca bateu à máquina, se escandalizava com as notícias iniciais de que havia escritores ditando para gravador. É possível que aquela oralização excessiva, um pecado a evitar, o fizesse aproximá-lo de oradores e conferencistas. Usava o termo "discursos", que odiava como ato e representação. De preferência escrevia a lápis, sem usar borracha, mas cortando palavras, frases ou trechos indecisos, imprecisos, insuficientes, para seguir ou sobrepor mais definitivo. Era difícil, à primeira vista, encontrar nexo naquele emaranhado. Mas a

1. Palmeira dos Índios.

2. Sebastião Ramos de Oliveira, pai de Graciliano Ramos.

3. Valdemar Cavalcanti, Graciliano Ramos, Aloísio Branco,
Rachel de Queiroz e José Auto, 1932 (aprox.).

4. Av. Dr. Antônio Gouveia, praia de Pajuçara, Maceió, meados dos anos 1930.

Ele [Graciliano] de pijama, escrevendo, entrevisto à distância curvado sobre a mesa, que ficava depois de um largo espaço, parecia, lá perto da janela, claridade, rua da Caridade. Ele de paletó, gravata e chapéu, saindo para o trabalho, calado, cabeça baixa, composta figura angulosa cruzando porta, portão, ganhando a calçada. Ele de calção de banho, nadando comigo agarrado ao seu pescoço, Pajuçara, pelo mar verde que chegava até os arrecifes, a piscina rasa de areia branca onde havia conchas. A me mandar comprar três maços de Selma no botequim da esquina, eu podia gastar o troco em balas que traziam figurinhas. A me chamar para um jogo, um livro mostrado, eu seguia seus dedos fortes capazes de amassar sem esforço tampinhas de garrafas. A me dar um piparote na orelha, me assanhar o cabelo, eu sempre era pego de surpresa e ria também. Até que um dia sumiu, silêncio, pois nunca me falavam dele.

5. Graciliano em desenho de Portinari, 1937. Na dedicatória:
"Para o Graciliano com um abraço do Portinari."

6. Ricardo com o avô materno, Américo de Medeiros, 1940 (aprox.).

7. Graciliano no gabinete do diretor da revista *Cultura Política,* na década de 1940.

8. Graciliano, 1948.

9. Ricardo com Graciliano, 1948.

Eu tinha pouco menos de 15 anos quando cheguei ao Rio e foi aí que praticamente conheci meu pai. Sua prisão me deixara muito pequeno, lá em Maceió, na casa de meu avô materno. Umas férias ligeiras, dois meses corridos entre espantos cariocas, não haviam bastado para nos aproximar. Se dele quase não guardara nem o rosto, quanto mais traços de temperamento. É fácil imaginar as surpresas que tive, no primeiro encontro me oferecendo um cigarro ("Você fuma?") ou nas muitas conversas continuadas.

Logo eu trabalhava em jornal, fazia política, estudava à noite. Ele era inspetor de ensino na minha escola, acreditei piamente que só fiscalizava a mim. Depois eu começava a escrever, umas coisas que pareciam contos e, naturalmente, foi meu primeiro leitor. Além do geral de política e literatura, nosso terreno mais comum, passamos a falar daquilo em particular. Principiava o meu aprendizado.

— Não escreva "algo" — ele implicou.

Quis saber por quê; me respondeu:

— É crime confesso de imprecisão.

Mais tarde eu estranhei:

— Por que você não usa reticências e exclamações?

Não demorou um segundo:

— Reticências, porque é melhor dizer do que deixar em suspenso. Exclamações, porque não sou idiota para viver me espantando à toa.

E certa vez, a propósito de um parágrafo em que eu empregara diferentes tempos de um verbo (passado, presente, futuro), recomendou:

— Não faça isso.

Resisti, Machado de Assis fazia, até numa frase. Estava certo. Era um erro, sim. Não gramatical, mas de pensamento. Ninguém raciocina aos pulos. E arrematou:

— O importante é escrever duas páginas no condicional sem ficar monocórdio, nem dar eco, sem que se perceba.

Esmoreci, confessando:

— Não vou conseguir isso nunca.

Ele me animou:

— Vai, sim. Com suor, paciência, vai.

10. Heloísa e Graciliano na varanda do apartamento de Laranjeiras, 1949.

11. Ricardo pronto para a boemia carioca do final dos anos 1940.

12. Ricardo com as irmãs Clara e Luiza no final dos anos 1940.

13. Graciliano, 1952. *Graciliano brincalhão, desatento, intempestivo. Quem sabe nem tanto, apenas refratado. Habituei-me a transitar por tais recordações. E desisti, faz muito, de intentar um perfil. Ou não existe o retrato fragmentado, a colagem viva? Surgindo nas ressurreições da memória.*

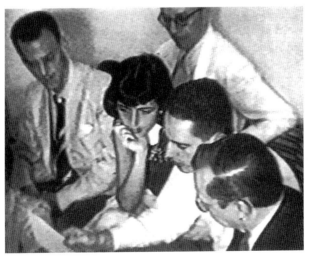

14. Marise e Ricardo entre Miécio Tati e Candido Portinari, e Haroldo Bruno atrás, 1952.

15. No funeral de Graciliano, Marise e Ricardo à frente, Jorge Amado e Clara Ramos atrás, 1953.

16. Máscara mortuária de Graciliano feita por Honório Peçanha, 1953.

17. Ricardo em caricatura feita por Armando Moura em meados dos anos 1960.

18. Ricardo, meados dos anos 1960.

19. Ricardo, meados dos anos 1960.

20 e 21. Manuscritos de Ricardo Ramos para a primeira edição de *Graciliano: retrato fragmentado – uma biografia*.

simples aproximação descobria uma lógica, um padrão, uma simetria nos seus originais. Sempre encurtados, nunca aumentados, pois tendia ao concentrado, e não ao derrame. Pelas margens, nada. O essencial das mudanças nas entrelinhas. A datilografia posterior e alheia (em casa ou profissional) era um trabalho só de atenção. Que em seguida ele revia, suprimindo, podando, sofrendo ainda.

Se o conto ou capítulo de romance, de memória, se a crônica ou o artigo teria uma publicação prévia, isolada, havia quase sempre um segundo original, por vezes escrito a tinta. Como se a caneta indicasse o mais acabado. Outras vezes não, mas as páginas datilografadas ficavam tão bordadas que precisavam de novo ser batidas. E isso tudo, no nível do cotidiano de escrever (regular, disciplinado, de outra forma como poderia tão lentamente haver produzido tanto?), leva a pensar no plano maior do livro e da obra.

Caetés e *Angústia* nasceram de duas novelas anteriores, "A carta" e "Entre grades", quem sabe sinopses a serem desenvolvidas. *São Bernardo* teve uma primeira versão em linguagem diversa da conhecida, talvez mais próxima ao tom eciano de *Caetés*, para depois ser todo reescrito no diapasão de Paulo Honório. *Vidas secas* principiou em três contos, antes de se organizar em romance, todavia mantendo a sua índole de quadros de uma exposição. Mas o exemplo de *Infância* não me sai da cabeça. Porque vi seus originais em curso, uma folha de rosto que, em falta de melhor definição, me parece o mais próximo de um organograma literário. Os títulos ou temas de capítulos estão circunscritos em retângulos fortes, que se ligam numa sequência ou se desdobram, descendentes, laterais, formando uma teia ao mesmo tempo imaginosa e lúcida. Sempre senti esse processo, do pormenor ao global, como extremamente elaborado.

Hoje, quando partes desse todo vêm à tona, me estranha um pouco a incompreensão quase generalizada dos métodos do escritor. Como se ele devesse haver trabalhado no comum de agora, datilografando, gravando ou usando computador. Existem dúvidas? Elas são descabidas, por anacrônicas. E naturalmente se diluirão.

Como Graciliano encarava a crítica? Se nunca teve problemas com ela, ao contrário, beneficiou-se do seu interesse, estiveram sempre em harmonia. Amigo de críticos, leitor de ensaios, não escondia suas inclinações. Álvaro Lins, Otto Maria Carpeaux, Adonias Filho, ou Octávio Tarquínio de Sousa, Wilson Martins, Lúcia Miguel Pereira, ou Nelson Werneck Sodré, Astrojildo Pereira, Moacyr Werneck de Castro. E Antonio Candido, fortemente.

O abarcar de tendências tão diversas não poderia excluir as discrepâncias, entretanto nunca chegadas ao plano pessoal. Por outro lado, afeito à ressonância favorável desde os seus começos, deve ter desenvolvido uma suscetibilidade que aflorava ao mais leve descompasso. Nesse terreno, há coisas que chegam a ser engraçadas.

Ao escrever *Histórias de Alexandre*, muito à sua maneira, ficava repetindo que era um livro menor, simples aproveitamento de temas folclóricos, insignificância. De tanto ouvir aquilo, o inadvertido Aurélio Buarque um dia concordou: "Francamente, homem, não se compara mesmo aos seus romances." Foi o suficiente. Sempre que se referia a *Alexandre*, ele acrescentava:

— Aurélio não gosta.

Saído o *Infância*, recebeu de São Paulo uma nota assinada por Sérgio Milliet. Dizia que o livro não era bem memória, nem conto, nem ensaio, mas tinha de tudo, e concluía, simpático: era um livro importante, do sr. Graciliano Ramos. Ele danou-se:

— Por exclusão, não é nada.

Um mês corrido, Sérgio voltava ao livro com um longo rodapé, altamente elogioso. Ele esqueceu, apagou da memória o registro inicial.

Quase dez anos antes, logo depois de solto no Rio em 1937, conhecera Agripino Grieco, que saudara *Caetés* com entusiasmo e se derramara a propósito de *São Bernardo*. Explicando o seu silêncio quanto a *Angústia*, publicado quando estivera na cadeia, Agripino lhe dissera: "Escrevi sobre os seus primeiros romances porque você precisava. Agora que não precisa, não escrevo mais." Contou-me essa voluntária declaração umas três vezes. Para insistir no mesmo comentário:

— Ele acha a crítica uma questão de necessidade. Do autor, não do público.

Rompantes, curiosidades. Traços de temperamento. Necessários, indispensáveis, a qualquer retrato.

— Você tem algum compromisso amanhã à noite?

— Tenho, sim.

— Ô diabo! Vamos jantar em casa de Octávio Tarquínio, com Antonio Candido. Gostaria que você o conhecesse também, seria bom. Acho esse rapaz o maior crítico brasileiro.

Foi pena. Só vim encontrar Antonio Candido uns dez anos depois, em São Paulo. Àquela altura, era 1947, Graciliano já o considerava nosso melhor crítico literário, já tinha lido, em jornal, os textos que depois viriam compor o ensaio *Ficção e confissão*. Era, e creio que continua sendo, o estudo mais inteligente da sua obra.

O primeiro livro sobre Graciliano saiu em 1950. Era um ensaio que tentava explicar o romancista com exageros de psicologismo, descobrindo símbolos e estabelecendo relações imprevistas, perdendo pé em toda e qualquer realidade, desprezando as mais elementares referências sociais, mas sempre guiado pela maior admiração. Lemos aquilo simultaneamente, ele se desgostou. Argumentei: que mal podiam fazer tantos elogios, ainda que tão obscuros? Não achava assim, ficou encafifado. Visivelmente não queria ser entendido daquele jeito.

Passou a evitar o autor, um médico simpático, que por três vezes me viu na rua e cobrou a sua opinião. Eu o avisava, ele ficava calado. Enfim, chegou em casa dizendo que encontrara o rapaz. Contou como tinha sido:

— Fui muito camarada. Abracei-o, falei no livro. Indiretamente agradecendo, inventando, essas coisas. Quando me perguntou se havia gostado mesmo, respondi: "Meu filho, nós somos dois fodidos."

Ri, mas ele estava sério. E arrematou:

— Que é que eu podia dizer?

A seguir recompôs-se, voltando ao seu natural. Irreverente, destrambelhado, fazendo assinatura com Freud. O gozador cáustico. E se bem-humorado, ao despedir-se para deitar, seu boa-noite era invariável:
— Vou dormir para sonhar com minha mãe.
De tanto repetir-se, apesar do tom de brincadeira, não resisti à pergunta:
— Você sonha mesmo com minha avó?
E ele, capaz de rir às próprias custas, aligeirou:
— Claro. Eu ia me enganar com a mãe dos outros?

Nunca ouvi ninguém mais desentoado. Não estou falando em desafinação, pecado venial, tropeço na melodia. Falo de surdez declarada, ouvidos moucos. Se ele trauteava alguma coisa, duvido quem pudesse identificá-la, era uma melopeia interrompida e disparatada. Quanto aos eruditos, nem pensar. Distinguia, ao que saiba, duas peças: o *Bolero*, de Ravel, e a *Dança do fogo*, de De Falla. Um por demais insistente, outro por desvario descritivo. E creio que se maravilhava com a sua percepção.
Como é que uma pessoa assim, tão avessa à música, podia ser capaz de ritmo? É possível que houvesse uma capacidade medular, entranhada. Ou disciplinadamente aprendida. Ou, ainda, deve existir uma audição para o encantatório e outra para o significativo. No terreno das palavras ele se exercia, não sobrava nada para o que julgasse indefinido. Fechava-se, então, um perfeito estranho. Incapaz de reconhecer, por mais que tocassem, os sambas e marchas do momento.
Às vezes, uma empregada do apartamento vizinho cantava o sucesso do dia. Eu ouvia, encantado. Apesar da letra estropiada, dos versos que não batiam, era uma beleza. Ele, invariavelmente, interrompia o trabalho, aparecia na moldura da porta, e desgostoso soltava:
— Garganta boa para uma forca.

Uns escrevem fácil, em todos os sentidos. Outros não. Graciliano mourejou, no que poderíamos chamar trabalho braçal, da crônica ao artigo sobre livros, da revisão de textos às traduções, ganhando a vida por empreitada e se economizando naquilo que ele considerava fundamental: a sua opinião. Mais ainda: a sua expressão como autor. Nunca escrevendo ou assinando o que não acreditava.

Tal atitude ele manteve, sempre. Recém-saído da prisão, apesar das urgências, escolheu o que fazer. Não inteiramente. Mas inteiro, até o fim, na recusa a compromissos. Desde os tempos da *Cultura Política* aos seus últimos dias de *Correio da Manhã*.

Paulo Bittencourt, que o entendeu bem mais do que muitos companheiros de ofício ou do partido, tentou levá-lo a escrever no seu jornal. Não apenas colaboração, decerto qualificada, nem aquilo de cortar, emendar, bracejar. E sugeria uma seção assinada, regularmente.

Graciliano, rindo, afastava a tentação:

— Você está doido? Eu sou lá homem de gastar papel com amante de príncipe inglês?

Copa de 1950. Na partida final, aquela decisão do Maracanã, a cidade parou, até o Exército entrou em recesso e me deu folga, iríamos torcer patrioticamente. Não fui, preferi ficar em casa, ouvindo o jogo pelo rádio. Eu e meu pai, que relaxou na sua rotina: fez hora, cortou a livraria de tarde para à noite chegar ao jornal.

Deitado, fumando, acompanhei a tourada uruguaia. Volta e meia o Velho surgia à porta do quarto, de pijama, limpando com pedra-pomes os dedos manchados de nicotina, abria uma careta de expectativa, que tal? Respondia também sinalizando, ainda nada. Aí veio o gol de Ghiggia. Gritei um palavrão, comemorando às avessas. Ele apareceu, meio vestido, querendo saber. Eu disse, ficou ali parado:

— Então perdemos?

Achei que sim, do jeito que estava. Largou contrariado:

— Só falta o Getúlio voltar, desta vez eleito.

E foi o que nos aconteceu logo a seguir; uma derrota nunca vem sozinha. Mas por que me reponta agora? Em princípio, sempre estranhei vê-lo metido com assunto alheio ao seu interesse, como sem dúvida era o futebol. Cansara de ouvir cansadas alusões a José Lins, não se conformava, um homem era capaz de escrever *Fogo morto* e perdia tempo em crônica esportiva, nessa mania de Flamengo. Por outro lado, ouvira-o referir-se a Mário Filho de modo elogioso, mais de uma vez, justamente vendo nele o excelente cronista, o estudioso sério, só podia ser por causa de *O negro no futebol brasileiro*. Havia mais, entretanto. E disso fui saber muito depois, ao se recolher sua produção avulsa de cronista, para a edição póstuma de *Linhas tortas*.

Graciliano tem uma crônica, de 1921, que fala de futebol. Desaconselha o novo esporte, simples estrangeirismo, e preconiza o retorno às nossas fontes, com a capoeira. Não acredita que a novidade pegue, já que avessa ao nosso feitio, e insiste na rasteira, o jogo que é o nosso forte, veio de baixo para alcançar o plano de símbolo nacional.

Ultimamente, essa página está sendo muito exposta. Feita curiosidade. Graciliano teria previsto a falência do futebol no Brasil, morto no nascedouro, posto que reverso à índole do nosso povo. Graciliano teria ecoado as posições do exaltado Lima Barreto, reagindo contra a importação de um esporte então minoritário, decididamente elitista e racista. Graciliano teria tido um acesso juvenil, errado porque em começos, um desses compreensíveis pecados da mocidade.

Não abrigo tantas certezas. Antes, fico na escrita do autor: indireta, irônica, e cumulativa, cortante. De qualquer forma, centrada. Se alguém, com menos de 30 anos, já mostra a característica de bater no mesmo ponto, apesar dos pregos ao redor, seria o caso de ao menos pensar. E ele foi bem nítido, contrapôs o futebol da época aos nossos costumes políticos.

Passa o tempo, Graciliano assiste no Estado Novo ao apogeu da rasteira e do futebol servido às massas, ambos um circo diário. Tanto que associa a derrota da Copa de 1950 à volta de Getúlio, dito e feito. O velho ditador, promovido às da rasteira e explorador do futebol no espetacular modelo fascista, retomando pelo voto. Mais que uma preocupação a se confirmar, decerto um crisma das intenções do jovem cronista Graciliano. Ou será que o não literal ganha foros de sutileza?

Por falar em sutileza, há pouco o dirigente de uma associação de escritores, ao fazer a entrega dos prêmios da entidade, referiu o distante concurso Humberto de Campos, citou com ares de escândalo o voto de Graciliano contrário a *Sagarana*, e concluiu por se afirmar um descrente de tais certames. Não se constrangendo nem economizando adjetivos, deu ao livro de Luís Jardim o título de *Maria Escandalosa*, a Guimarães Rosa, uma coroa de injustiçado, a todas as distinções literárias, o malefício da dúvida. E na sua perfeita inocência, deixou a impressão de fatos fielmente evocados.

Ora, não preciso de esforço de memória para reconstituir o entusiasmo de meu pai quando saiu *Sagarana* (1946), me recomendando o autor, no seu juízo excelente, em particular os contos "A hora e vez de Augusto Matraga" e "Conversa de bois". O primeiro ele incluiria logo na antologia que preparava, o outro não consta dos seus preferidos na crônica publicada a seguir, rememorando os problemas do júri no Humberto de Campos, oito anos antes. As datas, aqui, são importantes. O que relata Graciliano também.

Os jurados tinham chegado aos dois finalistas, claro que ambos sob pseudônimo. E após as naturais discussões, se dividiram: Graciliano e Dias da Costa viam em *Maria Perigosa* um livro mais uniforme, sem tantos altos e baixos; Marques Rebelo e Prudente de Moraes Neto tendiam para *Sagarana*, valorizando os pontos positivos e esquecendo as falhas eventuais. Marques, naturalmente brigão, ameaçava. Graciliano, que de passagem achava Marques o nosso maior contista, não arredava e todavia apontava a Prudente os trechos mais sugestivos de Rosa. Empatados, ficaram na dependência de Peregrino Júnior, que pediu tempo. Dois dias depois, votou em Luís Jardim.

Graciliano conta que tentou localizar o escritor de *Sagarana*, aquele enigmático Viator. Dizer-lhe de três contos muito fracos, prejudicando o conjunto, diabo dessa vocação mineira de montanhas e depressões. E de como acidentalmente o encontrou; não o imaginado médico do interior, mas um diplomata erudito, que declinou do convite de possível edição da José Olympio, em vésperas de publicação independente. Sabendo do seu voto contra, aceitando, havia tirado do livro os três contos menores, trabalhado os quase oito anos restantes, aperfeiçoando vagaroso o que podia. "Uma inteligência livre de mesquinhez", depõe Graciliano sobre Rosa.

Sagarana confirma as expectativas. É mais que revelação, é prólogo de obra ainda maior. Principalmente um livro novo, bem diverso do submetido ao concurso. Retrabalhado em termos de linguagem. E, no caso de Rosa, um dos nossos raros ficcionistas aplaudido quase que exclusivamente pela forma, o que sem dúvida é desvio crítico, isso não será desprezível. Ao que tudo indica, os contos apresentados a julgamento não tinham muito a ver com o contista hoje admirado.

Mais de quarenta anos depois, leio a dedicatória de Rosa a Graciliano em *Sagarana*. "Grande e amigo, 'Seu Joãozinho Bem-Bem da nossa literatura', com admiração e amizade." E junto um cartão, "mais um abraço, grato". Eles se entendiam.

Muito moço, saudei *Corpo de baile* de primeira. Dizendo o que soube a favor. Rosa me revelou que eu abria o seu álbum, onde os contras vinham de cabeça para baixo, felizmente eu estava inaugural e direito. Já respeitando, além dos contos e novelas, o romance notável *Cerqueiro grande*, que nos preparava coisa maior. O imprevisto *Grande sertão: veredas*. Os dois livros do mesmo ano, 1956.

Antecipados por Graciliano uma década antes, ele tão errado em previsões, mas aqui de vaticínio infalível: "Certamente ele fará um romance, romance que não lerei, pois, se for começado agora, estará pronto em 1956, quando os meus ossos começarem a esfarelar-se."

De certo modo nos habituamos aos rótulos, passamos a usá-los como se fossem máscaras. Talvez porque se ajustem ao que buscamos, ou nos simplifiquem a representação diária, quem sabe organizem os nossos próprios desencontros. No caso de Graciliano, tais disfarces eram variados: a secura agreste, o coronel rememorando valentias, um pessimismo de óculos escuros; inversamente, o cerimonioso cortês, o artesão de laborioso e ciente equilíbrio, um disciplinado crente no futuro do homem. Vistos de perto, ao longo do tempo, o convívio atenuava, contradizia, baralhava, esses traços. Mas apontando para a figura compósita.

Um dos seus moldes, entretanto, me confundiu durante anos, tanto que o aceitei como verdadeiro, quase emblema pessoal. Quero me referir ao jeito alheado, meio distante, submerso e pouco propenso a emergir. Ensimesmado, sim, à margem das mais corriqueiras referências ao redor. E principalmente quanto a dinheiro. Nesse capítulo, se não deixava de ser metódico (ia à Caixa Econômica diariamente, sacando só para as imediatas despesas miúdas), mostrava-se incapaz, desamparado, nada prático. Um homem perdido, atarantado a tropeçar nele mesmo.

Era o que eu pensava, confesso que admirando. Ele dava importância ao seu trabalho e mandava o resto para o inferno. Se de normal aceitamos ganhar dinheiro como prioridade, ou pelo menos interesse, por que não admitir a contramão?

Vim assim, afeito ao que tomavam por esquisitice de meu pai, até 1951. Eu havia gramado um ano de Exército, conseguira me manter na faculdade às custas de meu irmão Márcio, odiava a ideia de voltar a jornal, trabalhar em um, dois, três, para ganhar aquela miséria. Minha alternativa era formar-me, recomeçar tudo noutra profissão. Advogando? Ensinando? Dois amigos íntimos, um professor e um advogado, me atiçavam. Uma encruzilhada. Aí, desabafei com o Velho:

— Só volto a jornal amarrado.

E passei em revista os meus problemas, pai é para essas coisas. Ele sentiu o casamento adiado, comentou, jornalismo não dava nem quarto de pensão no Catete. Já viu? Pioramos, ninguém se iluda. E quando eu imaginava que ficaríamos por ali, chorando as mágoas, ele me perguntou.

— Por que você não tenta propaganda?

— O quê?

— Propaganda. Isso de anúncio. Tem muito amigo fazendo.

— Homem, que ideia! Capaz de dar certo.

— Se quiser, e pagam bem, pode ser uma solução. Procure Emil Farhat, na McCann. Ou Orígenes Lessa, na Thompson. São meus camaradas, diga que é meu filho. Eles atendem.

Espantado, calei-me. Os nomes e firmas, português e inglês, prontamente. Interpretou mal o silêncio:

— Você tem problemas com empresa americana?

— Eu? Meu problema é dinheiro.

— Então, vá.

Telefonei para Emil, que estava de viagem. Apressado, liguei para Lessa. Alguns meses depois, trabalhava na Thompson, com os problemas abrandados e as soluções avançando. Em casa, meu pai revelava a mais perfeita ignorância do que eu escrevia, a par de uma total informação do meio que se abria para mim. Sabia de Oswaldo Alves, Jorge Medauar, Alina Paim, Guilherme Figueiredo, Eliezer Burlá e outros. Achava boa a minha mudança.

Uma noite, enfezado por causa de uma discussão, me abri com ele. Oswaldo Alves estava me aborrecendo, não aceitando que atendesse a *Seleções*. Não deu importância à minha raiva. Tinha sido juiz de uma promoção da revista, anos antes, para escolha de um *slogan*, eu o ajudara na pré-seleção de centenas e centenas de cartelas, decerto um convite de Lessa. Tirando por menos, me aliviou:

— Deixe pra lá. Oswaldo é um atormentado, se preocupa com tudo. Já foi garimpeiro, bicheiro, condutor de bonde. Já pensou num bonde que só dobra à esquerda?

Rimos, ele aconselhou:

— Faça o que Orígenes mandar, que não tem perigo. É um homem sério.

Fiz. De princípio, de cor. Nunca me arrependi, nem me arreliei, não há profissão mais exposta do que a propaganda. E cada qual faz do seu jeito, melhor ou pior. O que me surpreende hoje, após quarenta anos de vida publicitária, é que meu pai tenha indicado esse caminho. Ele, tão avulso.

Entre as numerosas entrevistas dadas por Graciliano, uma se destacou em sucessivas reproduções, comentários e referências. Foi a prestada a João Condé, para a sua seção "Arquivos implacáveis", publicada na revista *O Cruzeiro*. As razões do destaque são compreensíveis: a revista era então a de maior tiragem; a página de Condé, de enorme prestígio; o perfil do escritor nos chegava em perguntas e respostas diretas, estilo pingue-pongue, dava margem a declarações bem incisivas.

De tanto ler e reler a entrevista de Graciliano, de tanto ouvir falar sobre ela, examinei-a com vagar. E me deu um acesso de juvenilidade aguda:

— Você não foi benevolente com a Academia?

— Por quê?

— Aquilo de ser indiferente. Não é pouco?

— Não, acho que não. Eu não podia atacá-la, tenho amigos lá. Seria uma grosseria.

Note-se que nessa época José Lins do Rego, Jorge Amado, Rachel de Queiroz, Aurélio Buarque de Holanda e Orígenes Lessa ainda não haviam entrado para a ABL.

— Além do mais, é uma entidade de escritores, boa ou ruim, temos de aceitá-la. Se eu fosse me inscrever naquele sindicato de padeiros, numa associação de bancários, ficaria esquisito. Mas escritor em casa de escritor fica perfeitamente natural.

— Quer dizer que você entraria?

Ele riu.

— Eu não disse isso.

— Então, por quê?

Não demorou a responder:

— Não me vejo lá por dois motivos. Primeiro, aquele negócio de visitação, mendigando votos. Se me conhecem, é chover no molhado. Se não me conhecem, é pura bobagem. E eu não sou de beijar mão.

— E o outro?

— Este é talvez pior: o fardão. Me lembra folclore, fantasia de guerreiro ou Mateus, o sujeito todo enfeitado de espelhos, vidrilhos e miçangas. Quando querem afastar esse modelo, falam em tradição. Já é uma preocupação chata. Principalmente se apenas se refere a traje, oficial, do século passado.

Riu mais demorado.

— Ao vestir aquilo, eu me sentiria um século mais velho. Anacronismo.

Naquele sábado, pela manhã, de voz irreconhecível, meu irmão Márcio telefonou a Paulo Mercadante e lhe deu a notícia: atirara num companheiro de pensão, não sabia o que acontecera. Paulo foi encontrá-lo no bar da praça Saens Peña desarvorado; trouxe-o para seu escritório. Ouviu, então, que ele namorava uma vizinha, que no café o colega zombara dele, levando-o a atirar. Depois, admitia nunca ter falado à moça, gostar do rapaz (os dois juntos assistiam a jogos de futebol), não estar certo nem de haver atirado. Aos poucos, ia percebendo o que fizera. Transtornado pelo retorno do seu desvario.

Paulo se comunicou com Júnio, levou Márcio para sua casa em Santa Teresa. De lá, chamou Alcedo Coutinho, médico nosso amigo (deputado do PC), e Wilson Lopes dos Santos, advogado criminalista. Antes, procurara falar comigo, não me encontrara. Foi, armou-se de coragem para ir dizer a meu pai o essencial, o mínimo indisfarçável, da enorme desgraça. Só à noite chegou à delegacia para a confirmação da morte do rapaz, o alegar da perturbação de quem na adolescência havia sido internado, ele seria apresentado quando o seu estado permitisse. Bem depois é que me ligou, querendo saber do papai: estava ainda acordado, sozinho no escuro, fumando em silêncio.

Foram três dias de sofrimento para todos nós. Mas a agonia de Márcio, paralela e crescente, era terrível. Não adiantava explicar-lhe que tivera uma crise, fora iludido por uma alucinação, que a nossa mente está sujeita a essas agressões. Ele não aceitava a doença. Ético, *severo*, despertado só via o crime. Houve um encontro dele com meu pai, no escritório de Paulo, a que ninguém teve coragem de assistir e que o deixou ainda mais arrasado.

Então, no quarto dia, Júnio telefonou: Márcio se suicidara. Iludindo a vigilância de minha cunhada, saíra e comprara o veneno. Seu último gesto foi tirá-lo do alcance das sobrinhas pequenas.

Coube-me dizer a meu pai. E por mais que tentasse, vagaroso, indireto a prepará-lo, ficou a sensação de que fui incapaz, infeliz. O Velho desabou num choro aos arrancos e difícil. Ele tão desabituado. Restava-nos ficar rentes, ao seu lado, tristes, calados. Foi o que fizemos, juntos.

Nunca aludi a Júnio ou a Múcio, mas creio que todos nós sentíamos a inclinação de papai. Uma preferência conduzindo a Márcio. Talvez por ser o primeiro, com mais tempo na sua afeição. Talvez por ser doente, exigir mais, depender de maiores cuidados. Talvez por ser o mais inteligente de todos nós, precoce, brilhante, inesperado naquela sua organização intelectual. O momento horrível, quem diria, nos irmanou aceitando a precedência. Ou descobrimos que a tínhamos como legítima. Para sustentar o Velho com a nossa presença muda, solidária e sofrida.

O velório e o enterro seriam no âmbito familiar, mas foram muitos os amigos. Principalmente os companheiros. Lembro de Carlos Marighella chegando, disfarçando e fingindo não nos conhecer, abraçando meu pai, emocionado, para logo sumir-se. E de Zacharias de Sá Carvalho, imediato de Arruda, seu braço legal, em nome da direção do partido nos procurar, querendo saber como poderiam amparar o Velho. Fazer o quê? Nada, melhor deixá-lo em paz. Naturalmente agradecidos.

Demoramos três semanas para reatar os almoços de fim de semana. Luto rápido, como a breve tragédia de meu irmão. Era necessário tornar à normalidade, pelo menos nas aparências, em benefício de meu pai.

Vieram Paulo, Raimundo, Reginaldo. Mal começamos a beber, o Velho chamou Paulo e levou-o até a janela, ficaram conversando baixo. Eu preocupado, esperando. Quando terminaram, e voltamos ao diálogo geral, dei um jeito de perguntar a Paulo:
— Que é que ele queria?
— Saber do pobre moço, morto pelas mãos de Márcio.
Meu Deus! Felizmente Marighella chegou, atrasado, entretanto mudando o clima. Tudo virou política, com o recente documento do partido. Lançando candidatos por outras legendas, falando em frente única, mas pregando a virada de mesa. Eu e Paulo saímos para a oposição, aquilo era um contrassenso. Marighella nos refutava, exagerávamos a importância da luta parlamentar, e o pior é que parecia sincero. Só iria radicalizar-se muitos anos depois. Naquele instante sobrenadava, o importante era a frente única.
Ouvindo falar tanto de processo democrático, meu pai fica ausente, ouvindo. Para ele, os conflitos são de outra natureza. Mas foi um retorno à vida.

Tempo de política. Graciliano participa da campanha pela Constituinte com vários discursos; candidato a deputado, escreve uma carta aos seus eleitores de Alagoas, faz uma intervenção a respeito de livro e literatura em reunião do PC, publica um artigo sobre Luís Carlos Prestes. A maior parte dessa atividade vai de 1945 a 1947, período que corresponde à fase legal do partido, mas o artigo a prolonga até 1949. E como tal produção continua inédita em livro, merece alguns registros.
Os discursos nos comícios que pedem uma Assembleia Constituinte seguem a mesma linha, visivelmente partidária, tanto ideológica quanto eleitoral; são voltados para a conquista de uma representação mais ampla e democrática. Isso posto, apoiam-se em fatos do momento, retrospectos, comentários marginais. Sempre dignos de atenção.
Um principia citando recente manifestação de Vargas: "Devo dizer-vos que há forças reacionárias poderosas, ocultas umas, ostensivas

outras, contrárias todas à convocação de uma Constituinte." Passara o lançamento da campanha, feito pelo Partido Comunista (os demais preferiam simples remendo na Carta em vigor), viera o "queremismo" (ou Constituinte com Getúlio), o presidente estava em vésperas de ser derrubado pelos seus próprios chefes militares. E desesperado apela para o que se tornaria um chavão populista, décadas depois repetido por Jânio Quadros.

É natural que Graciliano se divirta, grande novidade a existência de forças reacionárias poderosas, "sempre afirmamos isso". Ocultas ou não, "já as massas começam a distingui-las". Mas não nos gastemos em ódios inúteis, porque a tarefa principal de hoje está clara: "Exigir uma Assembleia Constituinte livremente eleita."

Outro glosa o tema "as rãs estão pedindo um rei", com todas as variações cabíveis, para aos poucos se aproximar da censura ainda atuante, referindo fato do momento: um jornal amputara trecho da colaboração de Carlos Drummond de Andrade. Pretendiam emendar a literatura do poeta? E responde à pergunta com a negativa, para afirmar: "Carlos Drummond de Andrade é um dos maiores escritores nacionais, suponho que nunca houve melhor." Então, por que suprimiram os períodos de sua crônica? Seria demasiado esperar rigor e lógica de certos espíritos, depois de longas fases de silêncio e morte. A ingenuidade é pasmosa, o lugar-comum reacionário, muda-se apenas de camisa e linguagem. Nada de Constituinte, um chefe apenas. "Um chefe que nos faça recuar séculos. As rãs estão pedindo um rei."

O terceiro discurso parte do sentido da Constituinte, expresso de forma didática, para lastrear de legitimidade a Constituinte desejável. Será, talvez, o mais combativo. Nem outorga, nem magnanimidade. Um ainda próximo quadro nacional sustenta o orador:

> Fascistas confessos, de cruz gamada e sigma, despiram as camisas sujas, lavaram as mãos torpes, são agora uns inocentinhos bem-comportados. [...] profissionais da política malandra, que recebiam instruções da embaixada alemã, da embaixada

italiana, possibilitaram o golpe de novembro e se beneficiaram com ele, purificaram-se, estão alheios a indecências e apontam um culpado. [...] E jornalistas que aplaudiram as injustiças mais terríveis, as violências mais ferozes, também se distanciam do amo, cospem no prato, arranjam um bode expiatório.

As palavras soam familiares, pois lembram o começo de *Memórias do cárcere*. Com o sabor de velhas novidades.

Um derradeiro discurso pró-Constituinte e, ao mesmo tempo, eleitoral promove os candidatos do Partido Comunista. O esperado seria um rol de nomes obscuros, militantes, operários, lavradores, nada a temer. Entretanto, há nas listas figuras famosas. De artistas, escritores, cientistas, professores, médicos ilustres. Graciliano toma o amigo Portinari como exemplo, esquecendo-se da sua própria e distante candidatura. Para argumentar: uma Constituição feita por bacharéis, formalmente aceitável, no entanto atrelada ao passado, ou uma Constituição fruto do concurso de profissionais diversos, menos culta, mais bela, decerto não interesseira. Uma Constituição de patrões seria sempre, apesar de salvas as aparências, das classes dominantes. Infeliz, pouco séria. Polaca.

Assim passamos à carta aos "Meus raros amigos de Alagoas". Conversada, informal, diz que esteve a ponto de fazer uma viagem a Maceió, só abandonando a ideia porque, tendo saído em porão de navio muito vagabundo, não achou conveniente regressar de aeroplano. "Não é que resolveram fazer de mim candidato a deputado? Vejam só. Pois nesse caráter dirijo-me a vocês – duas dúzias de pessoas, se tanto, o público de que disponho na terra dos marechais e dos generais." Declara que pouco o recomenda ao eleitor, que não deseja pertencer a instituição alguma em que seja necessário fazer discursos. "Entre ser literato medíocre ou deputado insignificante, prefiro continuar na literatura e na mediocridade." E faz talvez a sua profissão de fé mais enfática: "Entreguei-me de corpo e alma a um partido, o único, estou certo, capaz de livrar-nos da miséria em que vivemos, e esse partido apresenta-se às urnas. Sou forçado a solicitar a vocês, para os nossos candidatos (aos outros: insisto em declarar-me isento de pretensões), os 24 votos que estão dispostos a conceder-me."

Dois anos depois, numa reunião do partido (um pleno ampliado, creio, desses encontros da liderança com delegados de setores diversos), Graciliano faz uma intervenção sobre o livro e a literatura. É a mais desalinhada possível, quando o imaginamos diante daquela plateia. Principia afirmando que, na sua fraca opinião, "antes de vermos no livro um veículo de cultura, devemos considerá-lo simples mercadoria". Segue comparando o escritor, na sua atividade, ao ofício de camelô, para considerar o livro "pouco mais ou menos inútil à massa e apenas acessível aos iniciados". Frisa o seu caráter de coisa misteriosa, espécie de tabu vantajoso à classe dominante, que "foi durante séculos e continua a ser meio de opressão". Mas há duas literaturas, uma velha que arqueja e sucumbe, outra nova que fere a reação desesperada. Então: "Literatura ao alcance da massa? Muito bem. O livro está perto, à mão, na vitrine [...] Agora esperemos que o homem do povo se mexa, dê alguns passos até o balcão da livraria, peça o volume."

Chegamos, afinal, ao artigo "Luís Carlos Prestes". Datado de 1º de janeiro de 1949. Inteiramente fora dos padrões habituais, sem usar uma única vez aquele sovado "Cavaleiro da Esperança", comemora o aniversário do líder comunista de maneira peculiar. Ou pessoal, como queiram. Parte do mito, da lenda, do ídolo, para se interessar pela figura humana. E nela estabelecer, através dos contrastes, uma dualidade bastante clara. De um lado o homem público, atuante, de expressão quase heroica; do outro, a criatura urbana, atenciosa, quase tímida. Em meio às versões, as ampliadas repercussões distorcidas. Os glorificadores e os detratores, as iluminações retumbantes e as intolerantes reduções, o bem e o mal ilustrados no homem feito símbolo. Uma dualidade em curso, não resta dúvida. Dialeticamente exposta. Até a síntese final, a dignidade de Prestes, acima de ódios e glórias, calúnias e exaltações, incontrastável.

Como referi antes, o artigo é de 1º do ano. O aniversário de Prestes a 3 de janeiro. Chegado ao jornal, o caderno de panegírico já estava pronto e revisto, para entrar em máquina. No fim de semana imediato,

Graciliano não saiu. Desconfiou. Vai ver não me entenderam, são muito burros. Engano. O artigo foi publicado logo a seguir, isolado, mas com todas as letras. Entretanto, aquilo deu margem a explorações. Até Prestes, em uma das suas últimas entrevistas, disse ignorar qualquer coisa a respeito. Seria um despropósito. E nisso estava certo.

O que não podemos ignorar é que a febre da pesquisa, ao longo de anos e anos, minuciosa a desenterrar crônicas, poesias, toda a obra juvenil ou imatura de Graciliano, alcançando mesmo pseudônimos para nós secretos, tenha unanimemente desprezado as suas ostensivas publicações políticas. Os comentários, aqui, são dispensáveis.

Graciliano presenciou, a começar por 1948, um debate literário que inflamou os escritores do partido. Discutia-se o chamado realismo socialista, que se pretendia uma escola, mas não chegava a ser um método, era simples e discutível tendência, em contraposição ao que se classificava com algum desprezo como realismo crítico. Os da linha realista socialista, ou da sua variável romântico-revolucionária, desejavam refletir na literatura o social, é verdade, e iam além: buscavam o novo, o típico, o herói positivo, um final feliz, apoteose da sua corrente política. Naturalmente achavam pouco, ou quase nada, uma obra testemunhar apenas o social, sem assumir uma posição participante, sem concluir indicando um caminho. Ligavam essa espécie de realização ao formalismo burguês, recusavam qualquer obra que retratasse o sentido trágico da vida, por alienada e decadente. Em outras palavras, o que se queria era uma literatura engajada, radical, triunfalista, no estilo soviético.

Não será nenhuma revelação dizer de que lado estava Graciliano. Se fosse necessário pregar-lhe uma etiqueta, e não faltou quem o fizesse, ele seria por excelência um realista crítico. E deu a sua posição, e soltou os palavrões que sabia, e continuou no seu andor de sempre.

Ao ouvir falar de Jdanov, o teórico russo de plantão (autor do informe sobre literatura e arte que encantava os escritores comunistas), invariavelmente opinava encerrando o assunto:

— É um cavalo.

Ao escrever sobre a sua colocação pessoal, de ficcionista, não escondia o desalinhamento:

— Cada um tem o seu jeito de matar pulgas.

E certo dia, no café da manhã, ao ler um conto meu que julgou atrelado, me recebeu rindo e disposto a discutir:

— Vi o seu artigo hoje no suplemento.

Agora, tantos anos passados sobre tão gorados esforços, parece que não houve conflito maior. Engano, foi infernizante. Pior, foi regressivo. Tenho a impressão de que ele via aquilo menos como crítica literária, mais como política partidária, e de que os modelos apresentados contribuíram, de forma decisiva, para a sua aversão àqueles padrões infelizes.

Qualquer possibilidade de mudança afastada, pois nem aceitava discutir a nova orientação panfletária, voltou-se para o chão do que escrevia. Disfarçando, mas decerto ruminando ressentimentos. Em relação aos seus livros, distorcidos, fatalmente minimizados. Em relação à sua obra, incompreendida. Tida e havida como secundária.

Está claro que penou. Aquela fechada óptica se ampliava, influindo. Na virada para os anos 1950, havia uma postura crítica partidária facilmente localizável: a classificação de Graciliano como elaborado e elitista, o oposto do que se considerava simples, acessível às massas. Davam exemplos, maldosamente. Isso devia feri-lo, mais do que a sua classificação de neoclássico. Se aceitavam o rigor da forma, por que não entendê-lo a serviço de uma intenção renovadora? A ponto de esquecer o generoso geral da crítica, ao perceber a pequena manobra que o elevava isolando, ele explodia:

— Sacanas!

Isso no âmbito familiar. Se o círculo se ampliava, era mais cuidadoso. De público, ignorava discussões, fechava-se. Politicamente disciplinado, não discreparia. Por mais que lhe custasse. Ele continuou, sempre, elogiando o melhor dos seus companheiros, os livros anteriores, e ignorando as idiotas novidades. Não fez concessões, penso que nem poderia ao menos imaginá-las. Talvez a regra imposta o distanciasse da ficção.

Caso houvesse aceitado o modelo inferior, logo estaria a desdizer-se, a repudiar triviais modismos. Sua obra, ao contrário, não pede revisões.

O incidente da ABDE, em 1949, não foi surpresa. A campanha eleitoral para a nova diretoria da entidade passara os limites do convívio civilizado entre escritores. Apesar das naturais divergências, sempre houvera muito de amizade e respeito. De repente, o equilíbrio se quebrou, a ruptura estava iminente. De um lado, as esquerdas, que englobavam comunistas, socialistas e liberais; de outro, os conservadores, que reuniam direitistas, clericais de variado matiz, e liberais também. O curioso a observar é que as duas chapas, uma encabeçada por Homero Pires, outra por Afonso Arinos, convergiam na figura dos seus líderes para o liberalismo. Ambos professores de direito, casualmente da minha faculdade. E que eu conhecia, admirava. No entanto, vistos como inocentes úteis, como udenistas; a cada dia agredidos pela imprensa das duas facções.

Quais os motivos que geraram tão funda mudança? De uma parte, o sectarismo comunista que não poupava grandezas nem aliados, à guisa de crítica distribuindo pancadaria a quem não rezasse pela sua fechada cartilha, o realismo socialista, cometendo inomináveis injustiças. De outra, a desconfiança logo transformada em certeza de que o problema literário se esgarçara, minimizado, e de que tudo virara política partidária, inclusive a entidade que os devia representar. Reforçando isso, houve o problema do recrutamento. Em reduzidíssimo período, a ABDE inchou. Uns diziam que até o chofer de Prestes fora aceito; outros, que todos os coroinhas e sacristãos cariocas. O fato é que o humorista Jararaca (José Luís Calazans, ex-candidato a vereador pelo PC) e a vedete Luz del Fuego (com a sua ilha e as suas cobras) entraram para a associação. Sem terem muito a ver com escritores.

No dia aprazado, Raimundo Araújo e eu, reverentes, fomos buscar nosso professor Homero Pires. Para levá-lo à ABI, onde aconteceria a eleição. Chegamos cedo ao auditório e o clima já era pesado. Anos seguidos naquele meio, nunca vira uma assembleia tão estranha, com tantos rostos desconhecidos. Os dirigentes estavam visíveis, comandando. O que depunha contra os dois campos.

Sentado entre nós, Homero Pires calado, constrangido. Duas filas adiante, Graciliano sozinho, com o paletó dobrado no braço, a gravata afrouxada. E a moção preliminar, já em curso, uma proposta de protesto: Portinari tivera o visto negado para entrar nos Estados Unidos. Discussão, das mais explosivas. Drummond violentamente contra. Lamentável, pois eram amigos; posso vê-lo agora mesmo no reproduzido e impressionante retrato de Candinho. Acirramentos inesperados.

O processo da eleição começou. Então houve um debate jurídico, na linha tecnicista, entre o advogado Sinval Palmeira e nada menos que o candidato Afonso Arinos. A sorte estava lançada. Perceberam que dentro das regras, bastante claras, a balança penderia para a chapa de Homero Pires. Os ânimos se exaltaram ainda mais. Lá na frente, junto à mesa de votação, gesticulavam e gritavam. Numa das primeiras filas, José Lins do Rego levantou-se e berrou, portentoso:

— Abaixo os comunistas!

Ao sentar-se, viu Graciliano pouco atrás, que desgostoso abria os braços estranhando. E no mesmo tom, Zélins explicou-se:

— Não é com você não, não é com você não.

Até aí, nem uma palavra de Graciliano. Sentado, fumando, acalorado. Como todos nós. E mais, vendo amigos de muitos anos em conflito. Disfarçadamente, eu o olhava, esperando. Aí Newton Freitas, que vivia em Buenos Aires, e viera ajudar (naquela época diríamos "a canalha trotskista"), estava falando, a pleno vapor. Meu pai não suportou o acesso. Levantou-se e perguntou, creio que só aos seus próximos, indignado:

— Que é que esse rapaz tem a dizer? Ele vive no estrangeiro!

E não se manifestou mais. Calou, votou. O mesmo fizemos, ganhando, mas com a sensação de uma bruta perda. Na saída, Lia Correa Dutra provocou o Velho:

— Graciliano, diga alguma coisa.

E ele, do corredor, vermelho de raiva:

— Digo, sim: vão à puta que os pariu.

À noite, em casa, ele me falou dos seus temores. Estávamos isolados, nunca imaginara tamanha burrice. Mas previra ao menos as abstenções (Marques Rebelo, Aurélio Buarque, tantos outros), que agora fatalmente deixariam a ABDE. Além de queda, coice. O pior, entrando no plano pessoal, era o afastamento dos amigos.

— Se amanhã eu estender a mão a Drummond, a Afonso, e eles me negarem cumprimento, que é que eu faço? Dou uma bofetada?

Houve uma segunda reunião, os perdedores querendo sumir com as atas do resultado eleitoral, puxa daqui, empurra dali, uma coisa vexatória. A diretoria de Homero Pires, da qual meu pai fazia parte, tomou posse. A entidade se esvaziou, transformada numa seção do PC atuando nos círculos intelectuais. E assim se conservou largo tempo. É possível que o primeiro encontro dos dois grupos se tenha verificado somente por ocasião do sexagésimo aniversário de Graciliano, já doente, na sessão presidida por Jorge de Lima, realizada na Câmara, Jorge Amado e José Lins do Rego lado a lado. A seguir, o jornal literário *Para todos*, dirigido pelo recém-chegado Jorge Amado, de modo inteligente e hábil, realizou o trabalho de reaproximação.

Mais de quarenta anos depois, o entrevero da ABDE continua lembrado. Não faz muito Mário Donato escreveu sobre ele, com a lucidez de quem participou da fusão das duas entidades paulistas na UBE, há muito veterana. Fala em Guerra Fria, fala na facção liderada por Graciliano. Sim e não. Graciliano pode ter sido o mais destacado dos comunistas, mas resistiu à orientação, foi vencido, apenas cumpriu e não liderou nada; as ordens vinham de Astrojildo Pereira, membro do comitê central do PC, e eram executadas por Dalcídio Jurandir e uns poucos tarefeiros. Quanto à Guerra Fria, não existe a menor dúvida; talvez, mais que isso, tenhamos chegado ao macarthismo. Ou o processo dos dez de Hollywood não acontecera? Se não avançamos pelo modelo americano na caça às bruxas, é que nos faltou a rastejante vocação policial. E a posição dos escritores após 1964, da maior dignidade, não apaga o anticomunismo de muitos em 1949.

Almoço em casa do professor Homero Pires. Estamos há quase um mês da encrenca na ABDE, os ânimos arrefeceram, nenhum dos dois lados gosta de lembrar o vexame, eu e Paulo Mercadante esperávamos encontrar o nosso velho mestre já refeito do abalo que sofrera. Mas ele continuava desgostoso, não entendendo as razões de tamanha celeuma, ainda nos olhava atordoado. Particularmente ferido pelas agressões de Carlos Lacerda.

— Ele foi do partido, onde aprendeu a ser radical — Paulo comentou, procurando aliviar a tensão de Homero, reduzir a importância daqueles ataques injustos.

Eu, mesmo sem necessidade (Homero o vira na reunião), aludi ao distanciamento de Graciliano. E fui além: tinha sido contra a política de dividir os liberais e socialistas, que nos isolava; contra o recrutamento maciço de associados, escritores ou não, que nos desmoralizava. Decisões de Arruda Câmara, logo aceitas e seguidas. Ao militante, não restava muito a fazer. No máximo, alhear-se.

— Eu escrevi o parecer... — Homero Pires se apegava.

Seriamente, sabíamos. Quando instauraram o processo visando ao PC, Prestes fora pessoalmente procurá-lo. Ele trabalhara sem descanso, em menos de quinze dias entregara o melhor parecer contra a cassação do registro do partido, e não cobrara nada. Tão diferente dos outros juristas, inclusive Pontes de Miranda. Era natural que, no fundo, considerasse a sua candidatura à presidência da ABDE não retribuição, mas uma atenção que o envaidecera. Para tudo acabar daquele jeito. Nunca pensei tanto, nem com tal propriedade, na expressão "inocente útil". Só que não enxergava nela a menor utilidade.

Saímos cabisbaixos, Paulo e eu, ruminando as nossas culpas. Nos considerávamos responsáveis, pelo menos coniventes. Havíamos trabalhado para que Homero aceitasse aquela desgraça. Éramos disciplinados, cumpridores. E nos sentíamos dois miseráveis.

À noite, em casa, me abri com meu pai. Ele se indignou, se comoveu. Amigavelmente. "Homero não merecia, que horror!" No entanto, parecia equilibrado, sem maiores rompantes. Lutador por índole, podia absorver os golpes. "Se polvo rosa esmaecera, melhor assim, vamos sobrenadar." E fechou o assunto: "Um erro a mais, um erro a menos, qual a importância? Afinal, que valem os escritores neste país?"

Vieram convidá-lo para concorrer às eleições da ABDE, como presidente. Pura formalidade. As eleições teriam chapa única, pois a entidade se reduzira a pequena facção de escritores, subordinada ao PC. O convite era também simples delicadeza, porque no fundo lhe apresentavam uma tarefa partidária.

Graciliano dançou conforme a música. A princípio recusando: uma estopada, não tinha jeito para aquilo. Os companheiros insistindo. Ele negaceando, arranjem outro, mas abrandado. Foi quando Laura Austregésilo se saiu com esta:

— Você não pode nos abandonar no fragor da batalha.

Olhou em volta, enfezado, soltou um palavrão e disse:

— Com "fragor da batalha" eu não aceito coisa nenhuma.

Mas terminou aceitando, claro. E foi presidente em 1951, reeleito no ano seguinte, nessa qualidade visitando a União Soviética. Durante o primeiro mandato, realizou o IV Congresso de Escritores, em Porto Alegre.

O discurso de Graciliano, encerrando o encontro no Rio Grande do Sul, é bem representativo, quer do autor, quer da posição do intelectual. Entre mordaz e ferino, mas voltado para a unidade dos escritores. Após as barretadas de praxe aos hospedeiros, feitas no seu estilo indireto, há uma notação de época: o beija-mão de Mangabeira a Eisenhower. Excelente deixa para esta afirmação: "Não estamos a serviço de nenhuma potência estrangeira." E passa a frisar que "escritores de várias tendências aqui se encontraram – e, apesar de todo o veneno espalhado lá fora, não houve briga, Deus seja louvado". Insiste, batendo na mesma tecla: "Divergências, pontos obscuros, equívocos, tudo afinal desaparece, tudo afinal se explica." Defende a participação do escritor, inclusive a sua militância, com absoluta clareza: "Atacam-nos por sermos políticos. Pela novidade. Claro que somos políticos.

Tentaram separar-nos. Norte contra sul, materialistas contra idealistas, realistas e românticos são inimigos. E quem não pensar assim é comunista, deve ser metido na cadeia." Para concluir: "Necessitamos novas reuniões. Falar muito, discutir, brigar às vezes. Ótimo. Sairemos dessa luta fortalecidos, lá fora defenderemos os nossos interesses e a cultura exígua de que somos capazes."

Isso aconteceu dois anos depois da ruidosa cisão carioca na ABDE. E nos mostra um Graciliano bem diferente, não emudecido ou sujeito à regra partidária, mas por escrito opinando. Apontando, antecipando uma fase logo vindoura.

Ouço em volta, cada vez mais, pessoas que afirmam: "eu sou escritor", "eu sou um bom escritor", "eu sou um grande escritor". Seguem por aí, se autoproclamando com o maior desembaraço. Talvez querendo emprestar à condição de autor uma qualificação indispensável.

Por muito que tente, não me habituo a tais rompantes. Questão de temperamento, sem dúvida, mas ainda e principalmente de educação. Nunca surpreendi em meu pai, ou no seu círculo próximo, o mais leve sinal de vaidade assim primária. E a esse pudor me acostumei.

Ele usava a primeira pessoa no indireto de "eu escrevo", "eu faço livros", "eu procuro" isto e aquilo. Se particularizava, caía na escala menor, aligeirando, reduzindo uma página, uma personagem. Disso não escapou a cachorra Baleia, as próprias *Memórias do cárcere* têm na sua parte introdutória igual diapasão minimizante. Que dizer então da crítica elogiosa? Era também diminuída, abrandada, referida quase às avessas, cuidadosamente limpa de qualquer alarde, mencionada de passagem e um tanto fagueira. Quer de público, quer em conversa íntima. Ele de fato se policiava.

Um tom de época? Se reagimos ao nosso promocional de hoje, sim. No entanto, há mais nessa postura. Graciliano cursava uma aparente modéstia e, ao mesmo tempo, se defendia como autor. Ia mais longe. Combatia o paternalismo dos editores, buscava na atividade de escrever uma compensação prévia (crônicas, artigos, até livro aprazou na entrega de capítulos remunerados), quis imprimir à velha ABDE a marca de uma entidade profissionalizante. Então, por que o baixo-relevo pessoal? Se o acuávamos, diga de uma vez, respondia tranquilo:

— Eu não falo de mim. Nem de livro meu. Deixo que os outros falem.

E rematava:

— Se não for assim, que vantagem Maria leva? O resto é reclame.

Deu-me a notícia:

— Querem filmar o *São Bernardo*.

Interessado, perguntei quem.

— O Rui Santos, que é doido, e um rapaz metido com cinema.

Rui Santos, fotógrafo, autor dos retratos dele que apareciam nos jornais e revistas do partido, era boa referência. E o outro?

— Menino, ainda. Não guardei o nome.

Animado, achei que valia a pena, filme ajuda livro.

— Sei não. Eles querem Madalena viva.

Reagi lento ou não entendi.

— Como?

— Isso mesmo. Na fita, Madalena não morre. Assim ficava difícil. Foi o que disse, melhor esquecer. Pro inferno.

Os anos correram, dez, doze, e Nelson Pereira dos Santos me procurou já em São Paulo, querendo fazer o *Vidas secas*. Tinha a seu crédito *Rio, 40 graus*; além da admiração a distância, passei a gostar dele. Meticuloso, insistindo na fidelidade ao texto, o original mandava. Lido o roteiro, justificou-se a opção, dada por seis meses e esticada, hidramática, até que o filme saiu. Aquela beleza. Entre os elogios e prêmios, a crítica só de leve observou um talvez excessivo atrelamento ao romance.

Mais recentemente, quando Nelson Pereira dos Santos decidiu realizar o *Memórias do cárcere*, eu nem quis ver roteiro. Ele insistiu, seu filho Ney também, aleguei extravio para concluir: "Você faz como achar melhor." Estava certo, a gente não deve se meter com especialista, quanto mais de partido alto. Não imagino como Graciliano reagiria à adaptação. Um livro de mais de mil personagens reduzidas no filme a cerca de cem, algumas delas mescladas, sem nome, e a inversão dos volumes; a Ilha Grande terminal, pois a Casa de Detenção viria como anticlímax, e o empobrecimento geral, apequenando, nós uma republiqueta perdida. Não sei, não. O profissional da arte, e grande, é quem sabe. *Memórias do cárcere* repetiu o sucesso de *Vidas secas*, muito provavelmente ampliando-o.

Finda a fase de lançamento, as pré-estreias e estreias e viagens, os dois comemoramos em minha casa. Bebendo com entusiasmo. Conversando, lembrando, falando de momentos e amigos comuns. Nelson declarando para o futuro um seu velho projeto, *Angústia*, que ainda faltava e podia dar o melhor filme de todos. Eu, interesseiro, achando que sim, mas não demorasse tanto, Maceió estava mudando, crescendo, ia logo ficar igual a Santos. Então, a garrafa de uísque mais para o fim, Nelson deixou escapar:

— Eu comecei querendo fazer o *São Bernardo*. Cheguei a escrever o roteiro.

E rindo, confessou:

— Só que não matei Madalena.

Ri também:

— Foi você? Com o Rui?

— Foi. Eu era garoto, naquela época tinha o partido, aquilo de herói positivo.

Sim, nós sabíamos.

— O Velho desconversou.

— Felizmente.

— Sobrou para o Leon Hirszman. Ele forçou o lado social, diminuiu os conflitos individuais. Mas deu conta do recado.

Na iconografia de Graciliano, uma fotografia se popularizou: ele com Pablo Neruda, Jorge Amado e Candido Portinari. Está de cabeça baixa, fumando. Um ano antes de sua morte.

A foto, de 1952, foi tirada em almoço oferecido ao poeta chileno, na casa de Letelba Rodrigues de Brito, advogado carioca e militante do PC. Apesar de posada, tem história. Um tanto anedótica.

Naturalmente os convidados beberam, conversaram. A certa altura, Neruda reparou que Graciliano falava de prosa, calava de poesia. Com entusiasmos e esfriamentos. Admirado, resolveu cobrar:

— Você não gosta de poesia?

— Não entendo.

— Ora, como não?

— Poesia é arte menor.

Após a constrangida pausa em volta, Neruda se expandiu numa gargalhada. E três, quatro anos depois, aqui em São Paulo, numa noite íntima (poucos amigos e muito uísque), relembrou a tirada de meu pai. Rindo, gozando o seu efeito. Claro que sem acreditar.

De madrugada, voltando para casa, é que pude comentar com minha mulher:

— Ele nem imagina. Mas o Velho devia estar falando sério.

No seu livro *Jardim de inverno*, Zélia Gattai fala da passagem, por Praga, de "uma delegação brasileira, a caminho da URSS para as comemorações do Primeiro de Maio em Moscou, capitaneada pelo escritor Graciliano Ramos e sua mulher Heloísa, amigos queridos". Zélia e Jorge Amado já estavam de malas prontas, logo retornariam ao Brasil, após quatro anos de exílio. E receberam então recados de Arruda Câmara, trazidos por Dalcídio Jurandir.

O mesmo capítulo dessas memórias registra um diálogo entre Dalcídio Jurandir e Jorge Amado. O primeiro confidenciando que "recebera de Arruda, na véspera de partir, a tarefa de dar assistência a Graciliano Ramos durante a sua permanência no mundo socialista". Jorge se admira: "Assistência ao Velho?" Dalcídio corrige: "Não se trata propriamente de dar assistência, mas de ficar atento, contornar e pôr panos quentes em caso de uma eventual irreverência, de uma crítica à vida soviética..." Zélia nos dá conta que Jorge, "ao ver mestre Graça de comissário nos calcanhares a tentar dirigir-lhe os passos, só faltou morrer de rir", seria uma tarefa danada, arrematando: "Você vai torcer a orelha sem tirar sangue!"

Jorge Amado foi um otimista. Dalcídio Jurandir foi além da incumbência, exagerando no cumprimento de ordem tão superior. Se ele seguia à risca as instruções de Astrojildo Pereira, figura menor do comitê central, encarregado apenas de policiar os escritores, como não atender a Arruda Câmara, o todo-poderoso da comissão executiva, na ausência de Prestes, o virtual dirigente do PC? Seguindo a sua vocação perdigueira, que a militância aperfeiçoara, ele sem dúvida se esmerou. E, durante a viagem inteira, Graciliano praticamente não abriu a boca: podado, impedido, afastado. Na história dos dois países, nunca houve um chefe de delegação mais decorativo. Falou pouquíssimas vezes como presidente da ABDE, em recepções oferecidas por escritores russos ou georgianos, situações incontroláveis até para o maneiroso Dalcídio, assim mesmo incansável e matreiro. (Na sua crônica da visita à URSS, há sobre a permanente limitação apenas uma breve referência: "Nessa altura notei sinais de impaciência em alguns tipos do Brasil: cochichavam alarmados, mostrando-me relógios.")

Tamanho servilismo dos comunistas brasileiros diante dos seus companheiros soviéticos, ainda que deplorável, é principalmente descabido. Porque inócuo, simples exercício autoritário. Graciliano, por temperamento, poderia escorregar numa "eventual irreverência". Tolice. Ilya Ehrenburg contava anedotas, sem baixar a voz, sobre mulheres stakhanovistas, aquelas heroínas do trabalho cheias de condecorações, que os pobres maridos tinham de aguentar. "Críticas à vida soviética?" Idiotice imaginar, pois se não as fazia no Brasil, lá seriam pelo menos grosseria. A preocupação de Arruda, do seu escudeiro Dalcídio, escondia um medo maior: não dissesse Graciliano o que pensava do realismo socialista. Isso poderia comprometer as nossas fantasias exportadas, a ficção do partido de uma grande literatura a serviço da classe operária. Outra bobagem. Graciliano evitaria o tema, nunca diria os seus palavrões, decerto se confessaria, como sempre, um realista crítico. O que seria perfeitamente admitido.

Está claro que se indignou. Em Moscou e Leningrado, na Geórgia. Não é fácil, para ninguém, ser censurado. Mais ainda se as restrições vêm de um Dalcídio. Esteve a ponto de estourar, muitas vezes. No que foi acalmado pelos amigos. Deixe disso, deixe pra lá, deixe. Arnaldo Estrela, o notável pianista, chegou a dizer: "Graciliano, roupa suja se lava em casa." Esfumando a raiva, o ajuste, em definitivo.

Tantos anos passados, a contemporização me parece que foi um erro. Roupa suja se lava em qualquer lugar, aqui ou na URSS, o importante é que fique limpa. Se tivesse havido uma reação pronta, séria, os Dalcídios e Astrojildos talvez não continuassem infernizando a gente, fossem menos perniciosos, no seu afã de morder hoje e soprar amanhã conforme os ventos. O que aconteceu mais tarde, mais tempo eles vivessem. Felizmente sem o partido chegar nem perto do poder. Já pensaram nesses homens com a faca e o queijo nas mãos, decidindo sobre a vida e a obra dos demais? Conhecemos os exemplos estrangeiros.

Mas tudo isso fica no depois. Naquele momento, só tínhamos uma carta de papai, a mim e minhas irmãs. Vendo o que lhe mostravam, em videoclipe. Ele mesmo: "Cá estamos na Terra Santa"; "levaram-nos ao Hotel Savoy, separaram-nos dos nossos companheiros operários"; "aproximei-o (Stálin) com o binóculo, está velho, gordo e curvo". Um tipo se avizinha e quer tomar-lhe o binóculo, fingiu não entendê-lo. No entanto, à pergunta de Kalugin (redator de *Tempos Novos*) sobre quais dos seus livros deveriam ser traduzidos para o russo, respondeu: "Talvez nenhum. E expliquei a minha divergência com o pessoal daí." Ligeira prévia do que nos contaria ao chegar.

Leio o diário como um repelão na memória. São pouco mais de sessenta páginas, entre os milhares que eu sabia regularmente escritas, desde o nosso tempo da escola do Catete. E que Paulo Mercadante me ofereceu, ao tomar conhecimento da intenção deste livro. O registro fiel, minucioso, de fatos, situações, conversas, em seu convívio com Graciliano. Seis anos de amizade no retrospecto.

A primeira visita começa descontraída, meu pai, ao receber Paulo, "perguntou por nossa atividade na faculdade, dizendo que eu entregara as tarefas pesadas a Raimundo". Estava se referindo à célula Luiz Carpenter, cuja secretaria política mudara de mãos (logo depois viria para mim). "Raimundo chega e falamos do fechamento do partido, três meses antes, dos riscos da ilegalidade. Almoçamos. Em seguida, li dois ou três capítulos das *Memórias* — que a Paulo recordam, na expectativa da prisão, "indícios kafkianos da culpa presumida. A minha geração ouvira falar de Kafka nos finais da década de 1930, só iria conhecê-la por volta de 1941, em traduções espanholas. Graciliano o leu ainda nos anos 1930". E já traça um perfil, bastante nítido:

> Impressionou-me o olhar que nos acompanha quando falamos, alimentando o seu juízo possivelmente severo. Sentimos a sua atenção; ao falar, a ironia reponta no trato das coisas melancólicas que aconteceram na sua vida. Moços, ele nos observa com a curiosidade de uma geração sofrida. Que ocorrerá com eles? – deve pensar. Amigos de seu filho, vê-nos naturalmente com indulgência, compreensivo às nossas observações sobre o livro da cadeia.

Os almoços se sucedem, constantes. Como os seus frequentadores. Paulo Mercadante se associa a Raimundo Araújo, Sílvio Borba e Reginaldo Guimarães a Hélio Justiniano da Rocha, como o grupo dos amigos de Ricardo. Há também, desde longe, Oswaldo Alves e Melo Lima, os mais próximos Aloysio Neiva Filho e Carrera Guerra. Nessa época, antes do almoço, a conversa era geral: política e literatura. Depois, liam-se capítulos das *Memórias*, também comentados no coletivo. Mas, aos poucos, Paulo se fixava num diálogo particular com Graciliano, sobre história e filosofia, declaradas inclinações de ambos.

"Conversamos sobre história antiga: assírios e fenícios (Graça tinha um grande interesse pelos fenícios)." "Em Palmeira dos Índios, disse-me ele, seu lazer era também consumido por leitura de história. Grécia e Roma, vistas pelos clássicos, franceses e italianos. Leu Plutarco, mais tarde, em Maceió." "Graça lembrou um ponto importante: as raízes da filosofia grega (Mileto), quando o comércio com a Ásia Menor era bem menos intenso, nos séculos que precederam os filósofos. O Egito, esforço fascinante. É difícil avaliar a contribuição para nós. Lembramos da geometria e do alfabeto, da ciência e da medicina, da arquitetura. Graça leu na juventude, a respeito de Egito, Heródoto, Frazer, Spencer." "Dúvidas sobre civilizações perdidas, sobre a crítica convencional negar que haja raízes da cultura oriental na filosofia e na ciência dos gregos. Os requintes que a literatura e a historiografia italianas realçam. A convicção de uma dualidade corpo-alma, a metempsicose egípcia, conceitos comuns que chegaram até nós, tanto na filosofia quanto na religião. Graça nos fala de uma verdade que encerrou o assunto, quando outros prefeririam a política: 'Sem a história, creio, estaríamos num espaço inútil a qualquer meditação.'"

Mais adiante, uma conversa passa da literatura italiana para a história de Roma e se alonga pela noite:

> Graça fala sobre os césares com o calor de quem com eles conviveu. O cristianismo foi o responsável pela queda do Império Romano? Pergunta que atraiu o debate para uma infinidade de razões e objeções. No quadro da decadência peninsular, um cristão só aceitava as leis e os costumes de modo indiferente. Pouco se importava com os interesses imperiais. Se Cristo morreu pelos homens, qual a distinção entre bárbaros e romanos? Outros argumentos eram levantados por Raimundo, Ricardo e Reginaldo, e nós os debatíamos com o estado de espírito de quem infelizmente lá não estivera. Graça nos lembrou a recusa do serviço militar e outras tantas circunstâncias, inclusive a repulsa à vida mundana, preferindo o cristão uma visão espiritual de tudo, até do próprio casamento. O império estava condenado, e o cristianismo, ainda que o cristão não fosse um revolucionário, constituía uma espécie de verme que destruía as instituições.

As leituras dos capítulos de *Memórias do cárcere* se sucediam com as naturais lembranças, comentários e observações. Quase sempre o assunto partia da literatura para chegar à política.

"Hoje, no tema, incluíam-se Jorge Amado e José Lins. Graça não aceita um dirigismo ideológico, pois o escritor não deve *a priori* definir um objetivo. Os pressupostos que Górki realçava são os mesmos dos grandes romancistas, independentemente de convicções políticas. A verdade deve ser o instrumento, e, ao arrepio da realidade histórica e de um modo concreto de vê-la, tudo é artificial. Lembrou Tolstói e Balzac. Sobre política, não estava a fim de debater. Ainda um pouco irritado desde a baderna da eleição na Associação dos Escritores." "O grupo na discussão do romance de Lins do Rego. Raimundo e Ricardo, de um lado, Borba e Reginaldo, de outro. A questão surgiria porque, no capítulo de hoje, o romancista fora analisado pelo Velho." "Permanecem as observações sectárias a respeito da obra de Graça. Murmúrios de que se ressente ela de debilidades ideológicas. Não teria conseguido o Velho superar a condição de um realista crítico. Invenção de Jdanov, procurei resumir. E de Górki, acrescentou Graça. Mas não está seguro e refuta-nos. Acredita que a sua formação pequeno-burguesa impede uma compreensão justa, do ponto de vista stalinista, de um realismo socialista. Porque o que ele sabe é descrever a sua gente, o que ele sabe descrever é a sua terra. 'Minhas personagens não são seres idealizados, e sim homens que eu conheci.'" "Só os amigos, os filhos e nós, inclusive Ricardo, puxamos o assunto das críticas à sua obra, realçando o sectarismo, a simplificação e por que não dizer o primarismo delas. Ele estava macambúzio e lastimava, porque percebera, no fundo de restrições vagas, um espírito de competição literária. Finalmente, evitava debater e de modo hábil voltou-se para a história antiga."

Em meio aos registros, às muitas alusões a figuras do momento ("Que entende Arruda Câmara de literatura?") e fatos políticos ("Pedir a renúncia de Dutra parece um erro elementar"), surgem retratos. "Contei-lhe a visita que fizemos ao velho Carpenter, quase cego em sua casa. Graça falou sobre ele com carinho. Dos professores o mais simples, o mais humano. Hermes Lima, educado demais; Leônidas de Resende, um visionário permanente. Luiz Carpenter não, aquela bondade, a simplicidade do homem visceralmente bom." E de repente, o que surpreende o autor do diário: "Sobre Gandhi, falou-me com um respeito que me pareceu tocante na boca de um materialista."

Mais para o fim, Paulo Mercadante faz esta anotação de março de 1952: "Ricardo confirma uma notícia que ouvira, a de que seria o Velho convidado para uma viagem à União Soviética." Logo adiante, a confirmação do projeto de Graciliano: "Vou escrever um livro com isenção, relatar o que verei sem deixar-me influir pela admiração, pelo respeito. Espero…" Em linhas gerais, ele considerava que a paixão e o ódio inutilizavam as impressões dos viajantes à URSS, como se vivêssemos ao capricho das idiossincrasias e dos fanatismos. "Outro aspecto é certificar-me se há ou não liberdade, se Stálin é um estadista ou um déspota. Afinal, sabemos de seu papel revolucionário; mas, se tantos falam, se tantos põem em dúvida, a solução é confirmar." Nas vésperas da viagem, são curtas linhas: "Heloísa, animadíssima. Chegam Raimundo e Reginaldo, e Graça se lembrará das sugestões que demos, ouvindo-as com prazer e ironia."

Depois vem a doença, a morte de meu pai. Sofridamente, no depoimento amigo, que antes já acompanhara emocionado o suicídio de meu irmão. Corri sobre essas páginas, querendo ocultar-me, delas tirar o essencial de um dia a dia visto de perto, com lucidez, voltado para Graciliano. Coisa impossível. São os livros que lemos, os filmes que vimos, depois de todo o contado, "fomos eu e Ricardo para o nosso itinerário noturno". Íamos sempre. Meu Deus, como éramos jovens! Tanto que alucinados. A ponto de o Velho, que nunca me disse uma palavra a respeito, confidenciar a Paulo sua preocupação comigo, eu andava um bocado esgotado, "devia ser o trabalho conjugado ao estudo na faculdade". E o cronista, íntimo, aceita o motivo mas registra que "há outro, enfim, o exagero com aquela viúva". Dos verdes campos de outrora, receio que os dois estavam certos.

Chegou meio distante dos aborrecimentos. Demorara em Paris, vira Lisboa, e viera por mar, já escrevendo o livro de viagem. A partir de Cannes, pelo Mediterrâneo, Atlântico. Embalado, trouxe nove capítulos prontos. No entanto, sem fazer pausa nas impressões que saíam fluentes, para ele quase fáceis (duas, três páginas diárias), contou o policiamento sofrido:

— Dalcídio é um pobre-diabo, dele eu podia esperar tudo. Mas um homem inteligente ajudando? Pois havia, sim. A esse eu não perdoo.

E não falou mais do assunto. Seguiu no livro, trabalhando sem parar. Eu pegara os capítulos iniciais, levara para a agência, antes e depois do expediente ia datilografando. A partida e suas reflexões, Paris rapidamente entrevista, Praga na cidade velha e nos reencontros, a chegada a Moscou, os intérpretes (conhecidos ou não), o Bolshoi no bailado *Romeu e Julieta*, primeiros contatos com figuras, personagens, o desfile de Primeiro de Maio, um estrangeiro perdido na massa esmagadora, no entanto querendo situar-se. Ou compreender o observado. Bati aquilo tudo em três cópias: uma levava para casa, outra ficava com Orígenes Lessa, a terceira na minha gaveta entre pastas e provas de anúncios. Nada se podia prever.

Novos capítulos, o livro ganhava corpo. Em ritmo acelerado. Substituía as *Memórias* nas leituras dominicais. Visões, diálogos traduzidos, apoteoses e miudezas, o que se pode perceber de relance no videoclipe. E as dúvidas do autor, muito ao seu feitio, repontando nas entrelinhas. Qual a raiz do mito de Stálin? Aqui, o esforço de compreensão faz contraponto ao artigo sobre Prestes, outro enigma a resolver. Meu pai, como sempre, indicava o que desejaria mostrar. Nós líamos. Algumas vezes, dependendo da audiência, ele sugeria um capítulo neutro.

Para mim, tão afeito ao texto quanto à plateia, um fixo, outra variável, era curioso observar as reações. Um policial querendo eliminar um binóculo, uma favela em Moscou? Em volta, esperavam os adjetivos, que vinham raros e dissonantes, iam do aplauso ao espanto, efusivos ou reflexivos, sempre sujeitos à situação: mais ou menos educados. Confesso que me divertia. Aquilo tinha o sabor de novidade, imprevisto, de repente obrigando a pensar. Àquela altura, não passei disso, quanto mais supor os seus desdobramentos.

Os capítulos do livro de viagem se sucediam, a vida parecia seguir. E de repente, enquanto eu datilografava sua prosa, escrevia anúncios, me preparava para casar, meu pai começou a passar mal. Sentia dores no peito, não conseguia dormir. Resistiu uns dias para afinal se queixar. Devia ser aquela ameaça de tuberculose, após a cadeia, aos trancos afastada. Voltando agora.

Telefonamos a Reginaldo Guimarães, que morava perto, viesse antes de sair para a cidade e olhasse o Velho. Tomaria o café conosco. Reginaldo veio, examinou meu pai, conversou aquela conversa de médico. Nada não, bobagem. Mas, por via das dúvidas, batesse umas chapas do pulmão. Como Mílton Lobato, nosso amigo também. E ficasse flanando, escrevendo, nada melhor. Tuberculose era doença do romantismo.

Rimos, comemos, fomos embora. Reginaldo e eu. Só depois de andarmos dois quarteirões pelo Leblon, a caminho do lotação, reparei que meu amigo não dissera uma palavra. Estranhei. Ele nada. Insisti. Parti para o palavrão. Acuado, Reginaldo se desfez. Nada a ver com tuberculose, era pior. Tinha falado na radiografia, só para confirmar, não me enganasse.

— Pior? Que pior?
— Isso mesmo.
— Aquilo?
— É, não se iluda.

Fomos juntos até o centro, os dois calados. As despedidas, mudamente. Começava o pesadelo.

As radiografias, tiradas logo a seguir, confirmaram a suspeita: câncer na pleura. E já bem adiantado. A indicação era operar, sem alternativa. O que naquele tempo seria arriscado fazer aqui, melhor fosse para um centro mais adiantado, pudesse dispor de maiores recursos.

Os médicos Aloysio Neiva Filho, Alcedo Coutinho, Mílton Lobato e Reginaldo Guimarães se entenderam com o partido, que assumiu a decisão da viagem. Acima disso, os seus encargos. A englobar passagens, cirurgia, hospital. Coisas que nós da família não tínhamos condições de cobrir.

Mas viajar para onde? Os Estados Unidos não lhe dariam visto, negado até aos menos comprometidos politicamente. A União Soviética ficava longe demais, ele não suportaria as esperas das conexões. Os amigos médicos discutiram o problema; os dirigentes, empenhados em sua solução afinal encontrada: na Argentina havia um grande especialista, Jorge Taiana, que se notabilizara assistindo Evita Perón. O remédio possível, talvez o único, ficava perto. Em Buenos Aires.

Todos gostamos da ideia, pensando no Velho, que estava muito abatido, atormentado pela dor crescente, a exigir injeções que o dopavam, interrompiam o seu único interesse visível: escrever as impressões da viagem. Os capítulos se espaçavam, cada vez mais difíceis. Para ele, seria a saída menos penosa. Com um enorme apoio adicional: em Buenos Aires encontraria o seu velho e querido amigo Rodolfo Ghioldi, secretário-geral do Partido Comunista Argentino.

Embarcaram. Ele, minha mãe, minha irmã Clarita. E nós ficamos à espera. De notícias que demoravam, vinham lacônicas. Telegrama, telefonema complicado, até de radioamador nos valemos. Em meio àquela angústia, recebemos distante a informação de que se operara, com êxito. Ou esperança.

Relaxamos, aguardando a sua volta. Na sensação de que o pior tinha passado. Lembro que Reginaldo não fazia coro ao nosso otimismo, que também não queríamos discuti-lo, evitávamos falar da doença. Desejávamos acreditar: o mal fora removido, ele regressava.

Fazia pouco mais de um mês, nós o vimos de novo. Mais magro, mais abatido, as dores acrescidas pela cicatriz da operação que o repuxava e me pareceu enorme, andando com vagaroso cuidado. Falando pouco, só para se referir ao novo capítulo que trouxera ou contar de Rodolfo Ghioldi, que largava tudo para diariamente passar horas conversando com ele.

No mesmo dia, minha mãe nos chamou. A Luiza e a mim, a tio Luís, a José Leite (o primo padre) e Reginaldo. Para o que só nos diria pessoalmente:

— Abriram e fecharam. Não havia mais nada a fazer.

Apesar do sofrimento, das injeções de morfina que se amiudavam, ele tinha momentos de quase normalidade. E se referia à crônica da viagem como um projeto que logo retomaria. Quando me deu o recente capítulo para bater, percebi que seria o último. Demorara nele quase um mês, começando no Rio, interrompido pela cirurgia, terminado em Buenos Aires, e estava quase ilegível. Sua letra, regular e certa, vacilava custosa, garranchada, aos borrões. Então pensei nas notas que tomara, fui ler seu guia para o resto do livro. Era um roteiro em pormenores.

Nessas ocasiões de maior alívio, as conversas com Ghioldi voltavam sempre. Podiam ser anedóticas. Uma tarde, ele chegara com a notícia: "Francisco Alves morreu." Graciliano olhou-o surpreso: "Você está doido? Francisco Alves morreu faz tempo." Ghioldi: "Acabei de ouvir no rádio. Morreu Francisco Alves, o cantor brasileiro." E Graciliano: "Ah, bem, eu estava pensando no livreiro. Você disse cantor? Sei não, esse eu não conheço."

A outra dessas conversas com Ghioldi ele se referiu logo que chegou ao Rio, dizendo que faria, e repetindo, como se aquilo fosse amadurecendo no seu espírito. Era o seguinte: um dia, o amigo lhe perguntara se não tinha nada sobre a sua experiência que pudesse interessar e orientar os escritores mais jovens ou em começo. Ele respondera que não, que diabo podia ensinar? Ghioldi, pouco a pouco, o convenceu da importância do seu depoimento. Até mesmo do ponto de vista político. Aceita a ideia, restava a maneira de realizá-la. E bem na sua linha, ele tirou daquilo o eventual tom grandiloquente, reduziu-o a uma carta particular, dele para mim, que estava me iniciando. A seguir, muito naturalmente, de certo modo abrandou o lado pessoal: escreveria uma carta dirigida a mim e a Raimundo Araújo, seu amigo, meu amigo (depois meu cunhado), que também era moço e fazia poesia. Poderia falar de prosa e verso, dos seus caminhos, ficaria melhor. Falou, falou, mas não escreveu. A doença não deixou. Ou, quem sabe, nunca se resolvesse por uma carta-testamento.

Pouco depois do retorno de Buenos Aires, desenganado e sem poder mais sair de casa, foi comemorado o seu sexagésimo aniversário. Organizara-se um ato público, lançara-se um manifesto de convocação em caráter de homenagem. Como já tive ocasião de observar, pela primeira vez os grupos antagônicos da cisão na ABDE se uniam, escritores de todas as tendências irmanados. A começar da sessão solene que seria realizada na Câmara Municipal do Rio de Janeiro, presidida por Jorge de Lima, enorme poeta, alagoano, mas católico e natural opositor de meu pai no entrevero de três anos antes. Ele ficara sensibilizado, e muito, com essa e outras adesões. Em particular, com a de Carlos Drummond de Andrade e Augusto Frederico Schmidt, por velhos amigos tão afastados.

No dia aparentemente festivo, para nós uma aguardada apreensão, pois já estávamos censurando as notícias, lendo nos jornais o que podia ou não ser ouvido pelo Velho, saí do trabalho para a Livraria Independência, associada à Editorial Vitória, as duas, órgãos do partido. Lá iria encontrar-me com antigos companheiros, a "jovem guarda" (assim nos chamavam, numa alusão ao péssimo romance de Fadeiev, que vinha piorando muito desde *A derrota*), somente nós, escritores moços e despassarados, sem nenhum dirigente nos constrangendo. Foi uma reunião tão fraterna quanto melancólica, gente que em começo ia largando suas crenças, de certo modo orientada por um exemplo terminal. Precisei dizer meia dúzia de palavras, arrancadas e comovidas. Pensando em meu pai, é verdade, mas principalmente em nós. Ou numa orfandade que a todos ameaçava.

Após as despedidas, fui para casa. Minha irmã Clarita falaria na Câmara, eu estava livre para ficar junto dele, de minha mãe, minha irmã Luiza, minha noiva, Marise, dos amigos mais chegados, ouvindo pelo rádio o seu aniversário exterior. E assim aconteceu, realmente, mas com sutilezas que nos afligiram. Não por agigantadas ou cavilosas.

Do ponto de vista geral, foi uma bonita homenagem. Do pessoal, um desastre. Para quem estava ao lado do protagonista, ausente, dolorido, ensimesmado, preso a palavras, a microfonias. Esperávamos, pelas prévias, um tanto de panegírico. Recebemos um tom de despedida. À medida que falavam, aquilo se agravava. José Lins do Rego, Jorge Amado e Peregrino Júnior conseguiram disfarçar, amizade pode ser veneração. Mas que dizer de Haroldo Bruno, Afonso Félix de Sousa, Ary de Andrade? Eles, os moços, ainda não sabiam esconder-se nas palavras, descreviam uma época se encerrando. Teria sido impressão minha? Revendo em volta, acho que não. Estávamos abatidos, calados, iguaizinhos a meu pai.

No fundo, imagino, gostaríamos de ouvir uma versão amadurecida do seu quinquagésimo aniversário. Daquele jantar no Lido, reunindo escritores de todos os naipes, inclusive o ministro da Educação em plena ditadura getulista, uma festa marginal no seu perfil independente, muito sobre o afirmativo. Agora, não. Era um prenúncio de velório.

Meu pai sentiu isso, tenho certeza. Todos nós sentimos. Durante a audição radiofônica, não olhei para ele, ninguém olhou.

A rotina é como o destino, tem muita força. Naquela fase, pouco a pouco retornamos ao nosso padrão familiar, decerto nos adaptando às limitações físicas de meu pai, sempre aumentadas, por mais que isso a todos custasse. Ele quase não falava, só quando provocado. Tentávamos despertá-lo, trazê-lo para o terreno do seu interesse, desviá-lo do suplício das dores que amiudadas lhe crispavam o rosto. Até que tarde, bem tarde da noite, aplicada a última injeção de entorpecente (duplicada, triplicada), nós o acomodávamos e nos despedíamos; seria um breve, atormentado sono, de que cedo levantava. Nós: Reginaldo, José Leite e eu.

Nesse clima, feito de hábitos e cumplicidades, recebíamos visitas. Muitas, variadas, mais íntimas ou de cerimônia, que logo após as frases iniciais caíam nos silêncios, espaços a preencher. Esgotado o trivial da recepção, uma vez que a maioria curiosa aguardava, líamos capítulos do seu último livro. Além de costume, era excelente recurso. Ele não precisava falar, prestar atenção, apenas ficava ouvindo. Pelo que me lembro, nunca li tanto em voz alta. Eu, minha mãe, minhas irmãs.

Uma dessas ocasiões foi a visita de Jorge Amado. Meu pai teve realmente um grande prazer em revê-lo. Mas, dadas as circunstâncias, seu fôlego curto, não tardou que sugerisse uma leitura da viagem. Aqui havia dupla intenção: receber a opinião do escritor que respeitava, do político recém-chegado do mundo socialista, os dois irmanados no amigo. Li uns três capítulos, ouvidos com a maior atenção.

Jorge se desdobrou no elogio. Uma página, um traço elucidativo, uma observação iluminada. Mais que generoso, entusiasta. A destacar trechos, personagens, reflexões. Eu, encantado, fui acompanhá-lo nas despedidas. Voltei para ouvir:

— Jorge não gostou.

Espantei-me. Como não tinha gostado?

— Só falou de literatura. Isso eu sei. Não falou de política.

— E precisava?

— Como não?

— Você acha?

Achava, sim. Tinha que opinar sobre o global do livro, o sentido, não ficar nos arredores. Caí das nuvens. Aos vinte e poucos anos, todos nós caímos, frequentemente. Mas com Jorge?

— Ele diz o que pode. Disse, disse até demais. Só não falou do essencial.

Rememorei palavras de havia pouco, frases inteiras. E também senti falta daquela visão geral esperada. Jorge não a dera, é provável que não pudesse mesmo, ou quem sabe por na época se distanciar, longamente, da que aparecia em *Viagem*. Apeguei-me a isso, à diferença dos pontos de vista. Para o Velho, seria mais suportável.

— Afinal, que é que você queria? Não chamou Stálin de pai, nem de guia genial dos povos, não entrou naquela de mundo da paz. Saiu muito fora do jeitão dele.

Jorge que me perdoe, não pretendi ser ferino. Foi de pura pena. Inócua, aliás, pois a resposta veio pronta:

— É o jeito do partido, o que eles desejam. E devem ter razão. Se Jorge não gostou, quem irá gostar?

— Impressão sua — ainda resisti.

A conversa morreu ali. Ficou a impressão, agora minha, de que meu pai estava certo. O seu sexto sentido conseguira apreender, em meio às amabilidades do amigo, motivo de apreensão. O livro tinha tudo para dar problemas.

Num lampejo, entendi. Auxiliado pelas leituras anteriores, aquelas reações desparceiradas, senti o que vinha vindo. As impressões de viagem não seriam nenhum best-seller. Pior, desagradariam aos dois lados. Não recusando, não endeusando. Claro que a perspectiva de um comunista, mas não atrelado. O que aguardavam dele? Maneirismo, desconversa, acomodação?

Hoje, compreender é simples. Naquela altura, nem tanto. Apesar que amaciei minhas discussões com meu pai. Princípios, dignidade são coisas que não se discutem.

Minha tia Anália, sabendo o quanto era grave a doença do irmão, veio de Palmeira para vê-lo. Ou ficar junto dele. Hospedou-se conosco, o seu perfil tão harmonizado à própria casa. Daia, como a chamávamos, tinha fisicamente o mesmo corte do Velho, de todos nós, das marcas das sobrancelhas e do feitio anguloso ao temperamento. Discreta, falando pouco, mas atenta e pronta a tiradas mordazes, criticamente imprevisível. Generalizando, foi uma alagoana presença nos últimos dias de meu pai.

Guardo uma dividida lembrança daquele convívio com Daia: ligeiro incidente, séria determinação.

Um, já na primeira semana, tumultuou o café da manhã. Papai se levantou atazanado, me provocou e respondi, ela não sabia que abrandados, cumprindo uma espécie de ritual, no entanto grimpamos, subimos a voz, creio que dissemos palavrões, me despedi e fui embora. Antes pisquei o olho para minha tia, que não entendeu, tive de complementar depois. Aquilo fazia parte, sempre fora assim, eu não iria mudar. Custava, mas devia.

Outra veio se armando, ganhando corpo, até revelar-se. Daia católica, a vida inteira recusando o ateísmo do irmão, ao vê-lo próximo da morte, achou-se na obrigação de interferir, procurar convertê-lo, salvá-lo. Quando tomei conhecimento daquilo, tremi nos alicerces. Ia ser um constrangimento infernal. Vi a cena com toda a nitidez. Ela, bem-intencionada, rodeando, se chegando, afinal convicta, propondo a sua conversão. Ele arregalando os olhos de surpresa, talvez rindo, talvez não, daí em diante não sabia mais, não poderia prever.

E nunca se soube. Nós reagimos, diplomaticamente. Surgiu a ideia (não estou certo, mas minha mãe não dormia) de consultar o padre José Leite. Ali perto e diariamente, ao lado do velho amigo, a superior autoridade na matéria. Seria bom Daia falar com ele.

Dessa conversa, ouvi os ecos e registrei uma frase. José Leite se escandalizou, ninguém tinha o direito de atormentar uma pessoa doente, debilitada, pressioná-la com ameaças e na melhor das hipóteses dela recolher uma adesão duvidosa, amedrontada. No caso, entre difícil e impossível. Exagerou, do seu prisma apostólico, ao afirmar que meu pai ateu era melhor do que muito católico. E fechando a questão:

— Vamos respeitar Graciliano, vamos respeitar.

Véspera de Ano-Novo, entraríamos em 1953. Abatidíssimo, ele me pegou pelo braço e fomos para o seu quarto, fechou a porta. Sem nenhuma preparação, começou a falar:

— Preste atenção no que não está em livro. Se assinei com meu nome, pode publicar; se usei as iniciais GR, leia com cuidado, veja bem; se usei RO ou GO, tenha mais cuidado ainda. O que fiz sem assinatura ou sem iniciais não vale nada, deve ser besteira, mas pode escapar uma ou outra página menos infeliz. Já com pseudônimo não, não sobra uma linha, não deixe sair. E pelo amor de Deus, poesia nunca. Foi tudo uma desgraça.

Eram as suas disposições finais, quanto à obra juvenil e avulsa. Naturalmente preocupado. Disfarcei o mais que pude a emoção, dizendo ligeiro uma ou outra palavra. Ele continuou, pensativo, olhando em frente:

— Tome conta, pode ter importância. Talvez algum dia os livros rendam alguma coisa. Seria bom para sua mãe, para as meninas.

— Sim, claro — prometi, meio engasgado. Ele se levantou, apoiado à escrivaninha lembrou-se:

— Ah, não esqueça. Quando isto acabar, agradeça a Drummond e Schmidt em meu nome. Escreva ou faça uma visita aos dois.

Então me abraçou, mais demorado, e me beijou no rosto. Pela primeira vez, que eu lembre. E última.

Teve que ser internado. Piorara muito, somente numa casa de saúde poderiam atendê-lo. Minha mãe foi com ele, incansável, enquanto nós percebíamos o quanto nos tinham pesado aqueles meses. Dormir às duas, três horas da manhã, acordar cedo, trabalhar o dia inteiro, voltar para a mesma e desgastante sequência. Um rosário penoso, as contas e os conflitos. Porque não era justo esmorecer quando papai se finava; porque devíamos seguir no jogo, faz de conta – apesar dos seus involuntários rompantes de esperança, já espaçados, havia nele a certeza do mal, indireta mas explícita; porque até a decisão de transferi-lo para a clínica não nos coubera, nós impotentes, o partido infernizava e amparava, ultimamente na presença amigável de Sinval Palmeira. Esses e outros sofrimentos, que sem notar repartíamos. Dado instante, abrandados, por uma simples mudança de horário: as visitas acabavam às oito. Podíamos descansar. Mas não apagar o que levávamos, seu rosto povoando insônias. Agora, quase quarenta anos passados, escrevo de um tormento particular: nunca pensei tanto em eutanásia. Pensei comigo mesmo, inconfesso, não sei se monstruoso ou infeliz. Sei que não queria ver meu pai se desfazendo, se aniquilando, cada vez mais dissociado do que fora. Descrente de milagres, secretamente me desesperei. A morte nele era prévia. Iniciava, aos nossos olhos, o seu trabalho de depois. Descarnada, horrível.

Duas vezes vi meu pai chorar. Em ambas as ocasiões, recebendo uma notícia. Infelizmente dadas por mim, testemunhei o seu desespero e a sua tristeza. Numa, cuidadoso, tive de contar-lhe o suicídio de Márcio; ele desabou, sufocado, os soluços secos a sacudi-lo todo. Na outra, como se apenas registrasse um fato, disse-lhe que Stálin morrera; ele ouviu, sem nenhum comentário, e as lágrimas silenciosas começaram a lhe descer pelo rosto. Aceitei como natural a primeira explosão (meu irmão desaparecendo tão moço, protagonista de uma tragédia que o engolira), surpreendi-me com o segundo efeito (o velho dirigente era um ancião, ele próprio o vira assim alquebrado no seu livro de viagem). E nesse caso repugna-me explicar o choro, quanto mais justificá-lo. Não o evocarei doente, nem anterior às revelações que destronariam o mito. Seria uma indignidade com meu pai stalinista.

Fim de tarde na casa de saúde, perto da sua morte. As visitas são amigos íntimos: padre José Leite, Antônio Rollemberg, Raimundo Araújo. E conversamos para distraí-lo. Espaçado, ele diz uma palavra, dá uma opinião, retorna ao abatimento em que se desfigura.

Vai então que meu primo, sacerdote sensível, incapaz de afrontar o ateísmo de meu pai, descrente da própria sombra, se põe a falar da imortalidade. Da vida após a morte. Rollemberg e Raimundo entraram na rinha, galos de briga. Discutindo, o crente e os materialistas, acalorados ficaram assim. A vida continua, a vida se acaba. Até que perceberam o rosto do Velho. De cabeça baixa, fumando, em silêncio. Incrédulo aguardando? E a discussão findou, de chofre, como vela apagada. Antes.

Raimundo me disse, depois e mais de uma vez, que essa é uma das suas agonias das recordações. Para mim também. Felizmente abrandada por um poema, retrospectivo, pacificador, os dois versos a ele dedicados em "Mortos vivos", de Murilo Mendes:

— *Graciliano, no Nordeste do outro mundo tem água?*
— *Água não falta. O que falta é vontade de beber.*

— Você está enganando essa menina.

O pensamento longe, não entendi logo:

— Enganando quem?

— Marise, ora! Você não se casa nunca?

Falei dos preparativos, disfarçando, e reforcei minhas desculpas:

— Um padre lá no Leblon andava atrapalhando, me interrogara por duas horas. Queria anotar se eu tivera ligações com o Partido Comunista Brasileiro (PCB), a Associação Cristã dos Moços (ACM), por aí além.
— E você?
— Dei uma de são Pedro, neguei tudo. Partido Comunista, eu? Que ideia! Nunca ouvi falar em ACM, só de livro conhecia o Exército de Salvação. *Major Bárbara*.

Riu. Sabia que me casaria na igreja, em atenção a meu avô, minhas tias e a minha futura sogra; ele mesmo não dera por menos, 25 anos antes. Brincou:
— José Leite agora é experiente, deve amarrar a gente direito. Comigo foi estreia, fez tudo errado, veja o resultado. Você tem mais sorte.

Minha vez de rir, ouvindo-o arrematar:
— Acabe com essa agonia.

Na mesma noite contei a Marise de nossa conversa; o Velho, percebendo a razão dos adiamentos, resolvera se manifestar. E positivo. Que é que achava? Afinal, antes ou depois, o clima não mudaria muito. Ela concordou, seria bom atendê-lo. Para todos nós.

Reatamos os passos interrompidos, pois não nos sobrava tempo. As circunstâncias levavam à cerimônia íntima, o que facilitava tudo, em seguida iríamos para o nosso apartamento, a um quarteirão do que papai deixara. Casamos o mais breve possível.

Tenho uma lembrança embaçada, trêmula (tremi sem parar), confusa, da Santa Mônica e até do cartório. O padre não fez sermão, porque eu exigira. Mas declarou, a quem interessar pudesse, que o noivo era comunista, um impedimento por ele dispensado. Em meio aos beijos e abraços, o interroguei. E meu primo, tranquilo, respondeu: "Se eu não pudesse dispensar, não celebraria o seu casamento."

Terminada a fila da sacristia, dos cumprimentos, rumamos para Botafogo. Íamos à clínica onde estava meu pai. Chegamos lá, deixamos o carro esperando, subimos. Papai e mamãe nos aguardavam, Eusébio e Alina Dvorkin também. De novo beijos, abraços, só que uma alegria não ruidosa.

Eusébio, embaixador da Polônia (larga folha de serviços, que vinha da Revolução Espanhola à Segunda Guerra Mundial, passando por campo de concentração; Alina pegara em armas e brigara no levante de Varsóvia), me olhava entre carinhoso e divertido, estranhando:

— Você se casou no religioso?

Sim, por que não? E mais me casaria, se preciso fosse, eu me sentia com enorme inclinação ecumênica.

Rindo, Eusébio devia nos achar, os brasileiros, uma espécie bem diferente, um bicho entre espantoso e extraordinário. Meu pai não, sério, enleado, beijando Marise, me abraçando. Uns instantes, as despedidas. Mamãe nos levou até a porta. Falando muito, o que era de seu feitio, ainda mais quando estava emocionada, acompanhando, dando adeus.

Saímos, fomos para casa. O apartamento, com os parentes, os amigos mais chegados. Bebemos, conversamos. Depois sumimos, nem tanto, viajamos para perto. Ao alcance de um telefonema, que atentos cumprimos. Três dias depois, mamãe nos chamou: meu pai estava mal. Ela nos dera um tempo, três dias de lua de mel. O Velho se ausentara logo após a nossa visita, um tão breve encontro, enfim desligado. Ele nos abraçara e entrara em coma.

Começou uns dez anos depois da sua morte. No guichê do banco, ao examinar minha carteira de identidade, o nissei notou a filiação, confirmou tratar-se do escritor, cumprimentou-me efusivo e admirado. A partir daí, o cortejo de estranhos se vem multiplicando. Não falo dos círculos próximos, das apresentações quase sempre informadas, mas do inesperado rol de tantos desconhecidos. Leitores que surgem nas situações mais variadas.

Passada a fase do embaraço, vim acomodando minhas reações. Insensivelmente. Conforme o caso, sou medido, natural, ligeiro, até me permito brincar um pouco. Está claro que me habituei a espantos, comoções ou rasgos retóricos. E confesso: não achava que fosse capaz disso.

Entretanto, por longo tempo fiz força para disfarçar a surpresa, não demonstrá-la, quando aparece um tipo bastante comum: o dos que estiveram com ele após seu falecimento. Perdi a conta dos que o conheceram em 1960, 1970, e ainda mais perto. Dos que o encontraram no Guarujá, em Natal, Goiânia, uma geografia impossível para quem nunca esteve nesses lugares. Mesmo Alagoas, de onde saiu em 1936, para não voltar, produz encontros e amigos bem recentes. Demorei a compor-me, aceitando impávido tais revelações.

Que se há de fazer? Não existe mistificação, intento mentiroso. Talvez uns longes de mitomania, mais um misto de adesão, confluência, de afinidade e aplauso. O livro se confundindo com o autor, ambos vivos e encontráveis. Como não desculpar?

Eu – que padeço de insônia –, só agora, quando penso cada vez melhor para dentro e para trás, ligo esses exteriores de meu pai, repercutindo em ondas, espraiando-se a velhas imagens muito pessoais. Compreensível contraste. Revejo-o ao deitar-se, esticado, cruzar as mãos sobre o peito, que nem morto, e dormir instantaneamente. Feito pedra, nunca entendi. E se levantar, de um pulo, em quinze, trinta, quarenta minutos. "Você usa relógio escondido, despertador?" E ele sem prestar atenção:

— Não tenho remorsos.

Expressões gestos, rompantes. Assim eu lembrava meu pai, fisicamente, como o parente mais próximo que cessou, deixando no entanto as marcas do convívio, da intimidade. Passou algum tempo e, não sei quando começou, essa imagem se foi alterando. A ela se sobrepunham os retratos, dezenas deles, que apesar de parados me davam toda aquela vida vivida. Pouco a pouco eles ganharam movimento. Em particular, o de Portinari, milagrosa síntese do seu rosto. Sem querer, aprendi a ver nas fases de meu pai, mais representativas deste ou daquele período, uma fotografia que o definisse. Noutras palavras, deixei-me guiar pela iconografia do escritor. Hoje, só consigo lembrar meu pai, como homem, quando durmo. Para mim ele se tornou matéria de sonho.

> *Falo somente com o que falo:* [...]
> *Falo somente do que falo:* [...]
> *Falo somente por quem falo:* [...]
> *Falo somente para quem falo:* [...]
> João Cabral de Melo Neto, "Graciliano Ramos"

> *Falamos de meu pai:*
> *— Eu não o conheci.*
> *— Não é possível!*
> *— Eu o via na José Olympio e não me aproximava. Por mais que quisesse, era inatingível. Nunca cheguei nem perto.*
> Conversa com João Cabral de Melo Neto

Atendi à recomendação de meu pai, agradecendo a Carlos Drummond de Andrade e Augusto Frederico Schmidt o apoio às comemorações do seu sexagésimo aniversário. Mesmo sem conhecê-los intimamente, de pura intuição acertei: escrevi a Drummond, visitei Schmidt.

Drummond, na primeira vez em que o encontrei depois da carta, me abraçou desajeitado, a vista baixa, murmurou meia dúzia de palavras incompreensíveis. Eu, igualmente pouco à vontade, não fui além. Ficamos em silêncio, uns dez minutos juntos. A partir daí, senti apenas a mudança de suas dedicatórias, menos formais e mais carinhosas.

Schmidt, desde o telefonema para marcar a entrevista, mostrou-se acolhedor e fluente. No seu escritório, conversamos umas três horas, a propósito de Graciliano e do romance do Nordeste, de Machado e Svevo, dos nossos contistas jovens. Encantador, brilhante. Levou-me de carro para casa, sempre falando, comovido com aquela reaproximação. Ainda que póstuma.

De minha parte, fiquei feliz. Desincumbi-me a contento. Sem distinguir, entre os dois, satisfação maior ou menor.

Não pude cumprir inteiramente a promessa feita a meu pai, naquela noite do ano de 1953. Enquanto não me mudei para São Paulo, administrei a publicação de seus livros e traduções, fiz o melhor que soube. Distanciado do Rio, esse trabalho coube naturalmente à minha mãe. Ela, que vive em função da obra e da memória de papai, sempre se desdobrou, vigilante, incansável, até agora, como se a idade não lhe pesasse. Conta, está claro, comigo e com meu cunhado James Amado.

Já no que se refere às preocupações de Graciliano quanto à sua fase inicial, aquela de poesias, de crônicas, assinadas com pseudônimos diversos, com iniciais e sobrenomes alternados, o nosso campo de ação foi mais restrito. Limitou-se, e seguimos nisso a sua orientação, à escolha das crônicas para a edição póstuma de *Linhas tortas*.

Por mais otimista que pudesse haver sido, e não parece o caso, Graciliano não teve de longe a medida da repercussão que sua obra iria deflagrar. Da mesma forma que anteviu direitos autorais modestos, na melhor hipótese pequena ajuda à mulher e às filhas, certamente imaginou um ou outro estudioso eventual, algum curioso a desenterrar passados. Mas em poucos anos, que ainda por cima coincidiram com a eclosão e o desenvolvimento das nossas pesquisas de literatura em termos universitários, caiu o anonimato que ele desejava para os seus começos.

Ainda que nos ativéssemos à obra assinada, pseudônimos se revelaram, crônicas se identificaram, poesias vieram à luz, e justamente elas mereceram largo estudo que virou livro. Até que ponto esse esforço de reconstituição aclarou o entendimento de Graciliano? É difícil responder, como será difícil optar pelo respeito à vontade do escritor, compreensível àquela altura e hoje discutível. Resta o registro de que ninguém poderia zelar por ela.

Logo após sua morte, foi publicado "Máscara mortuária de Graciliano Ramos", soneto de Vinicius de Moraes; o poema "Graciliano Ramos", de João Cabral de Melo Neto, saiu a seguir.

O verso inicial de Vinicius, "Feito só, sua máscara paterna", diz bem das suas relações com Graciliano. Durante a doença do Velho, ele nos visitava regularmente. Chegava educado, atencioso, encantador, ficava o tempo requerido, nem muito nem pouco, a nos entreter, amável e inteligente. Era uma presença que fazia bem a meu pai, a todos nós. E continuou além dele, ainda que mais espaçada, no convívio conosco. Bar, livraria, jantar de amigos. Um dos nossos últimos encontros, já vivia sua temporada baiana, aconteceu num almoço em casa de Jenner Augusto, com muita bebida, piscina, comida, interminável e caloroso. Ele me convidou, fosse vê-lo, matar saudades. Deu o endereço, combinamos. Eu de férias, pouco depois ia procurá-lo em Itapuã. Cheguei, toquei a campainha, passei o portão. E me surgiu um cachorro enorme, ladrando ameaçador. Congelei, de susto ou medo, quando ouvi o grito:

— Graciliano!

O bicho aquietou-se, Vinicius apareceu. Fomos entrando. Ainda meio arisco, perguntei:

— Ele se chama Graciliano?

E Vinicius, no seu natural carinhoso:

— Claro. É um são-bernardo.

João Cabral de Melo Neto, apesar de visível desde os meus começos, sempre foi mais uma admiração à distância que um particular de pessoal, entretanto, alimentado na substância das afinidades. Aquilo de nordestino afiado, só lâmina, que apura a palavra escrita e a esgota, quase nunca a diz. Um errante por profissão, um erradio por formação ou destino. Atribuí os nossos desencontros a tais fados, que nos evitavam, limitavam meus desejados contatos a breves encontros no Rio, quatro dias no Porto, ligeiras aparições em São Paulo. E no entanto, para mim, tudo era ontem.

O poema sobre Graciliano é definitivo. Como iluminação do escritor, como sentido e afirmação da obra. Somente um oficial do mesmo ofício, irmão de opa, seria tão preciso. A precisão, aliás, marca de João Cabral.

Ou de Graciliano. Esse despojamento, que despreza os enfeites, emblema de um e outro. Irmanados, João Cabral e Graciliano, um interpreta o outro. "Falo somente com o que falo: […] / Falo somente do que falo: […] / Falo somente por quem falo: […] / Falo somente para quem falo: […]" Os dois pontos dão sequências. Mínimas, essenciais. Do seco e de suas paisagens.

Sentados num corredor de hotel, enquanto lá dentro jantavam, animados, escritores de várias instâncias literárias, João Cabral e eu nos abstínhamos, enfastiados. Um pelo temperamento, outro pela rotina. Aí falamos de meu pai. E João Cabral, inesperado, me declarou:

— Eu não o conheci.

Surpreso, pois até eu vinha com João desde longe, reagi:

— Não é possível!

João Cabral simplesmente declarou:

— Eu o via na José Olympio e não me aproximava. Por mais que quisesse, era inatingível. Nunca cheguei nem perto.

Eu disse o que devia, ou podia. Duas almas gêmeas. Muito possivelmente, íntimas. Se Graciliano fosse poeta, estaria próximo de João Cabral. Se João Cabral fosse prosador, se avizinharia de Graciliano. Entre um e outro, os imponderáveis. Que nós pesamos, pensativos. Sem concluir, decerto, mas com aquela sensação de penoso desencontro. "O que é sinônimo da míngua."

Não demorou muito e a direção do partido nos procurou. Veio por intermédio do seu dirigente máximo para assuntos literários, Astrojildo Pereira, que não usou de subterfúgios: queriam ler *Memórias do cárcere* e *Viagem*. Eram livros políticos, deviam ter a aprovação partidária antes de publicados. Com eventuais mudanças e supressões.

Minha mãe, com quem ele teve a primeira entrevista, procurou ganhar tempo. *Viagem* acabara de ser entregue à José Olympio, entrara em fase de planejamento gráfico; *Memórias do cárcere* sempre estivera com o editor, no seu cofre (Graciliano o escrevera ao longo de anos, entregara três capítulos mensalmente, recebera como adiantamento a remuneração combinada), bem provável que andasse em via de composição. Do livro da União Soviética, ia providenciar uma cópia. Quanto ao da cadeia, demoraria a reunir manuscritos, originais datilografados (os de publicação esparsa), tudo avulso. De qualquer forma, os livros estavam com a editora. Que poderia fazer? Astrojildo foi inflexível: o partido devia ler e decidir, era uma ordem. E marcou nova reunião.

Dessa vez, chamado por mamãe, eu o esperava. Na pior disposição possível. A direção do partido cansava de saber o conteúdo dos dois livros, graças à leitura regular dos seus capítulos, feita em casa mas a um público envolvido, ou cativo; muitas ocasiões chegava a perturbar até os amigos mais íntimos. Conheciam todos os seus feitios, aqui e ali perto da heresia. A que me habituara, pouco a pouco, ninguém muda repentino a reboque das suas próprias contradições. Eu estava maldisposto, já disse. Astrojildo Pereira sempre estivera.

Começou falando baixo, normalmente, e ao fim da introdução se transformara. Impositivo, autoritário. Nós tínhamos de nos curvar às determinações do partido. Aí eu cortei rente, porque preparado, e larguei que não havia solução. Ele pestanejou, espantado: um menino a contradizê-lo. Ao fundador do Partido Comunista. Mandou-me que fizesse o que dizia, sem discutir. Respondi que não, que fosse diretamente falar a José Olympio. Demorou segundos, se recompondo da surpresa, para agigantado encostar-me à parede:

— Você vai se arrepender.

Instintivamente, perguntei:

— Você está me ameaçando?

Perdeu a cabeça, enfurecido:

— Entenda como quiser.

Foi a minha vez, perdi a cabeça também:

— Olhe, tenho mais dois irmãos. E dos três sou o mais conversável. Se me acontecer alguma coisa, seja o que for, não esqueça os outros.

Saiu sem se despedir, para não voltar. Os telefonemas, no entanto, continuaram. Pressionando. Então nos visitou Zacharias de Sá Carvalho, braço direito (legal) do ilegal e efetivo secretário-geral Arruda Câmara. Tínhamos com ele as melhores relações, fazia tempo, a conversa pôde ser franca. Seria impossível retirar os livros da José Olympio, alterá-los, sem que isso transpirasse. Na linha do maior escândalo. E, mesmo que pudéssemos, em nosso lugar, o que faria? Era desrespeito, era inconcebível, nem pensar. Ainda argumentou conosco (minha mãe e eu empacados), do ângulo político, mas com menor empenho. Ao deixarmos, ficou a impressão de que entendera e desistira.

Realmente, não nos incomodaram mais. Os livros seguiram a sua produção normal, sem interferências. De tudo, soubemos depois, restou a decisão literal de Maurício Grabois:

— Deixem pra lá. Daqui a dez anos, ninguém vai saber quem foi Graciliano Ramos.

Ótimo. Como final de jogo, como previsão partidária. Reconheçamos que eles sempre jogaram mal e previram ainda pior, tão imediatistas e ignorantes, coitados. Apesar dos pesares, agradecemos. E foi o que a família de Graciliano fez, minha mãe, eu, meus irmãos e irmãs, acabara o pesadelo. Aguentado em silêncio, o respeito ao Velho nos impedia as manifestações. O curioso é que, por mais que nos calássemos, uma revista (*O Cruzeiro*) fez a coisa transpirar, no essencial do conflito político. Onde teria buscado a informação? Do nosso lado, nunca. Do outro, o problema ficara restrito a dirigentes. E no entanto a discussão vazara, se expusera. Vale dizer que o partido, a começar dos seus maiores dirigentes, não era assim tão monolítico. Um bloco cego e cumpridor. Não, não era. Desde 1953.

Memórias do cárcere saiu, *Viagem* veio em seguida. Não sei por que, talvez guiado pela experiência da aguda sensibilidade partidária a tudo o que envolvesse a União Soviética, eu estava preparado para uma repercussão mais polêmica do segundo, menos do primeiro. Esta, no entanto, foi arrasadora. A outra, quase natural.

Um livro relativamente caro, pois lançado em quatro volumes, *Memórias do cárcere* desde logo virou best-seller. Igualmente repercutiu na crítica, avassalador – eram artigos e artigos sucessivos, assinados por nomes de peso, enaltecedores ao ponto da consagração. Só que os jornais comunistas se calavam, ignorando-o, enquanto os demais o ecoavam. Entre estes, a *Tribuna da Imprensa*, onde Carlos Lacerda insistente pontificava, escrevendo páginas inteiras de elogios, entusiasta no seu apreço: assombroso documento de uma época, depoimento estarrecedor sobre as misérias da ditadura de Getúlio.

O livro vendia, a crítica aplaudia, mas os comunistas silenciavam. Nem uma palavra. De início, imaginei que a reação tão favorável, em particular da crítica por eles tida como oficial, irritasse os que ditavam a regra do partido. Ainda agravando, a verdadeira campanha promocional de Carlos Lacerda, considerado um trânsfuga, um renegado, para não aludir à sua ostensiva, crescente liderança do setor mais reacionário da classe média. Seria isso? Apenas uma ressonância indesejável? Não, decerto que não, a recusa ia além. Política e profunda.

A leitura continuada de *Memórias do cárcere* nos revelava, nitidamente, a extensão da sua crítica. Ao militarismo que imperava no partido, herança do tenentismo, dominando os altos escalões e, sem excluir ninguém, desde o seu principal dirigente, afastava qualquer possibilidade de democracia ou simples discussão interna. Ao levante de 1935, definido e apregoado como revolução libertadora, com apoio das amplas massas, que não passara de quartelada aventureira, irresponsável, conduzindo ao sacrifício de muitos, inclusive de quadros importantes, para cá mandados pela enganada Internacional Comunista. Ao espírito de seita reinante na organização partidária, que a isolava e tornava sujeita a infiltrações, arrivistas ou policialescas, o dirigente mais conhecido na cadeia é sem dúvida um informante, ao mesmo tempo esquivo e pavoneado, o que explica as inconfidências, delações, quedas de aparelhos, até a prisão de Prestes. Como se não bastasse, figuras heroicizadas se apequenam, outras intermediárias se sustentam, algumas anônimas se agigantam. Entre as positivas está claro que as de comunistas. Mas também as de liberais e trotskistas. Uns, aceitos como auxiliares (na época, inocentes úteis); outros, afastados como pragas (a canalha de então, a escumalha). Imperdoável que Graciliano houvesse encontrado trotskistas honestos, inteligentes. E que a sua linguagem, peculiar, desalinhada, iconoclasta, falasse de temas proibidos. No caso, a forma era o conteúdo.

Em conversas que se cosiam, fui puxando os fios da malha, vestindo o livro. *Memórias do cárcere*, para quem o compreendesse, tinha o sabor de ilusões perdidas. Como estranhar a posição do partido, assim desmitificado? Nós, do alto de nossa juvenil desesperança, contemplávamos aquele tabuleiro de xadrez.

— Agildo ficou uma fera com o seu retrato.
— Mas é uma das melhores personagens do livro!
— É. E não gostou. Aquilo de ser baixinho e falar fino.

Meu Deus! Encompridar e engrossar Agildo Barata, a troco de quê?

— Apporelly danou-se com Graciliano.
— Por quê? Ele está ótimo, é o barão de corpo inteiro.
— O negócio do fôlego curto, do epigrama, não vai escrever nunca o seu grande livro. Doeu.

Se Agildo Barata, se o Barão de Itararé, reagiam assim, que dizer dos outros? Havia certamente razões para o desgosto, a mágoa de muitos. E percebi que *Memórias*, como reflexo dos seus figurantes ou não, entrara para o diz que diz partidário da pior maneira possível. Instintivamente retraí-me, querendo alhear-me. Ou não saber.

Conservo, daqueles dias, raros momentos de compreensão. Dois, para ser preciso. Inesquecíveis.

Um com Joaquim Silveira dos Santos (tenente do 3º RI, capitão das Brigadas Internacionais Espanholas, exilado no México), que de volta ao Brasil, após 1945, se fizera gerente comercial da revista *Conjuntura Econômica* e meu amigo. Em plena discussão do livro, Quincas visitou-me na Thompson. Ao vê-lo, me vieram à cabeça as poucas linhas sobre ele: tinha perdido um olho em combate, era radical, assinava depois do nome Segundo-tenente do Exército Popular Nacional Revolucionário; adiante, a repetição do nome e posto, como um bordão meio ridículo;

enfim, a notação em sequência personalizada de que "a presença ruidosa dos militares perturbava o sossego dos homens de pensamento, e não quadrava aos operários". Gelei. Percebendo-me contrafeito, riu e foi direto: era aquilo mesmo, um bando de meninos sem nada na cabeça, aporrinhando, tumultuando, só que o Velho tinha entendido tudo e antes de todos, lúcido, fabuloso. Aliviado, conversamos. Ele entusiasta, em paz com o seu passado, eu imediatista ignorante do futuro.

Outro com Nelson Werneck Sodré. Deixávamos a Livraria José Olympio, íamos para o Centro a caminho de qualquer condução, e tranquilamente ele se pôs a falar, como se os dois estivéssemos afinados, pensando na mesma coisa, cientes de um problema que dispensava preâmbulos. O importante era ficar de cabeça fria, ignorar maledicências, provocações, até confrontos, um livro tamanho independe do seu instante, vem para ficar. Alheio às participações ou reações pessoais, ele se mantém. Fizesse vista grossa, me conduzisse normal, do jeito em que vinha. Entendi, um cumprimento. E me conservasse. Bom deixar passar o tempo, que tudo afinal se acomodava, no fim restariam as *Memórias*. Enquanto nós, posições, circunstâncias, partidarismos, seríamos esquecidos. Continuasse, discretamente. Sem o menor tom de conselho. Aceitei comovido, um calmo gesto de aprovação. Vindo do excelente crítico, amigo pessoal de Graciliano e seu afim ideológico, aumentava ainda mais. Aquilo me fez um bem enorme.

Quincas expansivo, Nelson indireto. Os dois fundamentais. Enquanto isso, os meus amigos mais chegados, todos ex-camaradas, me protegiam. Não falavam da crítica mais contundente, ou perversa, e se prendiam às pequenas querelas, desavenças, que póstumas se distanciavam. Um lado em trânsito e desfrutável. (Perpétuo, pelo que provei. Não faz tanto, Mário Pontes me contou de um militante cearense, alma boa, folclórica, paisagem partidária, que ao saber do próximo lançamento das *Memórias* o esperou ansioso, apregoando aos companheiros o seu papel importante no livro. Era aquele português surrealista, que cantava de galo, despassarado e patético. Naturalmente o infeliz caiu das nuvens e, ativista, promoveu um auto de fé na praça do Ferreira. Queimou uns dez exemplares, assistido por uns dez militantes, que não tinham lido o livro. Mário e eu rimos, melancólicos, mesmo depois de tantos anos; só faltava às *Memórias* essa glória, a inquisitorial fogueira.)

Já falei dos amigos que me defendiam. Mais ou menos ligados ao partido, escondiam de mim as miudezas lançadas contra Graciliano. Suportaram um curto período. Aí, de súbito, a barreira desmoronou.

Eu estava no escritório de José Olympio, com Octávio Tarquínio de Sousa, quando chegou Gilberto Freyre. Mal entrou e se pôs a falar das *Memórias do cárcere*, sucesso de público e de crítica. Nós ouvindo, naturalmente felizes. Creio que nenhum dos presentes sentiu a passagem, Gilberto mudara para sua atividade na Câmara, onde era deputado udenista, e proclamava a novidade:

— O Partido Comunista está esculhambando o livro.

José Olympio fechou-se. Octávio Tarquínio baixou a cabeça. Eu fiquei num horrível constrangimento. Ele, insensível, continuou:

— Dizem que é o elogio da polícia e da pederastia.

— O quê? — deixei escapar, sem sentir.

— Isso mesmo. Quem me declarou foi Roberto Morena, com todas as letras. Opinião oficial.

Era verdade. Logo depois confirmada, ainda que relutassem (comigo, com os de casa) em admitir a perfídia. O partido não tomava posição pública, nada por escrito, mas ia às últimas consequências na subterrânea agressão.

José Olympio me mostrou o artigo de Wilson Martins, publicado no *Estado de S. Paulo*. O crítico, que já escrevera em torno da obra de Graciliano ensaios dos mais significativos, falava de *Memórias do cárcere* levantando suspeição sobre o livro. Teria sido adulterado em benefício do Partido Comunista, provavelmente por mim, um daqueles filhos pichadores aos quais o autor se refere, e como prova comparava fac-símiles de originais manuscritos ao texto impresso, chamando a atenção para ligeiras discrepâncias. Fui tomado, naturalmente, do maior espanto. Se não fosse denúncia feita a sério, seria caso de rir.

No entanto, José Olympio estava indignado. Respondia pela absoluta correção das *Memórias*, cujos capítulos viera recebendo do próprio autor e guardando no cofre da editora, saídos sob sua responsabilidade para a gráfica, diretamente, sem a interferência de ninguém. Diria isso, publicamente. Eu também deveria responder, acabar com aquela fantasia, pois fora pessoalmente implicado. Concordei, evidente que sim. Então não havia o direito de defesa? O jornal me daria a palavra, era forçoso.

Conversamos, pensando na minha carta. Achei curioso que um artigo político, basicamente, ignorasse as críticas a posições importantes do partido, a oposição verbal mais declarada conhecida por tantos; imaginava que o livro tivesse ao menos a sua concordância. Um erro somente explicável pela ignorância ou paixão. Quanto às diferenças entre originais manuscritos e textos impressos, nada tão infantil; ele não poderia admitir a inexistência de originais datilografados sem esquecer o processo de Graciliano, sempre emendando e suprimindo. Compor um livro, hoje, em cima de originais manuscritos? Não se tratava de Machado de Assis. Por outro lado, se existisse a intenção fraudulenta, quem usaria reprodução de manuscritos, e justamente os trechos em que aparecessem diferenças? Inocência, mesmo imbecilidade, tem limites.

— E quanto a você?

Outro engano. Ele viu a nota final, à guisa de posfácio, e me confundiu com meus irmãos mais velhos. Quando meu pai foi preso, eu tinha 6 anos de idade.

A única referência a mim, nas *Memórias*, é quando ele recebe um retrato na cadeia, meu e de minhas irmãs menores, para me descrever como "um menino sério, com cara de homem".

— Você vai dizer tudo isso.

— Vou. Menos as discussões internas, as amolações do partido. Se não resultaram, não aconteceram. Devo isso a meu pai.

Escrevi a carta. Em várias versões, a princípio violenta, depois aliviada, afinal curta e direta. A raiva inicial se esvaíra, eu devia esclarecer, e não polemizar. Só deixei uma palavra, essencial: leviano. Para quem me acusara de falsário, o mínimo indispensável. Soube, mais tarde, que o termo pesara, difícil de engolir, um osso na garganta. Por quê?

    O caso das *Memórias*, alardeado pela imprensa, terminou por beneficiar o livro. As declarações de José Olympio, quase sempre indiretas e bem colocadas, a minha carta, mais de elucidar ponderando, repercutiram positivamente nos suplementos e seções de literatura, que eram muitos. Um verdadeiro coro se voltou contra a ligeireza da denúncia, levando seu autor ao ridículo. Ninguém pretendia isso. Mas até eu contribuí, involuntariamente, para a barragem de artilharia pesada. Cansado de falar, a um convite de Edmar Morel, esqueci o seu temperamento brigão e aleguei ter esgotado o assunto na carta, mudada em nota; ele poderia aproveitá-la, em lugar da entrevista. Dito e feito, à maneira do combativo repórter. Ele botou na minha boca palavras, expressões que eu nunca lembraria, saiu um destampatório violento. E se eu autorizara, e se o sentido estava certo, como desmentir a forma rebaixada? Senti-me adolescente e besta, com toda a razão.

    O tempo, no entanto, age sozinho. Alguns anos depois, ao passar a obra de Graciliano para a Editora Martins, recomendei o ótimo ensaio "O Cristo e o grande inquisidor", de Wilson Martins, como posfácio de *Caetés*. Continua até agora, conduzindo o entendimento do livro. De sua parte, ele foi extremamente generoso ao criticar alguns livros meus. Dei o incidente por encerrado.

Uma quadra agoniada é a que reconstituo. Pela impressão que dava, *Memórias* não deixaria nunca a berlinda. Havia a face iluminada, de venda e repercussão maciças, que apontava o rumo das reedições, da fortuna crítica se amealhando. Todavia, o seu reverso era desgastante. Continuava a murmurada difamação partidária, mal se extinguiam os ecos do rumoroso rompante paulistano ("com ares de escândalo"), e surgia novo aborrecimento: um artigo de Romeu de Avelar repelia o título *Memórias do cárcere*; afirmava que o verdadeiro seria *Cadeia*, como o próprio autor se referia ao livro. Nós estávamos decidindo as coisas à matroca.

Dessa vez, enfureci-me. Quem diabo é Romeu de Avelar para vir assim superior, ele o inteligente e o resto um bando de idiotas? Dispus-me a rebatê-lo com quatro pedras na mão. Felizmente, ainda revoltado falei da besteira a Aurélio Buarque de Holanda, que me botou água na fervura, recomendando calma. Romeu era alagoano, sério, escrevera aquilo por desinformado, brigadeiro, e principalmente longe. Não valia a pena agredi-lo, não merecia.

Armei-me de paciência e expliquei o título. Graciliano aludia às suas lembranças da prisão como o livro da cadeia, não o livro *Cadeia*. Uma ocasião, perguntei se não preferia esse título, mais do seu estilo, ao já anunciado *Memórias do cárcere*. Ele respondeu que não, tinha um capítulo chamado "Cadeia" em *Vidas secas*, e cadeia, isolado, lembrava corrente, ficava muito Stephen Zweig. Brincou: "Só não posso batizar de *Minhas prisões* ou *Recordações da casa de detenção*." Muito ao seu feitio, ia deixando o título para uma decisão final. Enquanto isso, o lançamento do livro *Memórias do cárcere* era apregoado em várias contracapas de edições da José Olympio, naturalmente com a sua aprovação. Podia não ter notado esta ou aquela, caso duvidoso. Mas pelo menos de uma, *Contramão*, de Antônio Olavo Pereira, ele tomou conhecimento, pois escreveu sobre a novela. E está lá o anúncio de *Memórias do cárcere*. Mudar o título para *Cadeia* seria no mínimo arbitrário.

Resolvido o problema, já que não se tocou mais no assunto, de repente me caiu em cima um ataque violento de Dalcídio Jurandir. Eu escrevera sobre o romance *Os cangaceiros*, de José Lins do Rego, ressaltando o seu lado social, e o guarda-civil do partido me enquadrava, perversamente: não lera o livro e não gostara, José Lins não podia fazer nada que prestasse, eu devia escolher entre ser "o piloto jovem na tempestade" (adaptada citação de Lênin, caracterizando o intelectual) e "o boi-morto" trazido pela enchente (alusão cretina ao poema de Manuel Bandeira, um símbolo da decadência), e não deslizar maciamente no oficialismo. Era isso o que eu queria? Não perguntava, garantia.

Desacostumado às agressões, fiquei uma fera. Pedi ao jornal (*Imprensa Popular*, sucessor da *Tribuna Popular*, eu um dos seus fundadores e cheio de amigos lá, feitos ao longo de cinco anos) o mesmo espaço para me defender. Uma semana e Emmo Duarte, contrafeito, me transmitiu a negativa. Apelei à direção, encontrei Astrojildo Pereira no apartamento de Jorge Amado. Perda de tempo. Jorge, amigável, tentava a conciliação; Astrojildo, emburrado, recusou-me a resposta e teve o cinismo de acrescentar: o que lhe falta é vida partidária. Danei-me, todos me sabiam afastado. Saí apregoando: vou quebrar a cara desse moleque, onde o encontrar. Que é isso, companheiro? A saída que me deixaram. Juvenil, marginal, seja o que for. (Não ia deixar, agora que meu pai morrera, que me transformassem em saco de pancada. Eu também podia bater.) E repetia: quebro-lhe a cara. O que não passou da intenção, pois Dalcídio Jurandir sumiu como que por encanto; demorei uma enormidade a revê-lo. Esmaecidas, quase apagadas, as suas mal traçadas linhas, as notas das seções literárias que me defendiam e ridicularizavam o partido, as conversas espantadas com sectarismo tão cego. De tudo, ficaram as palavras de José Lins, num rápido encontro. Ele me abraçou e disse:

— Que merda, seu menino!

Nem só de amolações, porém, se vivia. Ainda no plano pessoal (bem particular), me compensei. Nasceu meu primeiro filho, melhorei profissionalmente, organizei-me a favor de escrever.

E recebi um telefonema de José Olympio, queria me ver. Julguei fosse algum problema editorial, claro que do Velho, mas não:

— Li a notícia de que você vai publicar um livro.

— Sim. *O circo e outros contos*, pela Editora Orfeu. Depois de cinco anos trabalhando à deriva, selecionei e entreguei a ele os dez títulos menos ruins.

— O livro já está composto?

— Não sei. Creio que não. Por quê?

— Porque não fica bem você estrear noutra editora. Você deve começar aqui, na Casa.

Maravilhei-me, agradeci. E logo me preocupei. José Olympio, tranquilamente, perguntou-me:

— Você é amigo do Fernando?

— Sou, faz tempo.
— Então explique a ele. Se já tiver composto o livro, nós compramos a composição. E lançamos o livro por aqui.

Fernando, naturalmente, compreendeu. Não havia começado ainda, nenhum problema. Entregou-me os originais, felicitando-me, dediquei a ele o conto de sua preferência. Escrevi outro, mais outro, que virou o conto-título: *Tempo de espera*. Havia prazo. Nessa virada da sorte, lamentei que meu pai, tão parco de elogios, tão disfarçante lambe-cria, não tivesse lido os dois novos nem visse o livro. Lamentei àquela altura, agora não.

Subitamente, quando a obra de Graciliano deslanchava, num ritmo de vendas ascendente, que ultrapassava as mais otimistas expectativas, a Editora José Olympio cessou de publicá-lo. Em dois anos e meio (1953-1955), *Memórias do cárcere* tivera três edições sucessivas, de grandes tiragens. *Angústia* alcançara a sétima edição, *São Bernardo* a sexta, *Vidas secas* e *Caetés* chegavam à quinta, *Infância* e *Insônia* à quarta, mesmo *Viagem* já andava na segunda. Nunca o escritor fora tão popular.

A cada ano, cobrávamos de José Olympio as reedições dos livros de Graciliano. Recebíamos promessas vagas, mas o fato é que eles protelavam, não entravam no seu planejamento editorial. Qual a razão disso? Responder que simplesmente política, no sentido restritivo, seria primário. Nenhuma empresa se orienta contra os seus próprios interesses, é elementar. E José Lins do Rego, sem impedimentos e de incontáveis leitores, estava recebendo um tratamento semelhante (ficou, aliás, muito mais tempo fora das livrarias). Na verdade, se política havia, era o repentino fascínio da editora por deputados e senadores, ministros, militares, embaixadores e embaixadoras, personalidades ligadas ao poder, fossem escritores ou não.

Suportamos aquela situação mais do que devíamos, por crédulos e confiantes, habituados à amizade, às relações pessoais; afinal José Olympio lançara o *Angústia* com o autor na cadeia. Esquecemos que por influência de Jorge Amado e José Lins do Rego. A Casa, a partir de

1955, mudara de rumo. Apegara-se a figuras públicas, adiara os escritores em que investira. Demoramos a entender, no entanto percebemos. Em meados de 1959, perguntamos a José Olympio o que seria de Graciliano, de seus livros, no ano vindouro. Chamou o irmão, Daniel Pereira, que assumira o comando. Ele foi curto e grosso: nem pensar. Retrucamos que então nos liberasse, não havia nem contrato, iríamos procurar novo editor. José Olympio deixou transparecer, ficou surpreso. Com certeza não percebera a extensão dos seus envolvimentos. Assim como não havia dado importância às recomendações de Antônio Olavo Pereira, escritor, amigo nosso e de Graciliano, seriamente empenhado na defesa de sua obra. Entre os dois irmãos, naquele momento, preferiu o da mosca azul. E nos libertou.

Fomos para a Martins, que publicava Jorge Amado. Exatamente em 1960, com edições prefaciadas e ilustradas que rápidas retomaram o ritmo do escritor, ativando-o. Em pouco, *Vidas secas* vendia 300 mil exemplares num ano. E os demais livros seguiam o padrão, com desenvoltura.

Eu, que no período de entressafra, desesperado, organizara a antologia *Histórias agrestes* (reunindo contos de *Insônia* e *Histórias de Alexandre*, capítulos de *Vidas secas*, *Infância* e até *Memórias do cárcere*), respirei aliviado. Só queria que Graciliano estivesse nas livrarias. Reconduzido, apaguei o livro.

Como avaliar o prejuízo causado por essa prolongada ausência precisamente na ocasião em que o escritor ganhava impulso? Decerto se registrou um hiato, difícil de precisar, no seu efeito desacelerador. Evidente a perda. Se lembrarmos que veio coincidir com o governo de Juscelino, aquela fase favorável de realização e desenvolvimento, não terá sido de pequena monta. A recuperação de Graciliano, quanto a público e crítica, se deveu, parece indiscutível, única e exclusivamente à força vital de sua obra.

Mudara-me para São Paulo havia pouco. Estava naquela fase de amigos cariocas, de não perder o Rio deixado a custo. Uma noite, jantando em casa de Joelson Amado, nos vimos quase todos recém-chegados e, mais que isso, desentranhados veteranos do Partido Comunista. Naturalmente, caímos em tema político, discutimos a invasão da Hungria. Eu me declarei, duramente, contra a intervenção, o massacre, a ignomínia da prisão dos membros do governo Imre Nagy, levados para Moscou e lá enforcados. Estava nisso quando fui interrompido:

— "Sua" papai não diria isso.

Era uma velha senhora, imigrante europeia, mãe de amiga presente, que histórica militante do PC se escandalizava. As palavras não correspondiam à entonação, francamente colérica.

Sorri, silenciado; em segundos soltei:

— É possível.

E passei a outro assunto. Apesar do que, até hoje, a frase me persegue: "'sua' papai não diria isso." Então, que é que ele diria? Qual seria a opinião de Graciliano sobre pessoas, fatos, mudanças, tanta coisa acontecida após a sua morte? Francamente, não sei. Nem arriscaria. Volta-me sempre, feito advertência, a voz da sua personagem: "Em boca de defunto cabe muita folha." Sim, é verdade. Não cedi nunca à tentação de atribuir a ele, nem pensar, minhas próprias ideias ou posições.

Entretanto, cogito. Posso imaginar, posto que previsíveis, suas reações ao suicídio de Getúlio e ao golpe militar de 1964. Como conceber, porém, sua atitude diante de um Partido Comunista dividido, Brasileiro, do Brasil, com Prestes morrendo fora dos dois? Ou supor sua manifestação pessoal ao relatório Khrushchev e aos crimes revelados, à desestalinização? Ou ao cisma chinês, que vem das máximas de Mao Tsé-Tung ao morticínio da praça da Paz Celestial? Finalmente, como enfrentaria o desmoronamento da União Soviética, essa atual desunião de países dependentes dos Estados Unidos? Vou lá saber?!

Penso raramente em meu pai do ângulo político, a não ser quando me obrigam, talvez por um tanto enfarado do nosso panorama. Penso mais nele escritor, o que é fácil de entender. E aqui, está visto, as interrogações se multiplicam. Todas sem respostas, por muitas que sejam as pistas deixadas. Que acharia ele do concretismo ou do estruturalismo, por exemplo? Que acharia ele dos autores notáveis, numerosos aqui e no estrangeiro, surgidos nos últimos quarenta anos? Que acharia ele dos nossos ficcionistas cujas obras se agigantaram, nesse período, amadurecidas e importantes? Não tento adivinhar, mas sinto falta do diálogo que tínhamos, justamente agora, que cheguei à idade das releituras e revisões. Não presumo e me policio.

Essa postura individual é mais necessária do que parece. Das conversas entre escritores às entrevistas de jornal, rádio e televisão, passando pelas mesas-redondas, palestras e seminários com debates, ficam sempre as perguntas, insinuadas ou diretas, que pretendem frequentemente saber a opinião de Graciliano sobre temas e figuras recentes. Dependendo da situação, respondo que não sou espírita, que seria leviandade responder, que na verdade não sei nem poderia. Acostumei-me ao clima de frustração. Mas não abro mão disso, busco sempre o evocativo esperado, o econômico indispensável. É que não esqueci a velha senhora, a confrontar-me com meu pai, vendo-nos como uma só pessoa continuada, repartida, idealizando uma, repudiando outra, todavia raivosa nesse confuso mistério. Eu já sabia, já exercia o divisor de águas, no entanto, aprendi a enfatizar meu discurso, falo por mim, não falo por ele. "'Sua' papai não diria isso." Ela não soube, nunca, o bem que me fez.

Rio de Janeiro, 1961. Lançamento oficial das obras completas de Graciliano, edição da Martins, no antigo Ministério da Educação e Cultura, presente o ministro que fez discurso. Do terraço familiar, as minhas lembranças incluíam as imediações, os bares, a biblioteca, o teatro, as pessoas distanciadas. Paulistano de meia-confecção, já era um visitante. E de repente, junto à amurada em que me refugiara melancólico, surgiu Astrojildo Pereira. Expansivo como nunca o vira:

— Parabéns. Que festa maravilhosa! Graciliano, o nosso mestre. E *Memórias do cárcere*? Um livro magnífico, definitivo.

Assim mesmo. As palavras podem ter variado, mas a intenção foi clara, superlativa. Fiquei assombrado, sem ação. Creio que sorri, creio que o abracei, não sei direito. Para mim fazia pouco tempo, os registros da memória permaneciam intactos. Não para ele, perfeitamente à vontade na sua última encarnação. Devo ter abraçado o passado naquele senhor patético, efusivo e a meia-luz.

Dalcídio Jurandir veio logo depois. Na cauda do relatório Khrushchev, escrevera um artigo se desdizendo, se humilhando, naquilo de errei, sim, pedindo desculpas a mim e a Aníbal Machado. A mim pelo seu "piloto jovem ou boi-morto", a Aníbal por uma afrancesada indecência contra o surrealismo na obra do grande contista, publicadas à mesma altura. Culposo, bateu no peito até cansar. Um primor de penitência.

Não demorou e Jorge Amado, em visita a São Paulo, me telefonou sugerindo que nos encontrássemos com Dalcídio Jurandir, que estava aqui também, que puséssemos fim à nossa desavença. Para o temperamento de Jorge, dois amigos intrigados é coisa difícil de suportar. Propôs um almoço em minha casa, que naturalmente aceitei e aconteceu, fomos civilizadamente cordiais. Desde então, nunca mais vi Dalcídio.

Uns dez anos atrás, Wilson Martins reincidiu no seu velho tema de um *Memórias do cárcere* adulterado. Repetindo-se, não trazia nenhuma novidade, a não ser a mudança de jornal, mas de certo modo recrudescia. Dessa vez, contava com o inesperado apoio de Clara Ramos, minha irmã. Surpreendente, pois ela sabia tudo sobre o livro, das condições em que fora escrito à fragilidade das suposições, não era criança (vinte anos na época, só quatro a menos do que eu) nem tinha o direito de esquecer. Quanto mais de arvorar-se nas entrevistas, provocadoras e estridentes. Imperdoável.

Não tratávamos com pessoas razoáveis, era evidente. De um lado, o crítico preso a antigo erro, querendo redimir-se e se repisando; do outro, a própria filha do autor no coro agressivo, e para sermos caridosos, inexplicavelmente. Fomos discretos, dentro da artificiosa celeuma. De mim, só arrancaram o meu espanto: "A quem isso interessa? À obra de Graciliano, sem dúvida que não."

Não demorou a se resolver o problema, mais um promocional evento que uma questão literária. Sofrido, é verdade, mas subalterno. Mário

Pontes, editor de literatura do *Jornal do Brasil*, passou horas confrontando originais e textos publicados, não encontrou nada a objetar, escreveu uma página inteira do seu jornal desfazendo o tumulto. Como sempre acontece, o desmentido foi menos lido que as acusações. De tudo fica um pouco.

Wilson Martins, na sua ideia fixa, passou a escrever que *Memórias do cárcere* tinha originais demais (antes não tinha nenhum); ultimamente acredita que o livro não foi escrito por Graciliano. Por quem, afinal? Quanto a Clara Ramos, que falara demais no auge da campanha, calou-se, em benefício de si mesma.

O incidente, decerto penoso, teve o seu lado positivo. Minha mãe decidiu doar os originais de Graciliano ao Instituto de Estudos Brasileiros, da USP. Lá eles servirão a estudiosos, pesquisadores incontáveis e jovens. Interessados exclusivamente no escritor.

Referi-me, logo no começo, à tendência de alguns ensaístas de aproximar Graciliano do Estado Novo. São poucos, é verdade, se os confrontarmos com o geral da crítica (cerca de sessenta livros e estudos sobre o escritor nos últimos anos). Entretanto, como se empenham na compreensão do homem, da época, estabelecem conexões e chegam a insinuar adesismo, merecem aqui a devida consideração. Não que me proponha a explicar ou justificar nada, felizmente não tenho um pai a defender. Apenas há coisas que não devem passar em branco.

Trata-se, antes de tudo, de colocação política. Não serão acaso as repetidas alusões a Oswald de Andrade, Jorge Amado e Graciliano Ramos, três escritores ligados ao Partido Comunista. As acusações podem variar, mas subsiste a intenção de associá-los às posições do PC, que desembocariam em 1945 no apoio a Vargas. Só que no caso de Graciliano, reconheçamos, bem menos alvejado que seus dois amigos, elas recuam para antes. E tentam apresentá-lo coerente com a partidária opção getulista. Desde cedo, logo depois de solto.

Resume-se a dois fatos, sujeitos a considerações mais livres, essa visão de um Graciliano cooptado pelo regime ditatorial. Ao seu emprego de inspetor de ensino, à sua colaboração na revista *Cultura Política*. De acréscimo, temos as interpretações: o que ele escrevia, àquela altura, servia perfeitamente à orientação intelectual estado-novista.

Vamos por partes. A função de inspetor de ensino, exercida com rigor enquanto viveu, era extremamente mal remunerada. No entanto, um desses críticos aludiu a "polpudos proventos". Deixando de lado a pobreza adjetival, fiquemos na do escritor, imagino que notória. E lembremos que no Ministério da Educação, sob as asas de Gustavo Capanema, reunia-se um grupo de escritores mineiros admiráveis: Rodrigo Melo Franco de Andrade, Abgar Renault, Carlos Drummond de Andrade, entre outros. Compreensível que procurassem ajudar seus amigos, ainda que politicamente comprometidos. Foram muitos os nomeados, para cargos até de boa remuneração, como por exemplo o de técnico de educação. Graciliano, não. Ao morrer, seus três filhos menores (eu, minhas irmãs) ganhávamos bem mais do que ele.

A colaboração na revista *Cultura Política* vem a seguir. Com uma agravante, ao que se pretende, a colaboração na revista luso-brasileira *Atlântico*, entre salazarista e estado-novista. Sim, não há nada a observar: Graciliano publicou nas duas crônicas e contos. Aquilo de, se não me censuram, publico até no *Diário Oficial*. Com maior ênfase, estranha-se o seu trabalho de preparador de textos, revendo originais. Um capinar, escoimar, melhorar de escrita avulsa. Naturalmente remunerado, profissional. Não há por que sugerir um "bico no DIP, ou mais". Decerto a revista se subordinava ao Departamento de Imprensa e Propaganda. Mas ele nunca trabalhou lá, obviamente, escreveu e assinou suas crônicas na *Cultura Política*, emendou a prosa de colaboradores. Falar em DIP, insinuar entendimento maior, seria leviandade. Que significa esse "ou mais"? Além de leviana, a simples dúvida é desrespeitosa para com Graciliano.

Resta o plano literário, posto sob um atordoante prisma revisionista. Se o compararmos ao de quarenta anos atrás, àqueles sectários críticos do realismo socialista, veremos que não se diferenciam muito. Considerando a produção de Graciliano no período (1937-45), dois livros são destacados. *Quadros e costumes do Nordeste*, do qual se diz apenas que o autor foi pago para fixá-los, congelando o mutável numa visão autoritária e exterior. *Histórias de Alexandre*, em que se ressalta o tema da malandragem, em versão satírica, popular e nordestina, para associá-lo à imagem projetada de Getúlio, o presidente malandro. Convenhamos que são, além de juízos errôneos, aproximações extremamente forçadas. Nem o primeiro livro citado merece a intolerante restrição, nem o outro se reduz ao modelo invocado. Como explicar que a figura de Alexandre, em todos os seus traços característicos, se mantenha viva até hoje no televisionado programa de humorista famoso? Pela sua verdade folclórica, ou pela evocação de um Getúlio há tanto desaparecido? Convenientemente, esquecem de mencionar as obras *Vidas secas*, *Infância* ou *A terra dos meninos pelados*, escritas no período.

Está claro que tudo isso parece documentado, ponderado, num estilo de aparente rigor. Ouvem-se amigos de Graciliano e nossos, a exemplo de Lêdo Ivo e Paulo Mercadante, que mais testemunharam o sabido, e são, entretanto, apresentados em feitio de altamente reveladores. Do ponto de vista teórico, recorre-se a Nelson Jahr Garcia, nosso melhor especialista na comunicação do Estado Novo, às suas teses desenvolvidas em *Ideologia e propaganda política*. Aliás, Nelson, amigo e companheiro de sala, horrorizou-se ao saber que estava sendo utilizado para o combate a Graciliano. Pior, esclareci: a estratégia do aliciamento, que ele tão bem localizara, vinha sendo ilustrada apenas com os intelectuais de esquerda. Não se pretendia, ao que tudo indicava, crucificar ninguém. Mas o stalinismo de Graciliano, que não vivera o suficiente para crismá-lo ou reformá-lo, fazia dele um alvo de eleição. Contradições para todos os lados, sujeições não superadas. Esperemos que estes novos tempos, com os seus violentos ventos de mudança, as varram ou diluam.

Repito que não considero relevantes esses desvios. Há, todavia, subprodutos que são dignos de nota. O clima de debate passa de salutar a enfermiço. E súbito uma senhora dada às letras, escrevendo não sei direito sobre o que, solta esta afirmação: "Graciliano era um protegido da família Vargas."

Dizer que me indignei é pouco, reagi aos palavrões. Gastei-me na raiva, refluí, recorri à memória. Quem diabo meu pai conhecera na família? Enfim me lembrei. Ele me falando da moça que o procurara na livraria, trazendo um exemplar do *Angústia* e contando que o lera de fôlego, ficara a noite inteira sem dormir. Alzira, ainda estudante, filha de Getúlio. Ora, nenhum escritor é insensível ao entusiasmo do leitor, bem ao contrário. Fez a dedicatória, naturalmente. E só comentou:

— Simpatiquinha.

Tanto tempo corrido, o fato se agiganta e se transforma. Eu o recordei, a propósito da versão descabida, em jantar de amigos. E com poucas palavras José Paulo Paes me devolveu o equilíbrio:

— Getúlio era ótimo. Os protegidos, ele mandava para a Ilha Grande. Os inimigos, ele entregava à Gestapo.

Cronologia*

1929   4 de janeiro: nasce Ricardo de Medeiros Ramos, em Palmeira dos Índios (Alagoas), quinto filho do escritor Graciliano Ramos e primeiro de Heloísa de Medeiros Ramos (os quatro primeiros irmãos de Ricardo – Márcio, Júnio, Múcio e Maria Augusta – são filhos de Maria Augusta, esposa falecida do pai).

       8 de janeiro: Graciliano envia ao governador do estado o famoso relatório de prestação de contas do município do qual era prefeito desde janeiro de 1928 e que o tornaria conhecido no mundo das letras da época.

1930   22 de janeiro: nasce Roberto, o segundo filho do casal, em Palmeira dos Índios, que morre poucos meses depois em Maceió.

       10 de abril: Graciliano renuncia ao mandato de prefeito de Palmeira dos Índios e se muda com a família, em maio, para Maceió. Ricardo passa, pois, pouco mais de um ano na sua cidade natal.

       31 de maio: Graciliano é nomeado diretor da Imprensa Oficial de Alagoas; em novembro, Getúlio Vargas é empossado presidente do Brasil – começa a Segunda República.

---

* Consultamos os familiares do autor e os originais e documentos do Acervo de Ricardo Ramos sob a responsabilidade da Universidade do Estado de Mato Grosso (Unemat), campus regional de Alto Araguaia.

1931   19 de fevereiro: nasce Luiza, a terceira filha do casal, em Maceió.

29 de dezembro: Graciliano demite-se do cargo de diretor da Imprensa Oficial de Alagoas.

1932   9 de novembro: nasce Clara, a quarta filha do casal, em Maceió.

1933   18 de janeiro: Graciliano é nomeado diretor da Instrução Pública de Alagoas, cargo equivalente ao de secretário estadual de Educação; nesse ano, publica seu primeiro livro, o romance *Caetés*.

1934   18 de novembro: morre Sebastião Ramos de Oliveira, avô paterno de Ricardo, em Palmeira dos Índios; Graciliano publica seu segundo livro, o romance *São Bernardo*.

1935   Na sua primeira infância, em uma Maceió que intensifica sua vida cultural, Ricardo vive num ambiente de escritores. Entre outros, José Lins do Rego, Rachel de Queiroz, Jorge Amado, Aurélio Buarque de Holanda e Valdemar Cavalcanti.

27 de novembro: acontece a Intentona Comunista.

1936   3 de março: inesperadamente, Graciliano é preso em Maceió por motivos políticos, sem acusação formal, e levado para o Rio de Janeiro. Tal fato desorganiza a vida da família do escritor. Heloísa parte para o Rio com as duas filhas menores, na luta por tirar Graciliano da prisão. Ricardo permanece em Maceió e vai residir com o avô materno, Américo de Medeiros, e a tia, Helena de Medeiros, irmã de Heloísa. Inicia sua educação formal, ficando em Maceió até concluir o antigo ginásio, em colégio de irmãos maristas.

Agosto: Graciliano, da prisão, consegue publicar seu terceiro livro, o romance *Angústia*.

1937   3 de janeiro: Graciliano é libertado no Rio de Janeiro; colabora em revistas e jornais da capital fluminense, vivendo com Heloísa e as meninas num quarto de pensão. Publica capítulos avulsos do que viria a ser seu quarto romance, *Vidas secas*, na imprensa do Rio.

10 de novembro: Golpe de Estado por Getúlio Vargas, apoiado pelos militares; inicia-se o Estado Novo.

1938 Graciliano publica seu quarto livro, o romance *Vidas secas*; a Ação Integralista Brasileira é posta na ilegalidade.

1939 Agosto: Graciliano é nomeado inspetor federal de ensino secundário do Rio de Janeiro; publica *A terra dos meninos pelados*, seu primeiro livro infantil.

Início da Segunda Guerra Mundial.

1941 Em viagem de férias ao Rio de Janeiro, Ricardo, então com 12 anos, encontra-se com o pai pela primeira vez desde que Graciliano tinha sido preso.

1943 Ricardo deixa Maceió e parte para o Rio de Janeiro, aos 14 anos de idade, onde volta a conviver com seus pais.

1944 Aos 15 anos, no dia de seu aniversário, inicia como jornalista na Meridional (de Carlos Lacerda), agência noticiosa dos Diários Associados (de Assis Chateaubriand). Nessa época, já esboça alguns contos, que publicará mais tarde avulsamente em revistas e suplementos literários. Inicia também sua atividade política no movimento estudantil.

1945 Volta a viver num ambiente intensamente intelectual, como, por exemplo, as animadas feijoadas dominicais promovidas por Graciliano e Heloísa. Aos alagoanos Marina e Aurélio Buarque de Holanda, Lêdo Ivo e Breno Accioly, juntavam-se Helena e Otto Maria Carpeaux, Maria e Candido Portinari, Nora e Paulo Rónai, Béatrix Reynal e Oswaldo Goeldi, Axl Leskoschek. Conhece Raimundo Araújo, irmão de Marise Ramos e seu futuro cunhado, e Sílvio Borba, relações de partido de Graciliano, futuros colegas de faculdade; a eles se juntariam mais tarde o advogado Paulo Mercadante e o médico Reginaldo Guimarães, amigos de toda a vida de Ricardo.

6 de agosto: a primeira bomba atômica é lançada em Hiroshima, no Japão.

9 de agosto: a segunda bomba atômica é lançada sobre Nagasaki, no Japão. Final da Segunda Guerra Mundial.

29 de outubro: Getúlio Vargas é deposto; um governo provisório convoca eleições.

1946 Também nessa fase acelera a leitura dos autores franceses, depois os russos, trocando leituras e longas conversas literárias com Graciliano. Escreve alguns poemas dirigidos a Marise Ramos, sua namorada nessa época. Com as indicações "Subversos (até 1947, impreterivelmente)" e sob o título *As mais piores flores...*, Ricardo reúne 22 poemas com dedicatória àquela que viria a ser sua esposa. Aos 17 anos, é preso pela primeira vez ao fim de uma agitada noite de reivindicações estudantis.

31 de janeiro: o general Eurico Gaspar Dutra é o novo presidente do Brasil; rompe relações diplomáticas com a URSS e põe o PCB na ilegalidade.

1947 Ingressa na Faculdade de Direito da Universidade da Guanabara, do Rio de Janeiro.

1948 Com 19 anos, após ter sido afastado por problemas de saúde do jornal onde trabalhava, escreve alguns contos para publicação. Seu primeiro conto publicado avulsamente, segundo lista manuscrita do próprio Ricardo Ramos, contida em seu acervo, teria sido "Um caminho no asfalto", publicado na Segunda Seção do jornal *Correio da Manhã*, do Rio de Janeiro, edição do dia 27 de junho de 1948.

1949 Intensifica a publicação desses primeiros contos em periódicos. São mais de quarenta antes da publicação de seu primeiro livro.

1º de outubro: Fundação da República Popular da China.

1950 Serve um ano no Exército.

1951 Forma-se em direito pela Faculdade de Direito da Universidade da Guanabara, do Rio de Janeiro, mas não chega a advogar. Passa a se dedicar à propaganda. Inicia na agência J. Walter Thompson com Orígenes Lessa, chefe de redação, incentivado pelo pai Graciliano, que também diz ao filho para procurar Emil Farhat na McCann Erickson Publicidade, já que essas empresas pagavam mais que os jornais da época.

Janeiro: Getúlio Vargas toma posse como presidente eleito.

1953 14 de março: casa-se com Marise Ramos.

20 de março: morre Graciliano Ramos no Rio de Janeiro, de câncer no pulmão.

Alguns críticos de jornais do Rio de Janeiro começam a noticiar a publicação do seu livro de estreia, *Tempo de espera*. Entre eles, Otto Schneider, que em sua coluna "Livros" ressalta, entre outras coisas, o fato de alguns dos contos de *Tempo de espera* já terem sido publicados anteriormente em suplementos literários e revistas e terem sido selecionados pelo autor por tema. Wilson Martins publica artigo no qual levanta dúvidas sobre a autenticidade de *Memórias do cárcere*, livro de Graciliano publicado por Ricardo e Heloísa seis meses após sua morte. Segundo o crítico, o texto publicado diferia dos manuscritos que também faziam parte da edição. Ricardo esclarece que no processo de criação de Graciliano existiria um primeiro texto manuscrito, emendado uma ou mais vezes, que daria origem a um segundo manuscrito, que serviria de base para o original datilografado, este, sim, entregue para o cofre da editora e considerado definitivo pelo autor.

1954   4 de janeiro: nasce seu primeiro filho, Ricardo de Medeiros Ramos Filho.

Publica seu livro de estreia, *Tempo de espera*. A obra reúne doze contos e é bem recebida pela crítica da época. Recebe muitas cartas de felicitação e de acolhimento pelo ingresso às letras. Carlos Drummond de Andrade, em correspondência datada de 11 de dezembro de 1954, cumprimenta o novo escritor e esboça uma crítica elogiosa ao texto do estreante: "Seus contos trazem a marca do talento literário, são vivos, contêm nuanças de sentimento e notas descritivas que despertam a simpatia do leitor. É uma bela estreia, a sua. O abraço cordial e a admiração de Carlos Drummond de Andrade."

24 de agosto: suicídio de Getúlio Vargas.

1955   13 de outubro: nasce seu segundo filho, Rogério de Araújo Ramos. Mantém-se a boa recepção crítica a *Tempo de espera*. Ricardo Ramos começa a aparecer ao lado de grandes intelectuais e contistas da época.

1956   Assume a chefia de redação da Standard carioca e, no mesmo ano, transfere-se para a Standard paulista, mudando-se para São Paulo. Passa a exercer uma atividade crítica mais intensa. Publica, por exemplo, alguns textos no periódico *Para Todos*, discorrendo sobre os lançamentos da época. Começa também a ser convidado para participar de antologias fora do país.

31 de janeiro: Juscelino Kubitschek toma posse como presidente do Brasil.

1957   A atividade crítica de Ricardo Ramos intensifica-se. Continua contribuindo para o periódico *Para Todos*, assina coluna denominada "Estante", em *A Gazeta*, de São Paulo, seleciona e realiza notas críticas introdutórias para contos publicados em antologia do *Jornal do Brasil*, do Rio de Janeiro. Por essa época, confirma-se igualmente a sua efetiva atuação como editor. Publica o segundo livro de contos, *Terno de Reis*, pela José Olympio, e é distinguido com o prêmio da Prefeitura de São Paulo (jornalismo). Dos doze contos selecionados para *Terno de Reis*,

Ricardo Ramos novamente mescla alguns textos inéditos a outros já publicados anteriormente em periódicos.

1958   A recepção crítica positiva a *Terno de Reis* continua sendo destaque. O livro é citado pelo jornal *O Globo*, por exemplo, entre os mais bem classificados em lista de best-sellers nacionais da segunda quinzena de fevereiro de 1958. Da mesma forma, o *Jornal de Letras*, em pesquisa feita entre intelectuais em janeiro de 1958 sobre os melhores do ano anterior, aponta Ricardo Ramos como um dos destaques. Pelo livro, Ricardo Ramos também recebe, da Secretaria de Educação e Cultura da Prefeitura de São Paulo, o prêmio Câmara Municipal de São Paulo. O segundo colocado no evento é Osman Lins, com o livro de contos *Os gestos*, e Luiz Lopes Coelho recebe menção honrosa por *A morte no envelope*. Nesse mesmo ano, foi júri do prêmio Edgard Cavalheiro, que teve como vencedor o ficcionista João Antônio, com o conto "Natal na cafua".

1959   Conquista cada vez mais seu espaço na literatura, seja como ficcionista, seja como jornalista, crítico ou editor. Participa do volume *Maravilhas do conto moderno brasileiro*, editado pela Cultrix. No final desse ano, publica a novela *Os caminhantes de Santa Luzia* na coleção Novela Brasileira, organizada pela editora Difusão Europeia do Livro, de São Paulo. Mantém sua participação ativa no periódico *Última Hora*, dirigindo e contribuindo com a coluna "Literatura e arte". É convidado também a opinar sobre atividades culturais e concursos a ser promovidos; a divulgar lançamentos e partes de revistas da área; a participar de múltiplos eventos e receber homenagens como a Medalha Anchieta, comemorativa ao quarto centenário da chegada do padre José de Anchieta ao Brasil. Além disso, recebe obras completas já publicadas e textos ainda inéditos para avaliação e divulgação.

1960   21 de abril: o presidente Juscelino Kubitschek inaugura Brasília, a nova capital do país.

Recebe da Câmara Brasileira do Livro o Jabuti com a novela *Os caminhantes de Santa Luzia*. O prêmio coloca sua produção ficcional ainda mais em evidência. Chefia, desde fins dos anos 1950, o grupo de contas da Thompson paulista, passando da redação para o atendimento publicitário. Pede demissão para ingressar no departamento de planejamento e contatos da P. A. Nascimento-Acar. O contrato com a nova agência, porém, não dura muito. Em setembro desse mesmo ano, encaminha carta com pedido de demissão, alegando inadaptação ao sistema de trabalho. Começa a ser anunciada a sua próxima publicação, o livro de contos *Os desertos*.

1961 Nos primeiros anos da década de 1960, Ricardo integra a equipe da Multi Propaganda, tida como uma das mais brilhantes da criação brasileira: Jorge Medauar, Sérgio Andrade, Benedito Ruy Barbosa (o novelista) e José Bonifácio de Oliveira Sobrinho, o Boni, passaram por lá. Seu livro de contos *Os desertos* é editado pela Melhoramentos e citado na coluna de José Condé, "Escritores e livros", do *Correio da Manhã*, entre os melhores nesse ano.

31 de janeiro: Jânio Quadros assume como presidente do país.

25 de agosto: pressionado politicamente, Jânio renuncia e João Goulart, o vice, assume a Presidência até 1964.

1962 *Os desertos* recebe o prêmio Jabuti, da Câmara Brasileira do Livro, e o prêmio Afonso Arinos, da Academia Brasileira de Letras — biênio 1960-1961. Também é agraciado com o prêmio da Câmara Municipal de São Paulo (jornalismo).

1963 Ricardo publica novo livro de contos, *Rua desfeita*, por José Álvaro Editor.

1964 31 de março: golpe militar tira o presidente, João Goulart, do governo; o marechal Castello Branco assume o governo.

2 de maio: nasce Mariana de Araújo Ramos, a terceira dos três filhos de Ricardo Ramos.

1965 Dezembro: Ricardo volta a residir no Rio de Janeiro com sua família, experimentando uma vez mais na profissão, dessa vez na área de clientes, como gerente de marketing da Sidney Ross. Depois dessa experiência, retorna à Colgate-Palmolive.

1966 Ocupa o cargo de primeiro-secretário da Associação Brasileira de Agências de Propaganda (Abap, mais tarde Associação Brasileira de Agências de Publicidade). Admitido na McCann Erickson Publicidade de São Paulo.

1967 Ocupa uma vez mais o primeiro-secretariado da Abap.

15 de março: marechal Costa e Silva assume o segundo governo da ditadura.

1968 Depois de publicar uma novela, e principalmente contos, publica seu primeiro romance, *Memória de setembro*, pela editora José Olympio.

13 de dezembro: entra em vigor o Ato Institucional Número 5, o AI-5, que tirava todas as garantias políticas dos cidadãos da nação. Foi revogado em 31 de dezembro de 1978.

1969 Assume o cargo de subgerente da McCann Erickson, integrando seu Comitê de Operações, com a saída de Emil Farhat da presidência da agência.

O general Emílio Garrastazu Médici assume o terceiro governo da ditadura.

1970 O livro de contos *Matar um homem* é publicado pela editora Martins e apontado entre os melhores do ano. *Memória de setembro* recebe o prêmio Coelho Neto, da Academia Brasileira de Letras, referente ao biênio 1967-1968.

1971 Em jantar realizado no Edifício Itália, recebe mais um prêmio Jabuti, da Câmara Brasileira do Livro, pela obra *Matar um homem* e o prêmio

Guimarães Rosa, no IV Concurso Nacional de Contos do Paraná (Fundepar, Governo do Estado do Paraná), pelo conjunto de obra de contista.

1972   Publica *Circuito fechado*, coletânea de contos, pela editora Martins; essa obra marca uma renovação de estilo nos contos de Ricardo.

1973   Em artigo publicado na primeira semana do ano, Leo Gilson Ribeiro, crítico literário da revista *Veja*, destaca *Circuito fechado* como um dos dez livros mais importantes editados em 1972 no Brasil.

1974   Em razão de seu reconhecimento como profissional da área de comunicação, crítico e ficcionista na época, continua sendo convidado para participar de antologias de contos e outros projetos culturais, além de eventos na área de comunicação e marketing. *As fúrias invisíveis*, romance lançado nesse ano pela Martins, recebe o prêmio de ficção do ano da Associação Paulista dos Críticos de Artes (APCA).

O general Ernesto Geisel assume o quarto governo da ditadura.

1975   Ricardo Ramos, diretor de planejamento, Francisco Gracioso, gerente-geral, e Geraldo Tassinari, diretor de mídia, funcionários da McCann Erickson, associam-se e fundam a Tempo de Publicidade.

Nesse período, que se estenderá pelos quatro anos seguintes, Ricardo inicia sua atividade docente, primeiramente como professor de redação e criação da Faculdade de Comunicação Social Anhembi-Morumbi, depois como professor de história da propaganda na Escola de Comunicação da Fundação Cásper Líbero.

A revista *Status* lança número extra dedicado à literatura latino-americana. Dos vinte contos selecionados, sete são de escritores brasileiros: Ricardo Ramos, Rubem Fonseca, José J. Veiga, Sérgio Sant'Anna, Dalton Trevisan, Roberto Drummond e Nélida Piñon. Participam também escritores como Julio Cortázar, Jorge Luis Borges, Alejo Carpentier, Vargas Llosa e Carlos Fuentes, entre outros.

1976   1º de setembro: em reunião, por unanimidade, Ricardo Ramos é eleito o mais novo imortal da Academia Alagoana de Letras.

1977   11 de fevereiro: toma posse na Academia Alagoana de Letras em solenidade prestigiada por grandes nomes da literatura brasileira, inclusive Jorge Amado. Ocupa a cadeira 10. Nesse mesmo dia, em conjunto com vários intelectuais, assina manifesto contra a censura, que seria entregue ao então ministro da Justiça, Armando Falcão. Publica pela Record o livro de contos *Toada para surdos*.

1979   Wilson Martins volta a acusar Ricardo de ter feito modificações nos originais de *Memórias do cárcere*. Ricardo diz que a ele tocara unicamente escrever o posfácio, e a viúva de Graciliano, Heloísa Ramos, uma vez mais confirma a autenticidade do texto.

Cria com Pedro Herz e Gilberto Mansur, em São Paulo, a HRM Editores Associados, com o nome fantasia de Livraria Cultura Editora, dedicada a divulgar os grandes nomes da literatura brasileira. É o começo da parceria com o filho, Rogério Ramos, na atividade editorial.

É criado o Museu de Literatura de São Paulo, que se instala primeiramente na Casa Guilherme de Almeida, depois na Casa Mário de Andrade. Ricardo é seu organizador e o primeiro diretor.

O general João Baptista Figueiredo assume o quinto e último governo militar da ditadura.

1980   Sai da sociedade da Livraria Cultura Editora. Publica pela Nova Fronteira a coletânea de contos *Os inventores estão vivos*.

É eleito sócio honorário do Instituto Histórico e Geográfico de Alagoas.

1981   Cria com Julieta de Godoy Ladeira, em São Paulo, a LR Editores, dedicada à criação de projetos editoriais exclusivos como brindes de final de ano a clientes e amigos de empresas diferenciadas. O filho Rogério também participa dessa empreitada editorial.

Nesse ano começa uma parceria sua com Iraty Ramos na Bienal Nestlé de Literatura, que se estenderá até 1991. Ricardo organiza todas as edições da Bienal, indicando as comissões julgadoras dos originais candidatos aos prêmios (Vivina de Assis Viana, infantil/juvenil; José Paulo Paes, poesia; Bella Josef, romance; o próprio Ricardo, conto) e se responsabilizando pela edição dos três primeiros colocados de cada categoria pelas grandes casas editoriais do país.

1982   A Tempo de Publicidade é vendida para a agência norte-americana Foote, Cone & Belding. Intensifica sua atuação como professor universitário, agora na Escola Superior de Propaganda e Marketing, a ESPM, onde permanecerá durante todos os anos 1980 e início dos anos 1990. Lá também foi diretor de cursos.

Também nesse período, o dos anos 1980, foi membro do Conselho Estadual de Cultura de São Paulo.

Atua como vice-presidente da União Brasileira de Escritores no triênio 1982-1984.

1984   Fim das atividades da LR Editores. Publica pela Global os contos de *O sobrevivente*.

É novamente o vice-presidente da UBE para o triênio 1984-1986.

O Brasil agita-se na campanha das Diretas Já para presidente da República, fato que só viria a ocorrer em 1989.

Novembro: passa a assinar uma coluna semanal de crônicas no extinto jornal *Folha da Tarde*, do grupo Folha (São Paulo).

1985   Cria com o filho Rogério o selo RR Editores, dedicado a lançar obras financiadas por autores e empresas. A editora encerra suas atividades no ano

2000. Repudia projeto de lei de autoria do então deputado federal Freitas Nobre, que solicitava a regulamentação da profissão de escritor no Brasil. Juntamente com outros escritores brasileiros, como Ivan Ângelo, José Paulo Paes, Renata Pallottini, Márcio Souza, Lygia Fagundes Telles, Nélida Piñon e Antonio Soares Amora, vai a Portugal difundir a literatura brasileira. A mãe, Heloísa, o acompanha para ser homenageada como mulher de Graciliano.

15 de março: José Sarney, vice-presidente, é empossado presidente do Brasil, na impossibilidade de Tancredo Neves, doente, eleito indiretamente pelo Congresso, assumir; tal fato põe fim à ditadura e ao ciclo de militares presidentes.

21 de abril: morre Tancredo Neves.

1986 Mantém sua coluna semanal de crônicas na *Folha da Tarde* até dia 17 de julho. É eleito presidente da UBE para o triênio 1986-1988.

1987 Publica sua primeira novela juvenil, *Desculpe a nossa falha*, pela Scipione, sucesso de crítica, na época, e de público, até hoje.

1988 Publica sua segunda novela juvenil, *Pelo amor de Adriana*, pela Scipione, e seu último livro de contos, *Os amantes iluminados*, pela Rocco. Assina manifesto de apoio às eleições diretas, juntamente com intelectuais e escritores da época.

1989 Ocupa a cadeira 26 na Academia Paulista de Letras.

Pela primeira vez, desde o fim da ditadura de 1964, ocorrem eleições livres para a escolha do presidente do Brasil.

1990 15 de março: Fernando Collor de Mello assume como presidente do país.

1991 Começa a escrever *Graciliano: retrato fragmentado*, sua obra mais pessoal, livro de memórias que resgata e dimensiona para si mesmo a figura paterna. É seu último trabalho escrito, que finaliza pouco antes de morrer.

1992   20 de março: no mesmo dia do mesmo mês em que o pai, Graciliano, morrera 39 anos antes, Ricardo Ramos morre no Hospital São Luís, em São Paulo, às 7h30, vítima de câncer no fígado, com apenas 63 anos. Foi velado na Academia Paulista de Letras e sepultado num sábado, às 10 horas, no Cemitério Gethsêmani, em São Paulo.

29 de dezembro: envolvido em graves casos de corrupção, Collor renuncia e Itamar Franco, o vice, assume a Presidência até 1994.

São publicados postumamente a novela juvenil *O rapto de Sabino*, pela Scipione, e *Graciliano: retrato fragmentado*, pela Siciliano.

Bibliografia de Ricardo Ramos

Ficção

RAMOS, Ricardo. *Tempo de espera*. Rio de Janeiro: José Olympio, 1954. (contos)

___. *Terno de Reis*. Rio de Janeiro: José Olympio, 1957. (contos)

___. *Os caminhantes de Santa Luzia*. São Paulo: Difusão Europeia do Livro, 1959. (Novelas Brasileiras, 4); 2. ed. São Paulo: Martins, 1974; 3. ed. Porto Alegre: Mercado Aberto, 1984. (novela)

___. *Os desertos*. São Paulo: Melhoramentos, 1961. (contos)

___. *Rua desfeita*. Rio de Janeiro: José Álvaro, 1963. (contos)

___. *Memória de setembro*. Rio de Janeiro: José Olympio, 1968. (romance)

___. *Matar um homem*. São Paulo: Martins, 1970; 2. ed. São Paulo: Siciliano, 1992. (contos)

___. *Circuito fechado*. São Paulo: Martins, 1972; 2. ed. Rio de Janeiro: Record, 1978. (contos)

___. *As fúrias invisíveis*. São Paulo: Martins, 1974; 2. ed. Rio de Janeiro: Record, 1977; 3. ed. São Paulo: Círculo do Livro, 1983; 4. ed. 1987. (romance)

___. *Toada para surdos*. Rio de Janeiro: Record, 1977; 2. ed. São Paulo: Círculo do Livro, 1983; 3. ed. 1987. (contos)

___. *Os inventores estão vivos*. Rio de Janeiro: Nova Fronteira. 1980. (contos)

___. *10 contos escolhidos*. Brasília: Horizonte/INL, 1983. (contos)

___. *O sobrevivente*. São Paulo: Global, 1984. Coleção Múltipla. (contos)

___. *Os amantes iluminados*. Rio de Janeiro: Rocco, 1988; 2. ed. 2001. (contos)

___. Los inventores están vivos. ANUÁRIO Brasileño de Estudios Hispánicos. Trad. J. J. Degasperi. São Paulo: Abeh, 1991. p. 256-265.

___. *Melhores contos*. Seil. Bella Jozef. Dir. Edla van Steen. São Paulo: Global: 1998; 2. ed. 2001. Coleção Melhores Contos, 24. (contos)

Juvenis

RAMOS, Ricardo. *Desculpe a nossa falha*. São Paulo: Scipione, 1988; 14. ed. 2010. (Diálogo), (novela)

___. *Pelo amor de Adriana*. São Paulo: Scipione, 1988; 5. ed. 2002. (Diálogo), (novela)

___. *O rapto de Sabino*. São Paulo: Scipione, 1992; 3. ed. 2003. (Diálogo), (novela)

___. *Estação primeira*. São Paulo: Scipione, 1996. (Diálogo); 2. ed. 2006. Coleção O Prazer da Prosa. (contos)

___. *Entre a seca e a garoa*. São Paulo: Ática, 1997; 8. imp. 2004. Coleção Rosa dos Ventos. (contos)

Ensaios e memórias

RAMOS, Ricardo. *Do reclame à comunicação: pequena história da propaganda no Brasil*. São Paulo: Anuário Brasileiro de Propaganda 70-1/Publinform, 1970; 2. ed. São Paulo: Escola de Comunicações e Artes/USP, 1972; 3. ed. São Paulo: Atual, 1985; 4. ed. 1987. (ensaios)

____. *Contato imediato com propaganda*. Dir. Julieta de Godoy Ladeira. São Paulo: Global, 1987; 4. ed. 1998. Coleção Contato Imediato. (ensaios)

____. *Graciliano: retrato fragmentado*. São Paulo: Siciliano, 1992. (memórias)

____. MARCONDES, P. *200 anos de propaganda no Brasil: do reclame ao cyberanúncio*. São Paulo: *Meio & Mensagem*, 1995. (ensaios)

Artigos, resenhas, prefácios e outros

RAMOS, Ricardo. "A paisagem interior de Osman Lins". *O Estado de S. Paulo*, São Paulo, 7 abr. 1965.

____. "Nove, novena". *O Estado de S. Paulo*, São Paulo, 8 mai. 1967. Suplemento Literário.

____. *Jornal de Letras*, Rio de Janeiro, jul. 1967. (edição dedicada a Jorge Amado)

____. "Realismo, em sinal de respeito à criança". *IstoÉ*. São Paulo, n. 32, 3 ago. 1977. p. 40-41.

____. "A literatura como ato de amor". *O Estado de S. Paulo*, São Paulo, 18 set. 1981. (sobre Lygia Fagundes Telles)

____. "Contos e contistas alagoanos". In: CAVALCANTI, Adalberon et al. *Contos alagoanos de hoje*. São Paulo: LR, 1982. (prefácio)

____. "Lembrança de Graciliano". In: GARBUGLIO, J. C. et al. *Graciliano Ramos*. São Paulo: Ática, 1987.

____."Italianos, *ma non troppo*". In: *Contos brasileiros*. Trad. A. Salmoni. São Paulo: Istituto Italiano di Cultura/Instituto Cultural Ítalo-Brasileiro, 1984. p. 1-5. (prefácio)

____. Prefácio. In: ANTÔNIO, João. *Zicartola e que tudo mais vá pro inferno!* São Paulo; Scipione, 1991.

Sobre Ricardo Ramos e sua obra

Obras completas

PINTO, Aroldo José Abreu. *Literatura descalça: a narrativa para jovens de Ricardo Ramos*. São Paulo: Arte e Ciência; Assis/SP: Anep, 1999.

___. *A crônica de Ricardo Ramos*. Garça/SP: Ed. FAEF; Assis/SP: Anep, 2006.

___. (org.) *Ricardo Ramos: mestre do silêncio*. São Paulo: Arte e Ciência, 2010.

Capítulos de livros, prefácio e entrevista

ADONIAS FILHO. "Um livro de contos". In: ___. *Modernos ficcionistas brasileiros*. Rio de Janeiro: *O Cruzeiro*. 1958. p. 135-41.

BOSI, A. (org.). Ricardo Ramos. In: ___. *O conto brasileiro contemporâneo*. São Paulo: Cultrix/Ed. da Universidade de São Paulo, 1975.

GARBUGLIO, J. C. "Ricardo Ramos, o sobrevivente". In: RAMOS, Ricardo. *O sobrevivente*. São Paulo: Global, 1984. p. 7-12. (prefácio)

GUINSBURG, J. "A caminho de si". In: ___. *Motivos*. São Paulo: Conselho Estadual de Cultura, 1964. p. 77-83.

LADEIRA, J. G. "Reflexões fragmentadas sobre Ricardo Ramos". In: ___. *O desafio de criar*. São Paulo: Global, 1995.

PAES, J. P. "Literatura descalça". In: ___. *A aventura literária: ensaios sobre ficção e ficções*. São Paulo: Companhia das Letras, 1990. p. 125-9.

PINTO, Aroldo José Abreu. "Em busca do avesso: A noite do travesseiro, de Ricardo Ramos". In: PEREIRA, Rony Farto; BENITES, Sonia Aparecida Lopes (orgs.). *À roda da leitura: língua e literatura no jornal* Proleitura. São Paulo: Cultura Acadêmica, 2004. p. 147-51.

____. "A representação crítica do cotidiano na crônica 'O passarinho na vidraça', de Ricardo Ramos". In: PINTO, Aroldo José Abreu; ALVES, Fábio Lopes (orgs.). *Representações sociais em comunicação: fragmentos de história em histórias*. São Paulo: Editora Arte e Ciência, 2007. p. 139-62.

____. "A opção pelo não utilitário". In: CECCANTINI, João Luís; PEREIRA, Rony Farto. (orgs.). *Narrativas juvenis: outros modos de ler*. São Paulo: Editora Unesp/Anep, 2008. p. 123-47.

____. "Falando grosso e pisando duro: a recepção crítica de Tempo de Espera em periódicos". In: PINTO, Aroldo José Abreu; GOMES, Leandro Eduardo Wick (orgs.). *Ver e entrever a comunicação: sociedade, mídia e cultura*. São Paulo: Arte e Ciência, 2008. p. 155-80.

____. "A opinião na mídia impressa contemporânea: a crônica de Ricardo Ramos e a percepção crítica da realidade". In: PINTO, Aroldo José Abreu; SOUZA, Shirlene Rohr de (orgs.). *Opinião na mídia contemporânea*. São Paulo: Arte e Ciência, 2009. p. 151-66.

____. "Literatura e comunicação: as *nordestinas* na capital. In: PINTO, Aroldo José de; SOUZA, Abreu; ROHR, Shirlene (orgs). *Arte e comunicação em um mundo fungível*. São Paulo: Arte e Ciência, 2011. p. 63-81.

PÓLVORA, H. "Ricardo Ramos". In: ____. *A força da ficção*. Petrópolis: Vozes, 1971. p. 28-32.

RICCIARDI, G. "Ricardo Ramos". In: ____. *Escrever: origem, manutenção, ideologia*. Bari: Libreria Universitaria, 1988.

STEEN, Edla van. "Ricardo Ramos". In: ____. *Viver & escrever*, 1. 2. ed. rev. e aum. Porto Alegre: L&PM, 2008. Vol. 3 (Col. L&PM Pocket). (entrevista)

TÁTI, M. "Terno de Reis". In: ____. *Estudos e notas críticas*. Rio de Janeiro: Instituto Nacional do Livro, 1958. p. 14-6.

TORRES, Antônio. "Tirando o pai de letra". In: ____. *Sobre pessoas*. Belo Horizonte: Leitura, 2007.

Citações em obras de referência

ABREU, Alzira Alves de; PAULA, Christiane Jalles de (orgs.). *Dicionário histórico-biográfico da propaganda no Brasil*. Rio de Janeiro: FGV/ABP, 2007. p. 209.

BOSI, A. *História concisa da literatura brasileira*. 3.ed. São Paulo: Cultrix, 1989. p. 437, 476.

COUTINHO, A. A *literatura no Brasil*. 3. ed. Rio de Janeiro: José Olympio, 1986. vol. 6, p. 286-7.

COUTINHO, A. Souza, J. G. *Enciclopédia de literatura brasileira*. Rio de Janeiro: FAE, 1989. vol. 2, p. 1122.

MENEZES, R. *Dicionário literário brasileiro*. 2. ed. Rio de Janeiro: LTC, 1978. p. 563.

Artigos publicados em revistas e outros periódicos

Revistas

AVELIMA, L. "Ricardo, um ser iluminado". *Linguagem Viva*, São Paulo, vol. 32, 1º abr. 1992. Ano III, (Publicação da União Brasileira de Escritores – UBE).

CASTELO, J. A. "A afirmação de um contista". *Revista Anhembi* (São Paulo), p. 120-2, dez. 1957.

DÉCIO, J. "Os desertos". *Alfa* (São Paulo) DF/FFCL, 1962. p. 121-4.

JOSEF, B. "Ricardo Ramos: os amantes iluminados". *Colóquio/Letras* (Lisboa), p. 275, jul.-dez. 1991.

PINTO, Aroldo José Abreu. "O modo de representação da realidade em *Pelo amor de Adriana*, de Ricardo Ramos". *Leitura, Teoria & Prática* (Campinas), São Paulo, vol. 28, p. 28-34, 1996.

___. "A humanização do espaço em *Desculpe a nossa falha*". *Revista Científica Eletrônica de Pedagogia*, Garça/SP, vol. 3, 2004.

___. "A crônica no contexto da *Folha da Tarde*: tradição vincada pelas pulsações urbanas". *Comunicação. Veredas* (Unimar), vol. I, p. 337-45, 2005.

___; SILVA, Eleusa Ferreira da. "Traços de estilo de Ricardo Ramos e a (in)conveniência da crítica sobre *Terno de Reis*, de 1957". *Revista Ecos* (Cáceres), vol. 7, p. 21-29, 2008.

___. "Trivial variado, de Ricardo Ramos: proposição afirmativa e negativa do múltiplo no corriqueiro. Revista Alere/Programa de Pós-graduação em Estudos Literários PPGEL. Ano 4, vol. 4, n. 4, dez. 2011. p. 179-97.

RIBEIRO, L. G. "Prosa aberta". *Veja*, São Paulo: Abril, n. 226, p. 56-57, 3 jan. 1973.

Jornais

ALMEIDA, H. "Diálogo é sempre bom. E faz falta". *O Estado de S. Paulo*, São Paulo, 6 set. 1987. Caderno 2.

ALVAREZ, R. V. "Literatura infantojuvenil". *Jornal das Letras*, abr. 1988. Segundo Caderno.

ANTÔNIO, J. "O mestre do silêncio". *Jornal do Brasil*, Rio de Janeiro, 10 abr. 1992.

AQUINO, M. "Para entender o velho Graça". *Jornal da Tarde*, 31 out. 1992. Caderno de Sábado, p. 5.

ATHAYDE, T. "Um mestre do silêncio". *Jornal do Brasil*, Rio de Janeiro, 1968.

BELINKY, T. "Fernando Sabino, Fernando Portela, Ricardo Ramos: qualidade para jovens". *Jornal da Tarde*, 12 set. 1987.

BRAIT, B. "Ramos (e seu mais recente exílio no presente)". *O Estado de S. Paulo*, São Paulo, 3 dez. 1977, p. 18.

BRITO, O. L. "Livros: quatro romances brasileiros e um inglês". *O Diário*, São Paulo, 2 set. 1987.

CARVALHAL, T. "Ricardo retratou a multiplicidade do pai". *Zero Hora*, 9 dez. 1992. Segundo Caderno, p. 3.

CICCACIO, A. M. "Morre o escritor Ricardo Ramos". *Jornal da Tarde*, São Paulo, 21 mar. 1992. Variedades, p. 18.

___. "Ricardo Ramos, biógrafo do pai". *Jornal da Tarde*, São Paulo, 1º out. 1992. Variedades, p. 22.

"DIÁLOGOS para o leitor jovem". *O Globo*, Rio de Janeiro, 28 set. 1987. Segundo Caderno, p. 2.

DONATO, H. "Despedida". *Jornal de Itabuna*, 20 abr. 1992, p. 16.

"ESCRITOR Ricardo Ramos morre aos 63". *Folha da Tarde*, 21 mar. 1992.

FISCHER, A. "Um mestre do conto". *O Estado de S. Paulo*, São Paulo, 2 jul. 1978. Suplemento Cultural, p. 9.

GUERRA, G. "Ricardo Ramos". *Jornal da Bahia*, 1º abr. 1992.

GUIMARÃES, T. "Bilhete a Ricardo Ramos". *Folha da Tarde*, São Paulo, 5 dez. 1977. Folha da Tarde Ilustrada.

HELENO, G. "Desculpe a nossa falha". *Correio Braziliense*, Brasília, 10 jan. 1988. Caderno Aparte, p. 3.

HENRIQUE, L. "Ah! Aqueles olhares!" *A Tarde*, Bahia. 7 dez. 1992.

HOHLFELDT, A. "A avaliação irônica das falhas do ensino formal". *Diário do Sul*, Porto Alegre, 17 ago. 1987.

___. "Diálogos variados na busca da imaginação e da fantasia". *Diário do Sul*, Porto Alegre, 21 set. 1987.

KONDER, R. "O silêncio de Ricardo Ramos". *O Estado de S. Paulo*, São Paulo, 8 nov. 1993.

LINHARES, T. "Contistas de hoje". *O Estado de S. Paulo*, São Paulo, 5 out. 1957. Suplemento Literário, p. 1.

___. "Do conto para o romance". *O Estado de S. Paulo*, São Paulo, 15 fev. 1969. Suplemento Literário.

MAIA, A. M. "Fantásticas figuras do sonho e da realidade". *A Tarde*, Bahia, 29 nov. 1992. Caderno 2.

MAIA, P. M. "Velho Graça: biografias que se completam". *A Tarde*, Bahia, 12 dez. 1992. Cultural, p. 9-10.

MARTINS, M. "Uma obra em estado de graça". *Jornal do Brasil*, 24 out. 1992. Ideias/Livros & Ensaios, p. 6-7.

MENGOZZI, F. "Para fazer pensar, mais ficção de Ricardo Ramos". *O Estado de S. Paulo*, São Paulo, 20 ago. 1980. Suplemento Literário, p. 19.

MOREIRA, M. "Um Ricardo, tantos Ramos". *Meio e Mensagem*, 4 maio 1992. p. 5.

"MORRE aos 63 o escritor Ricardo Ramos". *Folha de S.Paulo*, São Paulo, 21 mar. 1992. Ilustrada, p. 4.

PAES, J. P. et al. "Ricardo Ramos visto pelos amigos". *O Escritor* (São Paulo), vol. 64. p. 3, abr./mai./jun. 1992. (Jornal da União Brasileira de Escritores – UBE).

PRADO, M. "A Bienal e o troféu Calíope". *Diário de Pernambuco*, 10 jul. 1991, p. 4.

RESENDE, O. L. "Inteligência e consumo: onde estão os mestres". *Folha de S.Paulo*. São Paulo, 29 nov. 1992. Ilustrada, p. 6.

___. "Vidas que, contadas, dão notícia do Brasil". *Folha de S.Paulo*, São Paulo, 6 dez. 1992. Ilustrada, p. 6.

SANTOS, H. "Ricardo Ramos". *O Estado de S. Paulo*, São Paulo, 21 mar. 1992. Caderno 2, p. 2.

___. "Filho mostra as fúrias de Graciliano Ramos". *O Estado de S. Paulo*, São Paulo, 20 out. 1992. Caderno 2, p. 1.

___. "Adultério em *Vidas secas* provoca polêmica". *O Estado de S. Paulo*, São Paulo, 27 out. 1992. Caderno 2, p. 2.

SILVEIRA, A. "Inovações em um romancista". *O Estado de S. Paulo*, São Paulo, 23 jul. 1960. Suplemento Literário.

SOLOMÓNOV, B. "Os contos de Ricardo Ramos". *Revista Brasiliense*, vol. 21, jan.-fev. 1959.

___. "Caminhos da rua desfeita". *O Estado de S. Paulo*, São Paulo, 21 mar. 1964. Supl. Literário.

SQUEFF, Ê. "Ricardo Ramos em circuito aberto". *O Estado de S. Paulo*, São Paulo, 1º abr. 1973. Suplemento Literário.

URBIM, C. "Três dinastias em estado de graça". *Zero Hora*, 10 dez. 1992. Segundo Caderno, p. 6.

VANDERLEI, R. "Ricardo Ramos, escritor, jornalista e professor: a trajetória intelectual do filho de Graciliano". *Gazeta de Alagoas*, 22 mar. 1992. Supl. Especial, p. b-11.

VIANA, V. A. "Sem mediações". *Leia*, vol. 108, p. 66, out. 1987.

___. "Diálogo com Ricardo Ramos". *Afinal*, 27 out. 1987.

XISTO, F. "Série especial para atingir o público jovem". *Correio da Bahia*, 2 out. 1987. p. 3.

Dissertações e teses

GOMES, Maria Aparecida de Jesus. *Os contos ricardianos e a questão da identidade*, 2001. 106f. Dissertação (mestrado em comunicação e letras) – Instituto Presbiteriano Mackenzie, IPM, São Paulo, 2001.

PINTO, Aroldo José Abreu. *A literatura "juvenil" de Ricardo Ramos: sedução e fruição estética*, 1996, 191f. Dissertação (mestrado em letras). Faculdade de Ciências e Letras, Universidade Estadual Paulista, Unesp, Assis, 1996.

___. *Elevado ao "rés-do-chão": tensão crítica nas crônicas de Ricardo Ramos* (Folha da Tarde *1984-1986)*, 2004, 514f. Tese (doutorado em letras). Faculdade de Ciências e Letras, Universidade Estadual Paulista, Unesp, Assis, 2004. Vol. 2.

Índice remissivo

A

ABDE (Associação Brasileira de Escritores), 16, 116, 118-122, 125, 135
ABL (Academia Brasileira de Letras), 107, 176-177
Abranches, Carlos, 75
Academia Brasileira de Letras *ver* ABL
Accioly, Breno, 59, 78-79, 171
Adonias Filho, 98
Agreste, 11, 29, 34, 37, 105
Alagoas, 31, 39-40, 44-45, 49-51, 61, 70, 110, 112, 144, 169-170, 179; *ver também* Maceió; Palmeira dos Índios
Alencar, José de, 59, 95
Almeida, Lauro de, 31
Almeida, Manuel Antônio de, 96
Alves, Francisco, 134
Alves, Oswaldo, 59, 106, 127
Amado, James, 12, 25, 34, 67, 146
Amado, Joelson, 161
Amado, Jorge, 25, 36-37, 39, 60, 63, 96, 107, 118, 123-125, 129, 136-137, 158-160, 163-164, 170, 179
Amazonas, 43
América Latina, 92
Américo, José, 27, 39-40
Andrade, Ary de, 136
Andrade, Carlos Drummond de *ver* Drummond de Andrade, Carlos
Andrade, Mário de, 14, 179
Andrade, Oswald de, 96, 164
Andrade, Rodrigo Melo Franco de, 165
Andreiev, Leonid, 68, 96
Angústia (Graciliano Ramos), 10, 22, 44, 66-68, 92, 97-98, 123, 159, 167, 170
Anjo lacrado, O (Leskov), 68
Anticomunismo, 118; *ver também* comunistas
Antologia de contos *ver* Contos brasileiros (org. Graciliano Ramos)
Aragon, Louis, 65
Araújo, Raimundo, 59, 73-74, 82, 110, 116, 127-130, 134, 141, 171
Arinos, Afonso, 116-118, 176
Artistas, 14, 61, 112

Ásia Menor, 128
Assembleia Constituinte, 110-111
assírios, 127
Assis, Machado de, 50, 64, 95-96, 145, 155
Associação Alagoana de Imprensa, 42
Associação Brasileira de Escritores *ver* ABDE
Ateísmo, 138, 141
Atlântico (revista), 62, 165
Austregésilo, Laura, 85, 120
Áustria, 61
Auto, José, 41
Autour de la mort (Flammarion), 88
Avant la mort (Flammarion), 88
Avelar, Romeu de, 156-157
Azevedo, Aluísio, 95

B

Bábel, Isaac, 68
Bagaceira, A (José Américo de Almeida), 27, 39
Bahia, 56, 59
"Baleia" (Graciliano Ramos), 95
Balzac, Honoré de, 65, 96, 129
Bandeira, Manuel, 74, 96, 157
Banditismo, 37
Banguê (José Lins do Rego), 95
Barata, Agildo, 43, 152
Barbusse, Henri, 65
Barcelona, 7
Barreto, Lima, 102
Basílio, dom, 79
Bastos, Humberto, 41-42
Beccaria, Cesare, 93
Belo Horizonte, 15, 71
Bíblia, 79, 95
Bittencourt, Paulo, 77, 101
Bloco Operário e Camponês, 73
Bolero (Ravel), 100
Bolshoi, Balé, 131
Borba, Osório, 59
Borba, Sílvio, 59, 72, 127, 129, 172
Borja, Célio, 72
Branco, Aloísio, 41-42
Brandão, Octávio, 15, 55, 73
Brandão, Théo, 41-42
Brecht, Bertolt, 38
Brigadas Internacionais Espanholas, 152
Brilhante, Jesuíno, 37
Brito, Letelba Rodrigues de, 123
Bruno, Haroldo, 136
Buarque de Holanda, Aurélio, 16, 41-42, 59-61, 67, 73, 76, 96, 98, 107, 118, 157, 170-171
Buarque de Holanda, Marina, 61, 171
Buenos Aires, 117, 133-135
Burlá, Eliezer, 106

C

Cabral, João *ver* Melo Neto, João Cabral de
Caetés (Graciliano Ramos), 59, 63, 89, 97-98, 156, 159, 170

Caixa Econômica, 105
Calazans, José Luís, 116
Callado, Antonio, 62, 76
Câmara Municipal do Rio de Janeiro, 10, 23, 135
Câmara, Arruda, 109, 119, 124-125, 129, 150
Caminha, Adolfo, 95
Caminho, O (Octavio Brandão), 15, 73
Caminhos cruzados (Erico Verissimo), 74
Campos, Humberto de, 59, 103
Campos, Moreira, 74
Camus, Albert, 16, 94
Cândido (Voltaire), 65
Candido, Antonio, 98-99
Cangaceiros, 11, 36-37, 5; *ver também* Lampião
Cangaceiros, Os (Lins do Rego), 37, 157
Cannes, 131
Capanema, Gustavo, 165
Capote, O (Gógol), 68
Carlos Magno, Paschoal, 23, 25
Carpeaux, Helena, 61, 171
Carpeaux, Otto Maria, 61, 68, 71, 76, 98, 171
Carpenter, Luiz, 15, 17, 127, 129-130
Cartas (Graciliano Ramos), 67
Cartier-Bresson, Henri, 7-9
Carvalho, Zacharias de Sá, 109, 149
Castro, Moacyr Werneck de, 98

Castro, Rômulo de, 89
"Causa secreta, A" (Machado de Assis), 64
Cavalcanti, Francisco, 31-32
Cavalcanti, Freitas, 25, 42
Cavalcanti, Newton, 47
Cavalcanti, Otávio, 31
Cavalcanti, Paulo, 73
Cavalcanti, Povina, 42
Cavalcanti, Valdemar, 41-42, 60, 86, 170
Célula Luiz Carpenter, 15, 17, 127
Célula Theodore, Dreiser, 16, 84-85
Cemitério São João Batista, 25
Centro Excursionista Brasileiro, 75
Chateaubriand, Assis, 53, 171
circo e outros contos, o (Ricardo Ramos), 158
Coelho Neto, 59, 177
Colégio Pedro II, 76
Colégio São Bento, 16, 79
comédia humana, A (Balzac), 65
Comunistas, 43, 62, 77, 114, 116-118, 125, 151
comunistas, Os (Louis Aragon), 65
Concretismo, 161
Condé, João, 107
Conjuntura Econômica (revista), 152
Constituinte *ver* Assembleia Constituinte
Construção Socialista, 68
Contos brasileiros (org. Graciliano Ramos), 95

Contramão (Antônio Olavo Pereira), 157
"Conversa de bois" (Guimarães Rosa), 103
Copa do Mundo (1950), 101-102
"Coração alado" (Moreira Campos), 74
Corpo de baile (Guimarães Rosa), 104
Correio da Manhã, 16, 76-77, 86, 101, 172, 176
Costa, Dias da, 103
Coutinho, Alcedo, 108, 132
Cristianismo, 128
"Cristo e o grande inquisidor, O" (Wilson Martins), 156
Crítica literária, 22, 87, 98-99, 115, 121-122, 151, 154, 156, 160, 164, 174, 181
Cruzeiro, O, 107, 150
Cubano, ladrão, 91
Cultura Política (revista), 62, 101, 165

D

Dança do fogo (De Falla), 100
Daudet, Alphonse, 65
De Falla, Manuel, 100
Diários Associados, 53, 171
Diégues Júnior, 41-42
"Dois dedos" (Graciliano Ramos), 95
Don silencioso, O (Sholokhov), 68-69
Donato, Mário, 118
Dostoiévski, Fiódor, 68, 71, 96
Dreiser, Theodore, 16, 84-85
Drummond de Andrade, Carlos, 14, 111, 117-118, 135, 140, 145, 165, 174
Drummond de Andrade, Maria Julieta, 87
Duarte, Emmo, 158
Dutra, Lia Correa, 117
Dvorkin, Alina, 142
Dvorkin, Eusébio, 25, 142

E

Editora Orfeu, 158
Editorial Vitória, 135
Egito, 128
Ehrenburg, Ilya, 68, 125
Escola de Aprendizes-Marinheiros (Recife), 57
Escritores, 16, 21-23, 41, 61, 79, 84, 96, 103, 107, 111-112, 114, 116, 118-120, 125, 134-136, 148, 159-160, 162, 164-165, 170, 178, 180-181
Espiritismo, 88
Esquerda Política, 84, 116, 166; *ver também* comunistas; Partido Comunista
Estado de S. Paulo, O, 154
Estado Novo, 9, 14, 22, 61-62, 102, 164, 166, 171
Estados Unidos, 94, 117, 133, 161
Estrela, Arnaldo, 126
Estruturalismo, 161
Europa, 36

F

Fadeiev, Alexander, 135
Falcão, Barreto, 41
Farhat, Emil, 106, 173, 177
Fast, Howard, 85
Fenícios, 127
Fernando de Noronha, 75
Ferri, Enrique, 93
Ficção e confissão (Antonio Candido), 99
Fiedin, Konstanty, 68
Figueiredo, Guilherme, 106
Filosofia, 59, 127-128
Flamengo (time), 102
Flammarion, Camille, 88
Flaubert, Gustave, 65
Fogo morto (Lins do Rego), 74, 102
Folha Carioca, 70
France, Anatole, 65
Freitas, Newton, 117
Freud, Sigmund, 100
Freyre, Gilberto, 42, 154
Fúrmanov, Dimitri, 68
futebol, 102, 108

G

Gandhi, Mahatma, 130
Gárchin, Vsevolod Mikhailovich, 68
Garcia, Nelson Jahr, 166
Garofalo, Raffaele, 93
Gattai, Zélia, 124
Geórgia (URSS), 125
Gerardo, dom, 79

Ghiggia (jogador), 101
Ghioldi, Rodolfo, 133-134
Gide, André, 43
Gladkov, Fiódor, 68
Goeldi, Oswaldo, 61, 171
Gógol, Nikolai, 68, 96
Gold, Michael, 85
Górki, Maksim, 68, 96, 129
Grabois, Maurício, 150
"Graciliano Ramos" (João Cabral), 147
Gramsci, Antonio, 71
Grande sertão: veredas (Guimarães Rosa), 104
Grécia, 127
Grieco, Agripino, 98
Guerra e paz (Tolstói), 68
Guerra Fria, 84, 118
Guerra, Carrera, 127
Guimarães, Alberto Passos, 41-42, 63
Guimarães, Reginaldo, 24-25, 59, 110, 127-130, 132-133, 136, 172
Gusmão, Carlos de, 31
Gutemberg, O, 42

H

Heródoto, 128
Hirszman, Leon, 123
"história da velha Parker, A" (Mansfield), 68
Histórias agrestes (org. Ricardo Ramos), 160

Histórias de Alexandre (Graciliano Ramos), 54, 98, 160, 166
Histórias incompletas (Graciliano Ramos), 59
Holanda, Aurélio Buarque de *ver* Buarque de Holanda, Aurélio
Hollywood, 118
homicida, O (Ferri), 93
Homossexuais, 84
"hora e vez de Augusto Matraga, A" (Guimarães Rosa), 103
Hungria, 161

I

Ilha Grande, colônia correcional da, 75, 91, 123, 167
Ilusões perdidas, as (Balzac), 65
Ilustre casa de Ramires, A (Eça de Queiroz), 66, 96
Imortalidade, 141; *ver também* espiritismo
Império Romano, 128
Imprensa Oficial de Alagoas, 40, 42, 46, 169-170
Imprensa Popular, 157
Índio, O, 12, 32-34, 42
Infância (Graciliano Ramos), 11, 27-30, 54, 70, 74, 83, 97-98, 159-160, 166
inimigo, O (Tchekhov), 68
Insônia (Graciliano Ramos), 95, 159-160
Instituto de Estudos Brasileiros (USP), 164

Instituto La-fayette, 71
Instrução Pública de Alagoas, 44, 46, 170
internacional comunista, 151
Itararé, Barão de, (Apporelly) 152
Ivo, Lêdo, 59, 166, 171

J

Jararaca, humorista *ver* Calazans, José Luís
Jardim de inverno (Gattai), 124
Jardim, Luís, 103
Jdanov Andrei, 16, 85, 114, 129
Jornal do Brasil, 164, 174
José Olympio, Livraria *ver* Livraria José Olympio
Jurandir, Dalcídio, 24-25, 118, 124-126, 131, 157-158, 163

K

Kafka, Franz, 127
Kalugin, Oleg, 126
Khrushchev, relatório *ver* Relatório Khrushchev
Korolenko, Vladimir, 68
Kremlin, 84
Kubitschek, Juscelino, 160, 174-175

L

Lacerda, Carlos, 53, 56, 119, 151, 171
Lacerda, Jorge, 86
Laclos, Choderlos de, 65

"Lama e folhas" (Moreira Campos), 74
Lampião (Rachel de Queiroz), 37
Lampião, Virgulino Ferreira, *dito*, 28, 35-38
Leite, José, 133, 136, 139, 141-142
Leite, Otávio Dias, 59
Lênin, Vladimir, 68, 157
Leningrado, 125
Leonov, Valerii, 68
Leskoschek, Axl, 61, 171
Lessa, Orígenes, 106-107, 131, 173
Levante de Varsóvia, 143
Lermontov, Mikhail, 68
Leskov, Nicolai, 68
Lima, Hermes, 130
Lima, Jorge de, 41-42, 60, 118, 135
Lima, Melo, 59, 127
Lima, Paulo Motta, 31, 81
Lima, Pedro Motta, 31, 40, 42, 70
Lima, Priscila, 70
Lima, Raul, 41-42, 60, 86
Linhas tortas (Graciliano Ramos), 102, 146
Lins, Álvaro, 86, 98
Lisboa, 131
Livraria Independência, 135
Livraria José Olympio, 54, 59, 81, 90, 153; *ver também* Olympio, José
Lobato, Mílton, 132
Lobo, capitão, 91
Lobo, Eduardo Barros, 65
Loja Sincera, 11-12, 33
Lombroso, Cesare, 93
London, Jack, 16, 84
Lopes Neto, Simões, 95
Lopes, Valdemar, 70
"Lozinha" *ver* Ramos, Heloísa (esposa de Graciliano)
"Luís Carlos Prestes" (Graciliano Ramos), 113
Luz del Fuego, vedete, 116

M

Macedo, padre, 32
Maceió, 13, 28, 36, 39, 41-43, 50, 56-57, 59-60, 65, 73, 77, 112, 123, 127, 169-171; *ver também* Alagoas
Machado de Assis, Joaquim Maria *ver* Assis, Machado de
Machado, Aníbal, 14, 163
Maias, Os (Eça de Queiroz), 96
Mansfield, Katherine, 68
Mao Tsé-tung, 161
Maracanã, 101
Maria Bonita, 36; *ver também* Lampião
Maria Perigosa (Luís Jardim), 103
Marighella, Carlos, 109-110
Mário Filho, 102
Marivaux, Pierre de, 65
Martins, Wilson, 98, 154, 156, 163-164, 173, 179
Marx, Karl, 85
Máscara mortuária de Graciliano, 10, 23-24

"Máscara mortuária de Graciliano Ramos" (Vinicius de Moraes), 147
Massacre da Praça da Paz Celestial (1989), 161
Mato Grosso, 43
Maupassant, Guy de, 65
Maurois, André, 65
Medauar, Jorge, 106, 176
Medeiros, Américo (pai de Heloísa Ramos), 170
Medeiros, Luís Augusto de, 59, 133
Mello, Arnon de, 42
Melo Neto, João Cabral de, 145, 147-148
Melo, Afrânio, 41-42, 60
Melo, José Maria de, 28
Memórias de um negro (Booker Washington), 94
Memórias do cárcere (Graciliano Ramos), 17, 21-22, 29, 45, 47, 54, 71, 75, 112, 121-123, 129, 148, 150-152, 154, 156-157, 159-160, 162-164, 173, 179
Mendes, Murilo, 74, 141
Mercadante, Paulo, 17, 24, 59, 108, 119, 126, 127, 130, 166, 172
Meridional, agência de notícias, 53, 171
Mérimée, Prosper, 65
Metempsicose, 128
México, 152
Mileto, 128
Milliet, Sérgio, 98

Minas Gerais, 43
Ministério da Educação e Cultura, 162
"Minsk" (Graciliano Ramos), 95
Miranda, Pontes de, 41, 119
missa do ateu, A (Balzac), 65
moleque Ricardo, O (Lins do Rego), 41
Moraes Neto, Prudente de, 103
Moraes, Vinicius de, 147
Morais, José Alcides de, 32
Morena, Roberto, 25, 154
mort et son mystère, La (Flammarion), 88
morte de Ivan Ilitch, A (Tolstói), 68
"Mortos vivos" (Mendes), 141
Moscou, 73, 124-125, 131, 161
Movimento Constitucionalista de 1932, 13, 46
Música, 100

N

Nagy, Imre, 161
Nascimento, Dirceu, 53
negro no futebol brasileiro, O (Mário Filho), 102
Neiva Filho, Aloysio, 127, 132
Neruda, Pablo, 123-124
Nordeste brasileiro, 35, 37, 47, 49, 62, 141, 145, 165

O

Obras completas (Graciliano Ramos), 162

Olympio, José, 73-74, 91, 157-160
Oscar, barbeiro, 66

P
Paes, Álvaro, 31-32
Paes, José Paulo, 167, 180-181
Paim, Alina, 106
Palmeira dos Índios (Alagoas), 11, 13, 27, 31-32, 34-37, 39, 43, 50, 57, 70, 88-89, 93, 127, 138, 169-170
Palmeira, Rui, 42
Palmeira, Sinval, 117, 140
Para Todos (periódico), 118, 174
Paris, 51, 131,
Partido Comunista, 14-16, 56, 59, 61, 71, 79, 111-112, 133, 142, 149, 154, 161, 164
Pasternak, Boris, 69
Paurílio, Carlos, 41-42
PC *ver* Partido Comunista
Peregrino Júnior, João, 103, 136
Pereira, Antônio Olavo, 96, 157, 160
Pereira, Astrojildo, 98, 118, 125, 148-149, 158, 162
Pereira, Daniel, 160
Pereira, Lúcia Miguel, 98
Pernambuco, 13, 39, 43, 49
Perón, Evita, 133
Peste, A (Camus), 16, 94
Pires, Homero, 59, 116-119
Plutarco, 127
Polônia, 143
Pontes, Carlos, 42

Pontes, Mário, 153, 163
populismo, 59, 62
Portinari, Candido, 24, 61, 112, 117, 123, 144, 171
Portinari, Maria, 171
"Portrait d'un marchand de légumes" (Cartier-Bresson), 7
Praga, 124, 131
Prestes, Luís Carlos, 14-15, 56, 60, 71, 73, 85, 110, 113-114, 116, 119, 125, 131, 151, 161
Primeiro Congresso dos Escritores Soviéticos, 16
Púchkin, Alexander, 68

Q
Quadros e costumes do Nordeste (Graciliano Ramos), 62, 165
Quadros, Jânio, 111, 176
Quebrangulo (Alagoas), 50
Queiroz, Eça de, 50, 66, 96
Queiroz, Rachel de, 37, 41-42, 60, 96, 107, 170

R
Ramos, Anália (irmã de Graciliano, "Daia"), 138-139
Ramos, Arthur, 41
Ramos, Clara (filha de Graciliano, "Clarita"), 25, 66, 133, 135, 163-164, 170
Ramos, Clodoaldo (irmão de Graciliano), 67

Ramos, Clóvis (irmão de Graciliano), 34, 67
Ramos, Heitor (irmão de Graciliano), 67
Ramos, Heloísa (esposa de Graciliano), 11, 23-25, 46, 51, 53, 63, 64, 66, 70, 74, 87, 124, 130, 133, 136, 140, 146, 149-150, 164, 169-171, 173, 179, 181
Ramos, Iguatemy, 56
Ramos, Júnio (filho de Graciliano), 14, 23-25, 57-58, 66, 80, 108-109, 169
Ramos, Lígia (irmã de Graciliano), 67
Ramos, Luiza (filha de Graciliano), 82, 133, 135, 170
Ramos, Márcio (filho de Graciliano), 14-15, 53, 57-58, 80, 86, 105, 108-110, 140, 169
Ramos, Maria Amélia (mãe de Graciliano), 29-30
Ramos, Maria Augusta (primeira esposa de Graciliano), 57, 169
Ramos, Marise (esposa de Ricardo), 23, 82, 135, 141-143, 172-173
Ramos, Múcio (filho de Graciliano), 14, 57-58, 109, 169
Ramos, Otacília (irmã de Graciliano), 67
Ramos, Otília (irmã de Graciliano), 67
Ramos, Roberto (filho de Graciliano), 169
Ramos, Rogério (neto de Graciliano), 174, 179-180
Ramos, Sebastião (pai de Graciliano), 10-11, 27-31, 35, 57, 88, 142, 170
Ramos, Vanda (irmã de Graciliano), 67
Ramos Filho, Ricardo (neto de Graciliano), 158
Ravel, Maurice, 100
realismo socialista, 16, 61, 69, 85, 114, 116, 125, 129, 165
Rebelo, Marques, 62, 64, 74, 95-96, 103, 118
Recife, 47, 57, 73, 91
Reed, John, 16, 84
Região Militar do Nordeste, 47
Rego, Costa, 31-32, 42, 76
Rego (Zélins), José Lins do, 37, 41-42, 60, 91-92, 96, 102, 107, 117-118, 129, 136, 157- 159, 170
Reis, José, 41
Relatório KhrusHchev, 161, 163
Renault, Abgar, 165
Resende, Leônidas de, 130
Revolução de 1930, 13, 43, 45
Revolução Espanhola, 143
Revolução Russa, 68
Reynal, Béatrix, 61, 171
Rio de Janeiro, 10, 13-14, 43, 135, 162, 170-174, 177
Rio Grande do Sul, 13, 43-44, 120
Rollemberg, Antônio, 54-55, 141
Roma, 127-128

Rónai, Nora, 61, 171
Rónai, Paulo, 61, 65, 73, 171
rosa do povo, A (Drummond de Andrade), 74
Rosa, Guimarães, 103-104, 178
Rússia, 43; *ver também* Moscou; União Soviética

S
Sagarana (Guimarães Rosa), 103-104
Salgado, Plínio, 49
Salles, Fritz Teixeira de, 59
Saltykov-Schedrin, Mikhail, 68
Sampaio, Juca, 31
Santa Catarina, 13, 43
Santa Rosa, Tomás, 63, 92
Santos, Joaquim Silveira dos, 152
Santos, Rui, 122
Santos, Wilson Lopes dos, 108
São Bernardo (Graciliano Ramos), 9, 21-22, 28, 34, 66, 92, 97-98, 122-123, 159, 170
Sarcey, Francisque, 66
Schmidt, Augusto Frederico, 89, 135, 140, 145
Segunda Guerra Mundial, 143, 171-172
Segundo Congresso Brasileiro de Escritores (Belo Horizonte), 15, 71
Sergipe, 43, 49
Serra Talhada (Pernambuco), 35
Sete enforcados, Os (Andreiev), 68
Shakespeare, William, 87

Sholokhov, Mikhail, 68
Siège de Paris, Le (Sarcey), 66
Silveira, Paulo, 41
Silvino, Antônio, 37
Soares, Leobino, 33
Sodré, Nelson Werneck, 98, 153
Soljenítsyn, Aleksandr, 69
Sonata a Kreutzer, A (Tolstói), 69
Sousa, Afonso Félix de, 136
Sousa, Octávio Tarquínio de, 73, 98-99, 154
Stálin, Josef, 15-16, 68, 126, 130-131, 137, 141
Stendhal, 65
Svevo, Ítalo, 145

T
Tchekhov, Anton, 68, 96
Tempos Novos, 126
Tenentistas, 43
terra dos meninos pelados, A (Graciliano Ramos), 166, 171
Terras do sem-fim (Jorge Amado), 74
Tolstói, Liev, 68-69, 96, 129
Tribuna Popular, 70, 157
Turguêniev, Ivan, 68

U
União Soviética, 16, 51, 55, 73, 120, 124-126, 130, 133, 149-150, 161, 172; *ver também* Moscou; Rússia
USP (Universidade de São Paulo), 164

V

Vargas, Alzira, 167
Vargas, Getúlio, 13, 43, 59, 62, 101-102, 110-111, 151, 161, 164, 166-167, 169, 171-174
"Venta-Romba" (Graciliano Ramos), 95
Viagem (Graciliano Ramos), 16, 67, 137, 148, 150, 159
Viçosa (Alagoas), 36, 50
Vidas secas (Graciliano Ramos), 21-22, 37, 50, 66-67, 90, 97, 122-123, 157, 159-160, 166, 171
Villaça, Antônio Carlos, 72
Viventes das Alagoas (Graciliano Ramos), 12, 36
Voltaire, 65

W

Washington, Booker, 94

Z

Zola, Émile, 65, 96
Zweig, Stephen, 157

Este livro foi composto na tipografia Minion Pro,
em corpo 11,5/16, e impresso em
papel off-white na Gráfica Cruzado.